ŒDIPE DE CHEVAL

HOMERIC

ŒDIPE DE CHEVAL

BERNARD GRASSET
PARIS

A Gordana,
Mon Amour
Notre Vie

« Il la regardait toujours avec un frisson, tant elle était désirable, le dos nu, remuant paresseusement dans l'air ses coudes délicats et ses mains effilées, qui enroulaient des boucles. »

ÉMILE ZOLA
Pour une nuit d'amour

Première Partie

NOUVELLES

Œdipe de cheval

Sophie s'approcha doucement de Frivole. Son compagnon tourna son regard vers elle. Une seconde. Assez pour qu'elle puisse l'aborder sans crainte. Rien n'avait changé entre eux. Il était sous son arbre, un marronnier trois fois séculaire. Sur l'échine de sa colline, cette ombrelle royale était son repaire, son aire de repos.

Sans quitter Frivole des yeux, la jeune femme parcourut le court espace qui la séparait du cheval, et, parvenue à ses côtés, plaqua une main sur son poitrail, l'autre sur le garrot de l'animal. Là où tous deux aimaient qu'elles soient, contenant dans leur tendresse toute l'émotion et la puissance de l'ancien champion. Ainsi, les paumes offertes, Sophie palpait le feu intérieur de Frivole, un torrent vivace où elle lisait ce qu'il avait été sur les hippodromes, au temps de sa splendeur.

Sans relâcher le cercle de ses bras, Sophie trempa ses lèvres boudeuses dans la sueur animale et poursuivit un instant le lit de la veine jugulaire avec la rondeur de sa bouche. Le cœur de Frivole cognait fort, résonnant tout au long de sa cage thoracique. Ses flancs battaient la chamade, ses muscles sursautaient nerveusement, provoquant de micro-séismes à fleur de peau, tandis que ses membres vacillaient légèrement sous le poids de son émoi. Sous le marronnier en fleur où Sophie l'étreignait, sa robe baie aux teintes acajou était si mouillée qu'elle scintillait comme un lac baigné par la pleine lune.

Frivole expira fortement vers le sol. Son échine s'apaisa. Sophie glissa son épaule sous la ganache et lui chatouilla le velours des naseaux. Tempe contre tempe, cils joints, elle plongea à nouveau dans l'œil de son compagnon, monde cosmique et lumineux, magma or et ocre criblé de poussières topaze et bordé de volutes brunes aussi incertaines que de lourdes étoffes orientales. Chaque jour, elle avait voyagé dans cet œil, avec au fond d'elle-même cette frustration de ne pouvoir, telle Alice au Pays des Merveilles, se plonger tout entière dans ce puits oculaire. Le gouffre béant de la pupille était pour elle l'accès direct au cœur de l'être admiré ; l'unique miroir d'une sagesse perdue, rongée par une folie ancestrale, que l'animal nous offre, résigné. Ce midi, plus que d'autres jours, elle était prise de vertige.

Au bas du pré, les silhouettes de deux hommes dansaient dans l'œil sombre de Frivole. Pour se défaire de cette vision, l'animal porta son regard bien au-delà de la clôture. Une légère brise traçait des sillons canailles sur les blés encore verts, se faufilant vers les hauteurs d'une colline coiffée d'un bois touffu, à la lisière duquel une famille de hérissons farfouillait à la recherche d'on ne sait quelle douceur. Une odeur de bois coupé affleurait ses naseaux. Il les souleva plus haut afin de boire dans le vent les relents de la mer et du gazon fraîchement tondu de l'hippodrome de Deauville ; et toutes ces odeurs qui avaient baigné sa petite enfance.

Dans le dos des hommes qui montaient vers lui, le toit du manège des saillies rougeoyait sous la lumière. C'est là qu'il se rendait, deux cents fois l'an, pour conter fleurette aux poulinières du haras dont les croupes offertes étaient la chasse gardée des étalons maison. Non loin du manège, on distinguait les boxes clôturés de cyprès des étalons. A bonne distance, il percevait les barns des poulinières, disséminés un peu partout, de préférence aux creux des vallons. Sous ses sabots, le pré en pente douce réfléchissait les rayons du soleil comme une tôle d'aluminium. Mais à l'est, de gros cumulus raclaient les collines.

⁂

Il y a dix ans, Frivole naissait lors d'une nuit du mois de mai. Sa mère, la splendide Fugace, avait été championne de son année avant d'écraser les mâles dans le prix de l'Arc de Triomphe. Baie, fine, moulée de tissus soyeux, Fugace, princesse aux grands yeux de biche, fut mariée à Shut the Cramp, un vainqueur de Triple Couronne américaine. Dire que Frivole était attendu est un euphémisme. Propriétaires du couple royal et éleveurs associés avaient dressé tables d'hôtes à la porte du box d'accouchement de Fugace.

A peine son nouveau-né fut-il déposé sur la paille, la parturiente se releva et s'en alla grattouiller dans un coin. Les palefreniers dégagèrent alors le placenta et coupèrent le cordon. Puis ils présentèrent le fils à portée des mamelles de sa toute jeune mère. D'un coup d'incisives plantées dans la frêle encolure, celle-ci rejeta son petit de façon catégorique et non moins définitive.

Frivole téta des biberons ainsi qu'une mère nourricière qu'il dut partager avec un poulain de deux mois son aîné, et dont le caractère était aussi exclusif que son appétit goulu. On en vint à parler du fils de Fugace comme du rachitique du haras.

Un an passa. Devenu yearling, Frivole traversa une enfance difficile. Ses petits camarades de pré le considéraient comme la tête de Turc de leurs jeux malhabiles. Constamment poursuivi, il devint très rapidement le plus agile, le plus rapide et le plus endurant de tous.

Un beau matin de septembre, il déboula dans une écurie de courses, avec un thorax digne d'un vieux coursier. Il n'avait pas non plus le caractère joyeux qui sied à son âge. Il se contentait de suivre les longues files de pur-sang, l'air morne et l'encolure toujours basse. Mais dès qu'il apercevait les allées forestières menant à la piste de galop, il se métamorphosait instantanément. Galoper était son exutoire. Nul ne pouvait lui tenir tête et la compétition confirma cette supériorité des aurores.

⁂

Frivole rencontra Prince Saphir pour la première fois à Chantilly, son fief, lors du prix du Jockey-Club. Tout comme le fils de Fugace, Prince Saphir était précédé d'une sérieuse réputation d'invincibilité, acquise sur le sol de sa naissance : l'Angleterre. C'était un fier alezan aux reflets brûlés. Une robe à la Roi-Soleil qui accaparait les rayons de lumière, l'attention du public et de ses adversaires, ce menu fretin. Hautain, Prince Saphir jouait au dur dès qu'un de ses semblables l'approchait. A la vérité, il avait une escorte digne d'une altesse, et aucun congénère n'avait pu se frotter à sa superbe.

Dès l'ouverture des stalles du départ, Frivole alla se frotter aux flancs de son concurrent direct, et ce malgré les ordres contraires reçus par son jockey au pesage. Agacé, l'alezan britannique tenta de s'échapper à l'entrée de la ligne droite. Le champion français accéléra de plus belle, lui prenant une demi-longueur. Prince Saphir donna tout ce qu'il avait dans le ventre durant les derniers cinq cents mètres. Frivole contrôla cette rage et, le poteau d'arrivée franchi, donna un superbe coup de reins, façon d'humilier le vaincu en faisant état de sa fraîcheur.

Cette épreuve marqua à tout jamais le cheval anglais. Il remporta bien une autre belle course outre-Manche, mais son rival français lui avait ôté cœur et moral. A l'automne, il retrouva Frivole pour le prix de l'Arc de Triomphe ; et ne vit, à dix grandes longueurs de ses naseaux, que la croupe de son tortionnaire.

Après cet ultime succès, Frivole s'en fut au haras comme reproducteur de luxe, tandis que Prince Saphir rempilait pour une année de compétition dans l'espoir de gonfler son curriculum vitae. Une fois cette année supplémentaire effectuée, l'anglais fut expédié comme étalon dans le haras où séjournait sire Frivole. Dès qu'il vit le fils de Fugace passer devant le box de son nouveau logis, Prince Saphir se dit qu'ici, il ne bénéficierait sûrement pas du meilleur choix de juments...

Mais Prince Saphir ignorait un détail. La première année de monte du crack français s'était révélée désastreuse. Sur la quarantaine de poulinières aux origines prestigieuses offertes à ses étreintes, aucune ne fut pleine. Les tests avaient confirmé cet échec. Le champion de légende était aussi stérile qu'une querelle de chiffonniers.

On pensa un moment à le renvoyer au turf. Mais au lendemain de cette idée mercantile, Frivole se froissa les muscles de la hanche. Il devint alors le plus luxueux boute-en-train de l'histoire de l'élevage, un vulgaire souffleur, dont le rôle sans gloire consistait à tester les bonnes intentions amoureuses des poulinières envers le sire, seul habilité à les couvrir.

Durant dix ans, Frivole triqua ainsi, se retrouvant à chaque fois, seul dans son box, le sexe turgescent, sans le moindre espoir de soulagement.

Les hennissements virils de Prince Saphir, qui en abusait intentionnellement, attisaient encore la frustration de notre triste souffleur.

Le principal réconfort de l'étalon déchu était Sophie, la fille de l'étalonnier. Au haras, les jeunes filles n'ont pas le droit d'être au contact des chevaux entiers, car ceux-ci, une fois dépucelés, s'intéressent d'un peu trop près à la gent féminine et à son cortège d'effluves parfumées. Cependant, Sophie bénéficiait d'une exception avec Frivole, lequel ne manifestait point d'excitation envers la jeune fille, lui réservant l'exclusivité d'un platonique amour.

Frivole appréciait également les nuits de la belle saison où on le laissait seul. Les soirs d'été, la croupe accoudée contre le tronc de son marronnier, il divaguait, l'esprit bucolique, le regard porté sur la couverture pâle des blés, attentif aux frottements des épis. Il pointait ses oreilles vers la lueur qui, au loin, contrastait avec les crêtes moutonnées des couronnes forestières.

Dans ce monde nocturne offert à lui seul, il percevait la course des mulots à ses pieds, le chant du hibou au creux de ses reins. Il écoutait la chanson des bois ; la poussée de l'écorce ; le bruissement des feuilles ; le vol tiède des chauves-souris. Et il frissonnait soudainement de bien-être. Dans ces instants déclinés en douces suspensions, il s'enivrait de ces parfums de profonde liturgie, se sentant corps et âme appartenir à cette existence pastorale.

Parfois, en catimini, vers minuit, Sophie s'approchait de sa silhouette brûlante. Ils ne disaient rien, bavardaient de silences. Elle aussi frissonnait alors de tendresse. Et quand la peau fraîche de la jeune fille lui parvenait aux naseaux, une vague crémeuse l'étreignait à nouveau, l'odorat chatouillé par les senteurs puériles de sa sauvageonne aux pieds nus, en chemise de nuit, la peau des cuisses crénelée par la houle de la brise jouant sur le léger tissu.

⁂

Ce matin-là, comme à l'habitude, le palefrenier avait emmené Frivole souffler une poulinière confirmée. Celle-ci était entravée et tenue en main par un autre gars.

A l'entrée du manège, Frivole se figea. Cela lui arrivait parfois lorsqu'il tombait en extase devant une jeune pouliche. Il s'approcha de la croupe en tremblant, la renifla, et, sans prévenir, se jeta violemment sur le garçon qui la tenait en main, avant d'agripper la nuque de la jument dans sa gueule. Son palefrenier tira sur la longe en hurlant. Frivole le balaya d'une ruade. Pris de panique, le deuxième homme s'enfuit chercher de l'aide.

Lorsque les hommes revinrent en force, Frivole en avait terminé de son carnage. La jument gisait sur le sable, l'encolure gonflée et pétillante de petites bulles, la gorge ouverte. De cinq ans plus âgée que celui qui devait la souffler, cette jument n'était autre que sa jeune mère, Fugace.

Frivole avait déserté les lieux de son crime incestueux. Après un furieux galop, il s'était envolé par-dessus la clôture du jardin privé de Prince Saphir, dans le seul but de réaliser un doublé vengeur. Après avoir anéanti son rival, il avait piqué le plus beau sprint de sa carrière vers l'ombre de son marronnier.

⁂

Maintenant, les deux hommes avaient gravi la pente du pré. Ils se tenaient près de lui. Le vétérinaire, craintivement épaulé par le propriétaire du haras, avait déjà sorti la seringue de sa mallette à magie. Cependant, il se tenait à distance respectueuse du dément.

Il fallait agir promptement, même si les larmes de Sophie ne coulaient plus sur l'épaule du champion. Le buste de la jeune fille pointait vers les deux hommes, son bras encore en suspens vers la bête, indécise à s'arracher de ce contact maintenant lithogène, qui représentait ses plus tendres moments, ses années de rêve. Tout son être s'était extrait de l'œil de Frivole. Sous l'ombrelle fleurie de leur amour, elle ne pourrait rien.

Le champion savait cela. Il fixait la robe de Sophie qui collait au duvet de ses reins étroits. Ses prunelles se brouillèrent sur cette image lascive qui, dans son œil ouvert et aveugle à la fois, surimprimait Eros et Thanatos.

30 avril 1987

En croupe sous Moi Devant

Joubert avait un fond méchant. Il le savait. Il n'était pas non plus bon jockey. De cela aussi, il s'en doutait. Ce n'était pas des raisons pour l'emmerder. Fallait pas non plus le prendre pour plus con qu'il n'était. Et c'est pourtant ce que Jaunus, son ancien patron, avait fait.

Dix ans de sa vie passés chez Jaunus. En récompense de cette fidélité, l'entraîneur l'avait fait monter en courses. Oh, si peu, une vingtaine de courses par an sur les hippodromes les plus paumés de l'Hexagone. Un bilan peu rentable. Joubert devait assumer les frais d'essence, ses repas, et, une fois sur le canasson, les ordres de Jaunus étaient de ne pas gagner. Pour quelle récompense ? Cinquante francs, somme due pour la monte perdante, et la joie de porter les couleurs de soie.

Joubert accumulait la tension d'un palmarès nul : cent soixante montes, aucune victoire.

Il pensait que sa chance lui serait donnée avec Moi Devant, un bon petit cheval qu'il avait déjà promené trois fois en province. Pour une fois, il le montait à Saint-Cloud, hippodrome parisien, réunion PMU.

Il lui semblait normal de bénéficier de la monte de Moi Devant, un cheval qu'il avait éduqué, exercice des plus épineux, car Moi Devant, au temps de son apprentissage, se dérobait constamment. Il lui arrivait encore de s'échapper aux commandes de son cavalier, si d'aventure il se retrouvait sans compagnon devant ses yeux. Mais cela, seul Joubert le savait, et il évitait de lui faire prendre la tête d'un galop d'entraînement de façon trop précoce, ou de le mettre en si fâcheuse position lorsqu'il le promenait en compagnie de ses congénères.

Avant de gagner les vestiaires, Joubert s'était offert un déjeuner au restaurant du champ de courses clodoaltien, et abreuvé plus que de raison. Et lorsqu'il se trouva dans le rond de présentation face à Jaunus, il se dit que tout irait bien.

Jaunus tira doucement sur son cigare, et, l'ôtant d'un geste ample, dit à Joubert :

— Comme d'habitude, stoppe-le au départ, cale-le à la corde et reste là jusqu'à ce que les autres soient hors de portée. Il a un bon engagement dans un handicap dans dix jours. Surtout fais gaffe à bien le cacher, te laisse pas surprendre au départ, tu sais qu'il tire et qu'il peut te prendre la main.

Le sang de Joubert ne fit qu'un tour.

C'était trop. Le schéma habituel. Dans dix jours, Moi Devant aurait un autre jockey, Gibert ou Lefèvre, pour la gagne. Joubert, bonne poire de l'écurie, qui, d'un dérangé du ciboulot, avait fait un cheval de course, serait à nouveau sur la touche.

Il accorda une dernière chance à son patron en lui demandant :

— Qui allez-vous mettre sur son dos ?

Jaunus remarqua le ton nerveux de son jockey.

— Je ne sais pas encore, répondit-il

— Moi je suis libre, monsieur Jaunus, vous le savez bien. Et puis, personne ne le connaît aussi bien que moi.

— Oui, oui, je sais mon garçon, mais je risque gros sur cette course, les propriétaires vont miser des sommes très importantes, ils veulent un jockey confirmé sur leur cheval, qui ma foi est un peu limité, c'est pas gagné d'avance.

En l'accompagnant vers Moi Devant pour le mettre en selle, l'entraîneur voulut le rassurer :

— Mais ne t'inquiète pas, j'ai des projets pour toi. Je vais te faire monter plus souvent, et tu auras de meilleures chances.

Pour Joubert, le discours du boss était clair. Il lui bourrait le mou. Il n'était plus question qu'il fasse le tour.

Malin qu'il était le Joubert. Il avait bien eu raison de mettre le lad de Moi Devant dans la confidence. Alors que le garçon conduisait le couple vers la piste, Joubert lui demanda discrètement en fronçant les sourcils :

— T'as pas dépensé mon fric, au moins ?

— Tu me prends pour qui ? Il frémit dans ma poche, s'offusqua le palefrenier.

— Au poil, dit le jockey, tu me les mets comme convenu, gagnant sec. Et pour lui-même il ajouta: on va voir si Joubert est un branque, s'il est pas capable de gagner une course.

C'est à mi-ligne droite que Joubert, faufilant sa monture le long de la corde, goûta le sel d'un finish victorieux. Il vint ajuster Favereau, dit « l'Artiste », sur le poteau.

Pour une première victoire parisienne, Joubert ne passait pas inaperçu.

Le lendemain matin, Jaunus lui fit savoir qu'en remettant les pieds dans cette écurie, il s'exposait à de réels dangers. Joubert s'en fichait éperdument. Et plutôt que de combattre cet employeur auprès des prud'hommes, il préféra profiter de cette fraîche victoire pour changer de crémerie.

Engagé chez Authier, il gagnait au change, puisqu'il monta plus régulièrement, même si les chevaux qu'il récoltait étaient médiocres.

Un mois après son licenciement abusif, Joubert eut l'agréable surprise d'être en selle sur un représentant d'Authier, dans la quatrième course à Saint-Cloud. Cette épreuve ne comportait que quatre partants, et l'un d'eux, monté par Favereau, était Moi Devant, favori. Heureux hasard du programme hippique, pensa Joubert. Le cheval qu'il montait, Lutin, n'avait aucune chance, si ce n'est celle d'empocher l'allocation pour la quatrième place à l'arrivée, soit la dernière. Lutin était connu pour avoir l'habitude de filer comme un dératé en tête de la course, avant de s'éteindre subitement à l'entrée de la ligne droite.

Le peu de partants évitait aux entraîneurs l'élaboration d'une tactique savante. Les trois jockeys adversaires de Joubert reçurent pour ordres de suivre son cheval, et de venir en progression dans la ligne droite.

Comme prévu, Lutin s'éjecta en tête des boîtes de départ. Joubert se retourna vers le cheval galopant à sa croupe. C'était Moi Devant. Et Joubert seul savait que son ex-cheval portait mal son nom, qu'il fallait le cacher et venir tout à la fin, bien calé entre d'autres chevaux.

Le jockey revanchard reprenait sa monture. A ses côtés, il observait la tête de Moi Devant luttant avec la main de son cavalier. Joubert força Lutin à se mettre au galop de chasse. L'allure de la course devenait ridicule. Enervé, Favereau décida de prendre la direction des opérations, lâchant un peu de mou. Un sourire cynique glissa sur les lèvres de Joubert, qui maintenant ne perdait pas une miette de la cadence imprimée par la croupe de Moi Devant.

« Va se péter la gueule ce fumier, va se péter la gueule », chantonnait-il.

Juste avant que le maigrelet peloton ne pénètre dans l'ultime ligne droite, les deux autres jockeys amenèrent leurs montures aux côtés de Lutin, dont le rythme perdait déjà un peu de jus. Joubert leur cria :

— Attendez les gars, il va se dérober.

Pourvus d'une certaine expérience de la compétition, les gars en question ne prêtèrent aucune attention à la prédiction de Joubert.

— Atendez les gars, mais attendez, s'étrangla-t-il

encore, les yeux braqués sur une éventuelle réaction de leur part.

C'est à cet instant que Moi Devant pila net.

Lutin s'encastra sur le rétif, Joubert vola, se reçut sèchement sur le sol, le corps désarticulé, avant de disparaître un moment sous les masses, emportées dans un effroyable roulé-boulé, des deux pur-sang.

Aujourd'hui est une date anniversaire pour Joubert. Cela fait dix ans qu'il est vissé sur un fauteuil roulant. Dix ans de métier et autant d'années de handicap irrémédiable.

Il en a profité pour faire un calcul. Il a vécu 3 650 nuits depuis son accident. Et autant de fois, il s'est réveillé, la tête affaissée sur l'épaule, les avant-bras brinquebalés, hurlant : Attendez les gars. Mais ATTENDEZ !

28 septembre 1985

La vie à paris

Boujut colle bien au décor. Epaules voûtées, mine contrariée sur un journal qu'il tient bien propre, il ne prête guère attention aux mille baratineurs qui l'entourent. Il attend sagement au guichet, se répétant ses combinaisons pour se persuader qu'il a fait le bon choix.

La première fois, c'était il y a vingt ans. Peut-être un peu plus. Le spectacle des chevaux avait réveillé en lui une flamme d'esthète. A l'époque, il venait de se marier avec Mimi, l'employée de son boulanger. Il l'avait rencontrée huit mois auparavant et déjà, comme il aimait le répéter en rigolant, « il lui avait mis un petit dans le frigo ». Mimi n'appréciait pas trop cette expression, mais son homme, elle l'aimait.

Le dimanche, à l'heure où la boulangerie fermait, Boujut enlevait sa dulcinée dans sa Dauphine aux pneus rechapés. Tout en se bizoutant la pomme, ils s'évadaient de Paris le temps d'un week-end. Les déjeuners à trente francs au bord de l'Oise, la mer de sable, les vertiges de Château-Gaillard et les petits câlins près de la voiture, faisaient de ces jeunes gens un couple heureux et sain.

Et puis, Boujut, qui aimait varier les plaisirs et avait soif de curiosités, décida d'emmener sa « puce » à Saint-Cloud, un dimanche après-midi. A la fin de la journée, Mimi avait gagné vingt francs. Elle se moquait gentiment de son homme, lequel, en l'espace de cinq courses, accusait un déficit de cinquante francs. La journée avait été comme les autres dimanches, bonne et joyeuse, domestiquée puisque le sentiment de ce jour de repos national ne laissait pas un grand vide de tristesse la soirée venue.

Ils retournèrent plusieurs fois ensemble aux courses le dimanche. Puis Mimi se lassa, accoucha, allaita. Seule.

De plus en plus seule.

Boujut aimait toujours Mimi. Mais il lui fallait réfléchir avant de s'en convaincre. Les courses en revanche, voilà sans conteste un monde devenu diablement intéressant. En plus, on pouvait y gagner de l'argent. Pour un assureur sans trop d'envergure, cela convenait assez à Boujut.

C'est ainsi qu'il vint de plus en plus régulièrement aux réunions hippiques en semaine. Turfiste modèle, il étudiait les chances des chevaux et se déplaçait entre chaque course autour du paddock pour les jauger. Après les épreuves, il se rendait dans l'enceinte du vainqueur pour juger du degré de récupération des cinq premiers chevaux classés.

Les assurances le laissèrent tomber. Cela ne le gêna pas. N'ayant jamais eu la foi, il préférait que cette sanction ait été prise par ses employeurs plutôt que d'avoir à se faire violence pour en arriver lui-même à une décision.

Par la suite, il essaya bien de récupérer la tendresse de Mimi. Il lui proposa de s'occuper un peu plus de son fils, mollement et maladroitement. Il voulut emmener le fruit de leur amour aux courses. Mais Mimi ne lui laissa jamais cette chance de tout lui enlever. Elle s'en sortit d'ailleurs assez bien. Elle retrouva du boulot dans une boulangerie, devint la maîtresse du patron ; un veuf qui, régulièrement, après lui avoir collé les mains dans la farine, lui demandait de plaquer sa poitrine dénudée dans la poudre blanche et la prenait par-derrière. Un vieux fantasme qui le taraudait depuis qu'il avait perdu sa femme.

Le boulanger était propriétaire d'un trotteur. Un jour, son entraîneur l'avait invité à une saillie. Il en était revenu bouleversé. Qu'il joue largement durant les nocturnes de Vincennes n'ennuyait guère Mimi, car le boulanger présentait cet avantage sur Boujut d'avoir le portefeuille aussi rempli que sa bedaine. De plus, son fils, qui se trouvait être aussi vaillant et éveillé qu'un ver de terre écrasé par la semelle d'un badaud, était engagé comme apprenti chez son beau-père. Lorsque ce dernier désirait entreprendre sa mère, il demandait au fiston d'aller servir au magasin. Cela le gênait tant qu'il en oubliait de faire payer certains clients, lesquels sursautaient aux cris douloureux de madame la boulangère que les minces cloisons parcourues de cafards ne parvenaient pas à étouffer totalement. Pour éviter de rougir, le fiston s'appliquait de la farine sur les joues.

⁂

Aujourd'hui, Boujut va tous les jours aux courtines. Il ne se déplace plus pour voir les chevaux tourner dans le rond. Il ne monte plus les marches des tribunes pour assister à la course. Il ne pousse jamais de soupir lorsqu'il voit les chevaux dans la dernière ligne droite sur l'écran de télévision placé au-dessus de son guichet préféré. Il reste tout l'après-midi devant les guichets à se creuser la tête pour trouver les gagnants, les jumelés, les trios. Il joue et perd fébrilement. Quand il en touche un, il n'a juste qu'un pas à effectuer à droite pour se coller sur le guichet des paiements. En attendant les rapports, il étudie la prochaine course.

Boujut ne va plus au cinéma, ne lave plus ses chemises et ses chaussettes. Il ne froisse jamais son *Paris-Turf*. Il ne pense plus à faire l'amour. Il est d'ailleurs peu probable que quelqu'un pense à le faire avec lui. Et lorsqu'il renifle, ce n'est pas pour pleurer — il n'a jamais pleuré —, mais seulement pour ravaler les glaires de tous ces hivers passés sur les hippodromes.

Boujut ne se plaint jamais de cette mélancolie humide qui l'habite. Il n'a pas l'impression de perdre son temps, sa vie.

Parfois, peut-être, lorsque la dernière course est courue et qu'il prend le métro ou le car aux vitres opaques pour rejoindre sa chambre-lavabo au sixième étage, du côté de Saint-Ouen.

Mais une fois chez lui, après avoir avalé une collation de sardines en boîte-pain-beurre, son cassoulet-conserve, une douce excitation lui gagne les veines. C'est l'heure où il se glisse dans ses draps et où il ouvre la première page du *Paris-Turf* pour les courses du lendemain, alors que sa petite radio pleure *Around Midnight*. Il ignore Ella Fitzgerald. Comme il ignore des chevaux qu'il voit engagés et dont les noms dansent de façon abstraite dans son imagination.

Boujut est ailleurs. Existe-t-il seulement ? Boujut ne le sait pas.

22 septembre 1984

Galop décès

A l'écurie, tout le monde appelait Petit Pierre le « gosse ». Il était arrivé dans le métier il y a six mois. Depuis, excepté ses mains légèrement plus larges et gercées, son physique n'avait guère évolué : un mètre trente à la cime de sa houppe pour une trentaine de kilos, tout habillé. Il accusait les charges de travail en cambrant les reins et en voûtant légèrement les épaules, mais sans jamais se départir de son sourire, mis tendrement en relief par des oreilles décollées.

Petit Pierre avait quatorze ans et demi mais, contrairement à la majorité de ses camarades du même âge, il avait rapidement gagné la considération des anciens. Le Grand Vizir, un poulain de trois ans, n'était pas étranger à cet honneur. C'était une grande bique complètement démantibulée, tout sauf un cadeau, et pourtant, le gosse avait accepté de s'en occuper avec joie. Tant d'humilité et d'abnégation avaient eu le don d'attendrir les vieux cuirs de l'écurie.

Le Grand Vizir était un fils de pur-sang, mais rien en lui ne laissait deviner ses origines. Grand cheval d'un mètre soixante-cinq, il avait le cul plus haut que le garrot, une raie de misère, des tendons plantés entre de grossiers genoux et des sabots cagneux, truffés de suros, une lourde tête busquée accrochée au bout d'une encolure sans grâce, surmontée d'une crinière d'épis broussailleux. Ensellé, il avait la démarche et l'allure d'un dromadaire désorienté.

A cette silhouette déprimante, il faut encore ajouter de petits yeux vicieux engoncés dans un crâne de mule, des oreilles en forme de plantes assoiffées, un testicule pris en embuscade dans la région des reins (ce qui ne l'empêchait nullement de bander à la moindre occasion). En outre, il était cornard, ce qui, lorsqu'il galopait, bien que ce terme soit indigne de ses aïeuls, faisait un bruit assez proche d'une cocotte-minute mal vissée et fonctionnant sans eau.

Malgré tout, Petit Pierre aimait son cheval, et il s'en occupait comme s'il avait la responsabilité d'un derby-winner.

Cela n'allait pas sans mal. Car à son physique ingrat, Le Grand Vizir trouvait bon d'ajouter un comportement de malpropre. Il faisait partie de ces chevaux pour lesquels le minimum d'hygiène représente une chose insupportable. C'était un pisseur-né. L'état de son box, le matin, n'autorisait aucun survol de sa litière de la part des insectes, fussent-ils des plus résistants. Les lieux à peine récurés par le « gosse », Le Grand Vizir déféquait illico en poussant un soupir de bonheur, lorsqu'il ne pissait pas comme un cochon.

Chaque matin à huit heures, imperturbablement amoureux de son cheval, Petit Pierre était sur le dos du Grand Vizir. Au canter, il avait beau s'appliquer à « prendre la position » — de Saint-Martin si possible —, sa monture s'évertuait à le déséquilibrer. Pas rancunier pour un sou, le gosse lui flattait l'encolure tout en l'encourageant de paroles tendres.

De retour à l'écurie, Le Grand Vizir ne pouvait attendre que son jeune cavalier mette pied à terre. Il se propulsait au fond du box pour enfouir ses narines dans la mangeoire. Cet aspect boulimique de la personnalité de ce grand couillon de cheval avait valu au gosse un court séjour à l'hôpital.

Les anciens avaient beau lui dire que son pur-sang

était un tocard caractériel, Petit Pierre ne se démontait pas. « S'il est caractériel, rouspétait le gosse, ça prouve qu'il a du caractère. » Sous-entendu, un soupçon d'intelligence qui faisait cruellement défaut dans la caboche des garçons de cette écurie.

Chaque mardi matin, le couple s'en allait fièrement sur le tapis vert et embrumé de l'hippodrome. Mardi était jour sacré, jour des galops sérieux. Autant le dire, Le Grand Vizir terminait toujours ses galops d'entraînement à distance de ses camarades, y compris des plus médiocres.

Pourtant, un de ces fameux mardis matin, le gosse crut au galop victorieux de son coursier. Comme d'habitude, il avait laissé sa place à un apprenti confirmé. Accoudé devant le poteau d'arrivée, le gosse avait vu avec un indicible bonheur son cheval s'élancer en compagnie de quatre autres pur-sang. L'un d'entre eux avait refusé de partir, deux autres s'étaient dérobés après une centaine de mètres.

A l'entrée de la ligne droite, Le Grand Vizir s'acharnait au côté de son dernier adversaire. Bien entendu, il avait le cul de travers et le port de tête comme un cheval tirant au renard, mais il luttait, et le gosse l'encourageait de la voix.

A cent mètres du poteau, Le Grand Vizir se couchait désespérément, mais vaillamment, sur son congénère, lorsque, brutalement, un claquement inquiétant déchira l'air. L'espace de trois « arrêts image », la silhouette dégingandée du Grand Vizir s'étira bizarrement, avant de s'écrouler sur le gazon.

Le gosse croisa en courant la silhouette brouillée du rescapé en fin de course. Arrivé près de la tête de son crack couché, il s'agenouilla. Et déposa en pleurant un baiser hoquetant sur ses naseaux essoufflés, mouillés de touffes d'herbes. L'animal soufflait son cornage avec un fracas doublé d'angoisse.

Une demi-heure plus tard, le reste de l'écurie regagnait ses pénates, laissant seuls, étendus sur la piste, le gosse et son Vizir au canon fracturé.

Le van de la morgue ne tarda guère. Le boucher-conducteur lâcha le volant; quelques secondes après, il posait son pistolet sur le front de l'accidenté, en plein centre de cette tache blanche en forme d'Amérique du Sud. L'Amazonie du Grand Vizir était rayée de la carte.

Le premier garçon vint chercher le gosse pour le ramener à l'écurie. Tout en essuyant le devant de l'anorak du môme inondé par ses pleurs, il lui dit : « Viens t'cho, y a une surprise pour toi à l'écurie. »

La surprise s'appelait Suzie. C'était une grosse pouliche avec un cul du tonnerre et d'immenses yeux débordant de douceur. Tout en mâchouillant un brin de luzerne, elle attendait, anxieuse, son nouveau petit maître.

23 mai 1985

Rick le crack a craqué

« J'veux mourir, j'veux mourir, qu'il gueulait, faites quelque chose, endormez-moi. » Etendu sur la table de radio de l'hôpital, le visage livide et souillé, il avait les yeux écarquillés par la peur et la douleur. Comme un essaim d'abeilles sur le bord ourlé d'une flaque de sucre, le personnel hospitalier s'affairait autour de lui. Moi, je serrais la mâchoire pour ne pas crier le sentiment de haine qu'il m'inspirait. « Crève, enflure. » Cela m'aurait certainement libéré. Mais je m'étais abstenu ; une habitude chez moi. Et, tel un médecin légiste, je lui avais dressé l'état des lieux. Son fémur droit, aussi pointu qu'un os de lapin dans la gueule d'un bas-rouge, transperçait sa cuisse et son breeches. Cette région de son corps vêtu de soie baignait dans le sang. Ses chairs ressemblaient à de grosses prunes violacées. Une clavicule et quelques côtes cassées, assurément. Sa cheville gauche, dont le volume avait triplé, possédait cette même teinte de fruit trop mûr.

– C'est qu'un mauvais moment à passer, Rick, dans deux jours ce sera terminé.

C'est tout ce que j'avais trouvé à lui dire pour le réconforter. Avec l'assurance du type qui sait, qu'est passé par là. Je l'ai aussitôt regretté. Il n'existait pas un seul endroit ou une seule trajectoire qui n'aient été auparavant déboisés par Rick le Splendide. Et encore, les points de comparaison tendaient à me déprécier.

— Dans deux mois, t'es en selle, tu verras, avais-je ajouté, hypocrite.

⁂

Rick. Un surnom comme une gâterie. Richard Jourdain était son nom. Mais décemment, personne ne pouvait l'appeler ainsi. Rick était sublime. Professionnellement, aucun défaut.

Rentré un an avant moi dans le métier, il avait débuté en courses douze mois plus tard, comme un enfant trop doué. C'était le mercenaire des pelotons et tout le monde s'accordait à lui reconnaître, dans l'exercice de son art, courage, volonté, finesse, témérité, élégance et vitalité. Très vite sorti du lot d'épreuves réservées aux apprentis, il s'était mesuré avec un grand bonheur aux ténors, s'attirant les louanges de la presse, généralement consacrées aux Saint-Martin, Head et Piggott.

Dans la rubrique hebdomadaire « Ceux que j'aime gagnent », de *Paris-Toque*, le chroniqueur hippique avait titré son article, « Jourdain, pain quotidien des turfistes ». Pourtant, le journaliste avait la réputation de ne flatter que ceux enclins à lui rendre son obséquiosité. Hautain et frimeur, Rick avait eu le culot de traiter le chroniqueur de lèche-cul. Pas rancunier, ce dernier consacrait toute la « une » de son canard au jeune prodige des hippodromes, déblatérant par sa plume d'ordinaire fielleuse et ironique, flagornerie sur flagornerie.

Rick aurait très bien pu se contenter de sa fulgurante notoriété. Mais il fallait toujours qu'il en fasse plus. Vedette en plat et tout l'avenir pour lui, il n'avait pas résisté au plaisir de monter également en obstacles.

— Pour le fun, disait-il. Pour leur montrer, à ces jockaillons d'Auteuil, qu'ils ne sont que des ratés des courses plates.

Ses admirateurs, dont je faisais partie, le buvaient des yeux.

– Quand on a la classe, on va dans tous les terrains, ajoutait-il à leur intention.

Un cabochard à faire gagner ? On faisait appel à Rick. Cinquante yearlings à débourrer ? Il n'y avait qu'un cow-boy pour répondre positivement, sans réfléchir, à cette proposition : Rick. Un monstre à calmer ? Rick saurait comme personne le coucher dans son box ou l'exténuer par d'épiques branlées sur les pistes d'entraînement.

Pour parfaire son portrait, ce salaud était beau gosse. Les filles le comparaient à James Dean. Moi, le Quasimodo des écuries, son souffre-douleur, il m'avait constamment sous la main pour un bizutage improvisé, prétexte à détendre l'atmosphère des nouvelles relations de travail. Comme il aimait le dire avec beaucoup de romantisme, « Bébert, quand j'dévisse la tête d'une poulette, il est parfait pour tenir la chandelle ».

Rick était taillé comme un fils de bûcheron, moi, je suis aussi épais qu'une sole en filet. Rick passait pour faire l'amour comme un dieu. Ce n'est pas ce qu'il en disait sur le sujet qui me le faisait croire. Je le voyais bien dans le froufroutement impatient des fessiers, le ricanement bêta des lycéennes qui venaient l'attendre à la sortie de l'écurie. Malgré le dégoût que m'inspiraient leurs attitudes sans équivoque, j'observais avec envie leurs manières gourmandes, imaginant une saveur d'orange à leurs bouches pulpeuses. Moi, Bébert, je m'affolais complet à la seule évocation de l'heure grave où viendrait mon dépucelage.

Rick montait des courses pour la gagne. Moi, je me retrouvais sur les pur-sang qui lui seraient plus tard destinés, pour les tirer. Quand on les affichait gagnants, le nom du jockey accolé aux leurs était toujours Jourdain. Lui aimait le casse-pipe. Moi, je faisais dans ma culotte dès qu'on me parlait de cheval difficile. Une taille jockey, Rick, et avec ça baraqué, tandis que moi, avec mon mètre soixante-douze, je sentais bien aux sourires moqueurs du public, qu'à cheval, je paraissais gaulé comme un clown.

⁂

Le jour de sa gamelle, c'est à moi qu'il avait pensé pour l'accompagner à l'hôpital, insistant pour que je sois dans l'ambulance.

— Prends mon sac de course, m'avait-il dit entre deux grimaces.

Dans son sac de course, il y avait sa chemise en soie, son pantalon en lin, son cuir à sept mille balles, sa gourmette en or, sa Cartier, ses pompes anglaises... tout ce que nous ne possédions pas et qui nous faisait baver.

Arrivé dans la salle des radios, c'est lui qui en bavait. Quand il suppliait qu'on le laisse mourir, il paraissait sincère. Il avait pris soudainement un méchant coup de vieux. Il ne remarquait même pas les croupes rondelettes des infirmières. Elles s'affairaient dans tous les coins, l'élastique de leurs petites culottes dessinant leur trésor de douceurs, comme un papier cadeau apparent sous le tissu léger des blouses. Je matais leurs formes prometteuses, guettant l'instant où elles allaient se pencher sur l'accidenté et m'abreuver de cette fugitive mais ô combien exaltante apparition que représentent deux quartiers rebondis de poitrine. Dans l'échancrure des étroits décolletés, clignotait une chaînette dorée.

Le chirurgien était déjà en salle d'opération. Rick devait encore patienter. Il était méconnaissable. Sa superbe s'était volatilisée. En proie à de féroces tremblements, son corps lui semblait saugrenu. Pourtant, je l'enviais encore. A nouveau, il bénéficiait d'une attention complète. J'enregistrais les affres de sa peur pour les conserver intactes dans ma mémoire, et les resservir à l'occasion.

Durant son séjour à l'hôpital, j'ai monté un peu plus

régulièrement en course. On m'a même donné ma chance. Il s'agissait d'une jument avec laquelle Rick avait gagné deux courses. Elle était favorite et tout le monde s'accorda à dire que j'avais fait mon possible pour être battu d'un nez.

Malgré le pessimisme des médecins, Rick revint à l'écurie quatre mois plus tard. Bizarre, comme étranger à lui-même. Il posait ses mots comme ses jambes. Avec douceur et précaution. Il n'avait pas vingt ans et il annonça, pareil à ces vieux jockeys brisés par tant de revanchardes mélancolies, qu'il ne monterait plus en obstacles. Après quoi, il me prit par l'épaule et, s'appuyant sur mon cou pour faire quelques pas, me dit avec tendresse : « Je vais te faire un beau cadeau en récompense à ton amitié, ton soutien dans mes moments de douleur. »

Les rayons d'un soleil couchant donnaient à ses yeux une couleur dorée où se reflétaient de gros nuages suspendus. Sa paupière me fit un clin d'œil. Lui qui avait été si bavard, ne me dit rien de plus.

Sur ma nuque, je conserve encore la chaleur de son bras. Son cadeau était son héritage. Je devins le remplaçant de Rick Jourdain en obstacles, et son succédané sur tous les yearlings à débourrer et les rogues de l'écurie.

Avec son legs, la trouille au ventre, quotidiennement. Chaque obstacle franchi me rapproche un peu plus de l'accident. Je fouille le regard de chaque nouvelle monture, alimentant un peu plus mon cauchemar. Car au fond de moi, je sais aussi que je ne m'en tirerai pas aussi bien que Rick.

Lui, il continue de briller à Longchamp ou Chantilly. Hier, il fêtait sa victoire du Jockey-Club avec grand faste à la Tour d'argent. J'y étais.

Il ne m'appelle plus Bébert, mais « Robert, mon pote à moi ».

Ah, l'enflure, j'espère qu'il grossira un jour.

18 décembre 1986

Moi j'suis lad, jamais je s'rai jockey

Je ne serai jamais jockey. C'est pourtant pour ça que je suis rentré dans une écurie de courses, il y a trois ans maintenant. Aujourd'hui j'ai dix-sept ans et je sais que je ne serai jamais jockey. Je resterai lad.

Pourquoi continuer ce métier alors ?

Chaque fois qu'on me pose la question, je suis gêné. Je n'arrive pas à répondre, je sens mon estomac qui se gonfle et je baisse les yeux vers la pointe de mes pieds.

Je sais bien ce que pensent les gens : lad, c'est pas un métier. Alors, je me remonte les bretelles et je fous tout mon courage dans mon œil pour dire aux curieux que, moi, le cheval, je suis à son service. Je le sers. Du matin jusqu'au soir. C'est moi qui le premier lui dis bonjour. Et c'est moi le dernier qui pose ma main sur sa joue pour lui souhaiter bonne nuit. Quand la chaîne de son licol grince sur un clou rouillé à côté de son box, c'est à moi qu'il pense. Et lorsqu'aux premières lueurs du jour mon pas court le long des boxes, il sait avant tout le monde que c'est le mien.

Bon, je ne serai jamais jockey. Disons que je suis lad et que ça ne me turlupine pas trop. De toute façon, tous les matins sur les pistes d'entraînement, je fais comme eux. Je suis à cheval. Oh, bien sûr, pas comme Saint-Martin. Lui, il arrive avec sa caisse chromée à l'endroit où les chevaux sont prêts à galoper. Il vient là comme un pilote, un monsieur, un artiste, salué par des barons, des industriels et des journalistes de la télé, la crème quoi. Un type comme moi, il ne le voit pas.

Mais quand même, mes chevaux, je suis sur eux tous les matins. Et les jockeys peuvent compter sur moi lorsqu'à leur tour ils seront sur leur dos. Mes chevaux, jamais ils ne leur feront un coup de vache ; ils iront jusqu'à plus de souffle, droit devant, pressés de reposer leur encolure sur mon épaule.

Un lad, c'est pas forcément un jockey raté, faut pas croire.

Un lad, ça a le cul dans la selle, tous les matins. Et ça, bon Dieu, ce que ça peut être chouette. On déambule dans la forêt, un par un, silencieux, effilochant à notre passage les brumes épaisses d'un lieu humide. Les chevaux ondulent en caressant leurs flancs soyeux de leur panache de crins. Ils posent gentiment leurs sabots dans le sable, appliqués comme des écoliers. Certains ont l'encolure basse, d'autres la maintiennent dressée, l'œil charbon-reflet pointé comme leurs oreilles vers un souffle, une ombre aperçue sous les sombres feuillées.

Il y en a aussi qui jouent avec leur mors, de la mousse à la commissure des lèvres. Ceux-là, avec leurs cliquètements, donnent le tempo à notre marche. D'autres encore soufflent bruyamment en secouant l'encolure de bien-être. Nous, les cavaliers, ne disons rien. Nous sommes encore un peu endormis, frigorifiés, mais le cœur légèrement emballé.

Mon cheval, il est un peu comme moi. Calme et endormi, il attend l'instant magique où nous allons sortir de la forêt. Là, il s'anime et en trois foulées, ses sabots asséchés par le sable des sous-bois sont devenus brillants comme des olives noires, trempés par la rosée du gazon. Les rênes pendantes, je le laisse faire. Alors, il sort du lot puis s'arrête au beau milieu de la ligne droite de l'hippodrome de Chantilly ; il tourne son encolure et de son œil sage, sombre et profond, il regarde la longue file de ses congénères sortant comme par enchantement de la falaise d'arbres élagués.

Je ne serai jamais jockey, mais lors de tels moments, je n'y pense pas, car je sens le duvet de mes reins qui se hérisse et tout mon être a chaud. Je ne sais pas si vous voyez bien. Parfois, de tels instants mouillent mes yeux. Et c'est la même chose pour mon cheval, je le sens bien. Avant de reprendre sa marche vers le centre de l'hippodrome où on l'attend pour travailler, enveloppé par les premiers rayons de soleil, il pousse un tendre soupir.

J'ai aujourd'hui dix-sept ans. J'ai tendance à me répéter, mais mon anniversaire, je suis le seul à le savoir. Ça n'intéresse personne.

Je suis petit, léger, mais râblé. J'ai la taille jockey et les muscles pour le devenir. On reconnaît que je ne suis pas plus bête que les autres apprentis de ma promotion. Je veux bien le croire, pour une fois qu'on me fait un compliment. Cependant, lorsque mon patron désigne ses apprentis pour faire galoper les chevaux en compagnie des jockeys-pilotes, il ne pense presque jamais à moi. Qu'est-ce que j'aime bien galoper pourtant. Sentir la force du cheval m'arracher du sol, sa crinière me balayer le visage et sa folie m'emporter dans les airs, la chanson du vent dans la tête. La vitesse, c'est la vie, car on l'oublie cette vie, juste concentré sur cet accéléré, avide de cette fuite.

Je n'ai jamais terminé premier d'un galop d'entraînement. Bon d'accord, je n'en monte pas des masses, mais, faut être honnête, mon patron me refile souvent l'animal le moins saignant. Je ne suis pas assez dur dans les galops. Je ne fais pas de bruit. Je monte propre mais sans éclairs de génie. Je n'ai pas le truc pour leur remuer la carcasse, leur dévisser la tête comme on dit, ou leur tirer les tripes par les naseaux. Alors, quand à l'entrée de la ligne droite, je sens les forces de mon cheval s'évaporer et son souffle devenir rauque, je le rassure, je lui parle et le caresse en lui disant que ça n'a pas d'importance. Que d'y avoir cru pendant deux mille mètres nous suffit pour être heureux.

Les apprentis de ma génération, ceux qui ont la chance de galoper régulièrement les chevaux de la maison, font des projets. Ils ont déjà acheté leur tenue de courses. Ils parlent de gagnants, d'acheter des voitures de sport et de se sortir des meufs blondes avec des cuisses de pouliche et des croupes accueillantes. Pas moi.

Je ne serai jamais jockey. C'est pas grave. On est déjà bien occupé en étant lad. Et faut pas croire, ça demande beaucoup de réflexion. Faire la paille, brosser son cheval, le panser, l'étriller, le seller, le monter, le faire marcher, l'écouter. On est seul avec ses gestes, et, jour après jour, on finit par le connaître mieux que quiconque. C'est aussi vrai pour lui. Il me connaît comme personne, sait mes défauts, hume mes humeurs, frétille quand il me sait heureux, me console par de touchantes attentions quand il me voit démuni.

Ils n'ont l'air de rien ces gestes, mais à force, c'est sûr, ils atteindront la perfection. On pourra bientôt fermer nos yeux dessus, sûr qu'on y verra clair.

J'ai besoin de personne d'autre que mon cheval avec moi dans le box. Je suis avec lui et passe mon temps à réfléchir. Et je lui parle. Lui parler, ça demande encore de réfléchir à ce qu'on dit, à la raison pour laquelle il me demande de lui parler, et puis après, ce sont ses réactions à mes paroles qui me font gamberger. Oh, bien sûr, on peut parler d'un ton badin à son cheval, croyez pas qu'y faut être psychologue. Moi par exemple, j'ai eu que mon certif'. Lui raconter des trucs sans y penser, à la légère, c'est souvent ce qu'il y a de plus important pour lui. Alors, c'est pas si léger que ça.

J'aurais bien aimé être jockey. C'est beaucoup de responsabilités. Lad aussi, mais ça n'a rien à voir. On est pas exposé. On passe partout. On ne vous remarque pas, ou si peu, ou alors pas dans le bon sens, comme par exemple si par hasard vous vous trouvez dans le monde. Un lad, c'est pas habitué à faire des manières. Des fois, c'est rien que pour ça qu'on le remarque. Dans de telles circonstances, y a des moyens de s'en sortir avec avantage. Suffit de dire qu'on est jockey. Alors, les gens poussent des « oh ! ! ? ? » ronds comme des billes en vous regardant, le menton sur la poitrine.

Mais moi, je ne veux pas mentir, car je sais que je serai toujours lad.

Quand mon cheval a couru et que je marche à côté de lui, je sais que je suis fait pour lui. Longuement, très calmement, on marche côte à côte pour que ses muscles ne se bloquent pas, pour que ses reins ne se refroidissent pas, pour que son souffle s'apaise. On marche, on marche, et on rêve. Mon pas est modulé par le sien, ma silhouette s'incruste dans la sienne ; nous nous berçons l'un l'autre, et personne, personne ne peut imaginer dans quel état nous sommes.

Qu'il ait bien couru ou non, mon cheval sait que pour moi il est toujours parfait.

Quand son poil redevient sec et chaud comme une étoffe étendue au soleil d'août, nous rentrons au fond de notre box. Là, il s'appuie sur mon épaule. Loin des curieux, je lui donne de la luzerne fraîche et j'écoute ses grosses molaires qui l'écrasent. De sa bouche verdie, il parfume mes cheveux. Et le soir, en regagnant ma chambre, sa forte odeur est collée à mes habits. J'en sens tous les subtils mélanges ; l'antiphlogistine, le grésil, la sueur séchée puis frottée entre ses jambes et les tonnes de poussière confinées dans la chaleur des boxes. Son odeur me rassure, je me sens plus fort, devenir un peu plus cheval de jour en jour.

Et c'est pour ça que je ne serai jamais jockey. Parce qu'on ne peut pas être cheval et cavalier à la fois.

3 septembre 1988

Morceaux choisis

La grosse main poilue balaya l'établi ensanglanté, décrocha un quartier de viande et fit lourdement claquer sa paume dessus. Ce geste lui rappelait le bonheur d'une fesse molle à qui l'on tente de redonner des couleurs. Elle virevolta vers un coin de tablier, nettoya le tranchant d'un long couteau, puis, s'appuyant délicatement sur la viande rouge, y glissa la lame en longueur, avec une attention amoureuse.

Dans une volière posée près de la caisse, un ménate s'agitait, bêtement affolé. Il sauta de son perchoir et fit jaillir de sa cage un grain de maïs couvert de chiures. La boulette vint atterrir sur les pages du *Chasseur français* que Mme Jouvard feuilletait avec plaisir. L'agreste caissière grogna quelques bribes de dialecte caractériel à l'intention du volatile, leva un regard sur la défensive vers la cliente qui attendait sa viande, puis, prenant soigneusement la chiure du ménate qu'elle roula entre pouce et index, replongea dans sa lecture.

Lucien Jouvard fit voler la hampe sur la bascule. Attendant que l'aiguille se stabilise, ses épaisses paluches sur les hanches, il regarda par-delà la vitrine les deux chevaux au poil d'ours qui broutaient sans souci dans le pré, son pré, seul hectare de verdure ayant échappé aux promoteurs immobiliers.

— Et avec ça, madame Deschamps ?

— Ce sera tout monsieur Jouvard, répondit la cliente, merci.

Le boucher la trouvait séduisante. Colette Deschamps approchait de la cinquantaine, mais sa silhouette, joliment dessinée par un tailleur pied-de-poule, était celle d'une très jeune femme. Elle avait les cheveux soigneusement tirés et ramenés en chignon. Elle portait de fines lunettes, donnant à ses yeux d'un bleu-gris mélancolique un air professoral. Un double menton se faisait légèrement jour. Mais sa grande bouche aux contours boudeurs le rendait insignifiant. Et le retroussé de ses lèvres mettait en appétit les esprits les moins gourmands.

— Et vot' petit Jérémy, demanda le boucher, rêvassant, l'air de rien, sur les promesses que dissimulaient la jupe à petits carreaux de sa cliente, y s'y fait à son nouveau métier de jockey ?

Le visage de Mme Deschamps s'éclaira.

— Oh oui, parfaitement. Il est heureux avec tous ces chevaux autour de lui. Et l'entraîneur que vous nous aviez conseillé, monsieur Martin, est très gentil avec Jérémy. Il m'a dit qu'il allait bientôt le mettre à cheval.

— Ben dame ! J'vous l'avais bien dit que c'était un des meilleurs de Chantilly, lança le boucher hippophagique. C'est sûrement celui qui me fournit le moins, c'est un signe.

La cliente était attentive. Quand on tient un commerce, ça fait plaisir. Alors, le front auguste, il continua.

— D'ailleurs, je viens d'acheter un pur-sang, le bai qu'est dans le pré là. Je vais le mettre à l'entraînement chez Martin, j'lui demanderai que ce soit Jérémy qui s'en occupe. Il s'appelle Filet Mignon. C'est un impulsif, il est comme moi, il a du sang !

Et, lui adressant un clin d'œil rigolard, il ajouta :

— Faudra que vot' fiston mange un peu plus de viande s'il veut le tenir.

Le commerce ayant ses obligations, il s'enquit de la santé de M. Deschamps.

Malgré son régime à base de viande de cheval, le

pauvre homme n'allait guère mieux. Un mal insidieux le rongeait depuis quelques années, le laissant alité, écrasé par une grande faiblesse. Le boucher hocha du bonnet, se disant que c'était malheureux qu'une femme si appétissante soit acoquinée avec un vieux grabataire.

En refermant la porte du magasin derrière elle, Colette Deschamps emporta le regard pointu de Mme Jouvard fiché sur ses épaules. Un regard inquisiteur sous lequel le sourire de circonstance s'était refermé aussi sèchement qu'il était apparu. L'œil soupçonneux de l'épouse Jouvard s'était ensuite porté sur la nuque de son mari, dont elle connaissait les pensées licencieuses, bien qu'il paraisse occupé à nettoyer l'établi.

Sur le chemin du retour, Colette Deschamps se disait que ce M. Jouvard était décidément un bien curieux homme. Jamais elle n'aurait imaginé que son boucher chevalin puisse aimer les chevaux autrement qu'en saucisson, sa grande spécialité, qui lui avait valu quelques médailles agricoles.

En fait, en bon fils de maquignon qu'il était, Lucien Jouvard était parvenu à débarrasser un éleveur en plein marasme fiscal de cinq pur-sang âgés de trois ans, dont Filet Mignon, pour un prix équivalent à celui de la boucherie. Les poulains étaient bien gras. Dès le lendemain de la transaction, ils se retrouvèrent aux abattoirs. Pourquoi payer une pension d'entraînement pour les faire maigrir et courir plus tard, alors qu'au couteau, c'était tout bénéfice ?

Et n'allez pas croire de Lucien Jouvard qu'il n'était pas sport. Sa casaque de propriétaire, rayée rouge et blanc, tels un rôti et sa barde, avait été représentée avec bonheur par le passé. Comme si les représentants sabotés du boucher savaient que leur sursis ne pouvait se prolonger que par la victoire. Du père Jouvard, les mauvaises langues racontaient qu'il faisait séjourner quelque temps ses coursiers dans l'abattoir et les obligeait à assister aux exécutions pour qu'ils sachent à quoi s'en tenir.

Quatre des cinq poulains étaient passés à la casserole, mais pour Filet Mignon, cela ne s'était pas déroulé comme le père Jouvard l'aurait souhaité. Le jeune pur-sang avait refusé de se laisser bander les yeux, s'arc-boutant sur ses membres, affolé par l'odeur de la mort. Le boucher, qui s'y entendait pourtant à manier le bâton, avait dû abandonner, au risque de perdre tout crédit auprès de ses deux apprentis.

— Si tu veux pas mourir, avait-il soufflé, il te faudra courir.

Ainsi, Filet Mignon se retrouva à Chantilly entre les mains de Jérémy Deschamps.

— Un gentil gosse, bosseur et loin d'être bête, disait de lui son patron, Martin.

***

Il se passa un mois avant que le boucher ne vienne voir son cheval à l'entraînement. Jérémy Deschamps remercia, non pas le boucher de sa mère, mais le propriétaire de Filet Mignon, de sa confiance.

— Vous savez, j'en prends bien soin, dit le gosse. Au début, il était un peu craintif ; mais maintenant, il me laisse le brosser derrière les oreilles. Je peux même le lâcher dans la cour, il me suit comme un petit chien.

— N'en fais pas un cheval de cirque, il n'est pas là pour ça, avait grogné Lucien en haussant les épaules.

Puis le propriétaire avait fait part de ses craintes à l'entraîneur.

— Dites, le p'tit Jérémy, il ressemble à sa mère... il est pas trop chétif pour mon cheval ? J'tiens pas à ce qu'il en fasse un bon à rien.

Etait-ce du mimétisme, mais Martin ressemblait comme un frère à son client ? Les repas de fin de réunions avaient enflé cet ancien jockey de haut en bas. Son visage avait une teinte sanguinolente, d'autant plus vive que ses oreilles éléphantesques étaient ternes et ses yeux petits, mobiles et très clairs. Les poches de son pantalon contenaient certainement autant de billets de cinq cents francs que celles du fabricant de saucissons de cheval.

Tout en essayant de presser un comédon gonflé démangeant la base de son cou taurin, il déclara sans ambages :

— Si le môme ressemble à sa mère, j'en sais rien... Mais je peux vous dire que votre cheval, lui, c'est sûr qu'y ressemble à la sienne... Je veux parler de Petite Couenne, bonne gagnante à Auteuil, pas de madame Deschamps hein !

Du pus parti d'entre ses doigts et s'éjecta en postillons vers ses paperasses.

— Filet Mignon, y saute comme un lapin. Y devrait très bien réussir à Auteuil.

Lucien Jouvard fixait l'emplacement du bouton qui maintenant saignait.

⁂

Filet Mignon débuta quinze jours plus tard à Enghien. Le couple Jouvard se trouvait dans les tribunes. Auteur de plusieurs fautes de jeunesse, le fils de Petite Couenne termina dans les choux. A la rentrée au paddock, le boucher s'approcha du cheval et, très pète-sec, déclara à l'entraîneur :

— Je suis pas Rothschild moi, vous me le ramenez demain au magasin.

A la tête du cheval, les yeux de Jérémy s'embuèrent. Narines pincées, lèvres tremblantes, il coupa les paroles, qui se voulaient rassurantes, de son patron :

— Il faut les aimer un peu les chevaux, m'sieur Jouvard, si on veut être payé en retour.

Le boucher était soufflé. Le petit Jérémy soutenait son regard. Il lui aurait bien envoyé une torgnole.

— Tu ferais bien de lui réveiller le cul à ton saucisson,

lui dit-il, si tu veux pas qu'il finisse comme ton père les aime, dans son assiette.

⁂

Deux semaines plus tard, Filet Mignon remporta sa première course. Dix autres suivirent en douze tentatives. Il fut sacré meilleur trois ans de l'année. Dans l'optique d'en faire un vainqueur potentiel de Grand Steeple, son entourage désirait l'économiser. Mais Lucien Jouvard voulait le voir gagner et gagner. Ce qu'il fit, sous des tonnes de plomb, sur tous les champs de courses de France et d'Europe.

Cigare au bec, son propriétaire faisait les manchettes de tous les journaux. Invariablement, les photos le représentaient près de son cheval après la victoire, un grand sourire aux lèvres, parfois même, une larme d'émotion au coin de l'œil qu'il faisait mine d'écraser du pouce. *Le boucher au grand cœur*, titrait un journal, avec en sous-titre, « Il tient un abattoir et sauve ses chevaux du couteau... »

La veille du Grand Steeple d'hiver, le père de Jérémy décéda. Bénéficiant de trois jours de congé, l'apprenti s'en alla rejoindre sa mère, prier pour l'âme défunte. Et le lendemain, Filet Mignon monta dans le van qui devait le conduire vers l'un de ses plus épiques parcours, sans la compagnie de son tendre camarade.

Eprouvé par sa saison, le cheval se fractura l'antérieur droit à la réception du *rail-ditch and fence*, vaincu par trop d'inutiles combats. Le soir même, sa carcasse reposait dans la boucherie de Lucien Jouvard, prêt pour l'équarrissage.

Le commerçant voulut jouer les grands cœurs et offrir un présent au petit Jérémy, histoire de lui dire qu'en ces instants douloureux, il partageait sa peine. Il décida qu'il lui conserverait un pied de son crack. Il vida un sabot sur lequel était encore clouté un fer en aluminium, le fixa sur un socle en bois recouvert d'un bout de robe baie, celui-là même où Filet Mignon avait son unique tache blanche. Tache où les lèvres gourmandes de Jérémy aimaient déposer ses baisers.

Une fois son œuvre terminée, Lucien Jouvard était très fier. Jamais il n'avait vu un cendrier aussi original. Dès demain matin, se dit-il, j'enverrai mon commis porter ce cadeau mémorial au fils de madame Deschamps.

Dehors dans la nuit, des enfants lançaient des boules de neige à ses chevaux transis. Dans le malheureux bout de pré baigné par les lampadaires au pied des immeubles, les malheureux équidés, les pieds dans une boue glacée et les naseaux fourrageant le sol, cherchaient en vain quelque brin d'herbe sous une épaisse couche de neige. Le boucher laissa faire les mômes. De toute façon, ces chevaux seraient abattus dès demain matin, aux aurores.

Il ferait cette sale besogne de ses grosses mains poilues. C'est pas parce que Filet Mignon a gagné sept cents millions, que j'vais m'arrêter de travailler, grommela-t-il. Puis, bâillant comme un hippopotame repu, il se frotta copieusement la nuque et lâcha en soupirant : « J'suis pas encore Rothschild. »

25 décembre 1986

En selles !

« Faut qu'il soit bien compact, avec des arrondis de sculpteur. Sans failles ! Sa couleur va du marron au vert. Mais c'est préférable que ce soit marron. Tête-de-nègre aussi c'est bien. Tu piges les nuances ? »

Jean-Jean acquiesça.

Le chef Wintgens reprit : « A la surface, ça doit briller. Etre enrobé d'une fine couche de glaire. Son fumet doit te chatouiller les narines, te procurer un petit frémissement olfactif. Pas plus ! A peine débouqué, une volute douce et bleutée, très vite éclipsée, doit s'en échapper. »

Ils s'accroupirent. Sous leurs yeux, niché sur la litière, se trouvait l'exemple parfait du cours : un beau crottin tout frais.

« Vois-tu p'tit père, il est plein et lourd, et, surtout, bien modelé. C'est un crottin hyper-optimiste. La preuve que la nourriture de ce cheval est équilibrée, donnée à heures régulières. Ça veut dire aussi qu'il est bien dans sa peau et sa tête. Il n'est pas surmené et le gars qui s'en occupe s'entend bien avec lui. »

Le visage attentionné et morose de Jean-Jean s'épanouit dans un large sourire. Le cheval dont le chef causait, c'est lui qui en était responsable. Faut dire que Sakapustule était pas le genre de canasson à se faire du mouron. Besogneux, sans ambition à la piste, pionceur au box, il se montrait surtout enjoué à la mangeoire.

Wintgens fit s'évaporer le sourire de son élève :

« Regarde les arrondis, petit. Chaque sphère est imbriquée. Malgré la hauteur de la chute, ce crottin ne s'est pas cassé. Ça te donne une idée de son élasticité. Pour ramasser un tel bijou, t'as pas besoin d'une fourche ou d'une couronne de paille ; ça se love dans la main ça, mon garçon ! » Joignant le geste à la parole, Wintgens glissa ses paumes sous le crottin chaud et se releva doucement. Le cœur au bord des yeux, il semblait tenir une offrande céleste.

A cet instant, sans penser plus avant à la carrière de jockey qu'il désirait, Jean-Jean aurait bien aimé mesurer vingt centimètres de plus ; Wintgens lui présentait le crottin sous le nez. Ah... la volute, il savait maintenant... Question frémissement de la narine, il lui fallait faire un effort de self-control pour s'empêcher de grimacer. Pour se rassurer, il concentra son regard sur un grain d'avoine emmailloté à la surface du divin déchet.

– T'as d'jà bouffé des mandarines ? lui demanda Wintgens à brûle-pourpoint.

Inquiet, Jean-Jean fit un mouvement du menton.

– Bien. Un beau crottin doit s'ouvrir aussi facilement que les quartiers d'une mandarine.

Ses pouces appuyèrent dessus et l'excrément se divisa. Jean-Jean tentait de se persuader qu'il n'y avait rien de dégoûtant. Malgré sa concentration, la vision d'une mandarine ne parvenait pas à son esprit.

– Regarde-moi ce bonheur, continua Wintgens. A l'intérieur, la couleur est identique. C'est plus fibreux, certes, mais si peu. En tout cas, pour traquer les vers, il te faut l'ouvrir. C'est infaillible.

Jean-Jean opina du bonnet. Le cadre en chef de l'écurie sortit du box après avoir déposé le crottin de rêve dans les mains de l'apprenti.

A dix-huit ans, Jean-Jean n'avait jamais été autre chose qu'un optimiste volontaire. Vraiment pas le genre de garçon à se poser des questions. L'espoir d'être un jour crack-jockey suffisait à son bonheur. Il avait appris à dire « oui, monsieur, bien, monsieur » à tous ceux qui avaient un quelconque pouvoir à l'écurie. Sa célérité lui avait valu d'être dans les petits papiers de Wintgens, chef suprême après l'entraîneur, dont il était le confident.

Désir ou sens de la responsabilité, peu importe, comme Wintgens veillait scrupuleusement sur le produit du transit intestinal des chevaux, Jean-Jean avait décidé d'en faire l'objet de tous ses soins. Le matin, à l'heure où l'on fait les boxes à fond, il se prenait pour le Grand Lessiveur. Séparant méticuleusement la paille craquante de la souillée, il traquait le purin tel le gendarme l'excès de vitesse, grattant coins des murs et alvéoles fétides, du bout de la fourche. Et plus sa brouette se remplissait de fumier rouge, plus son cœur se remplissait de joie.

Jour après jour, il devint de plus en plus maniaque. Rageur, il balayait les boxes, et, après les avoir rendus imberbes, les désinfectait au grésil. Et lorsqu'il lui fallait curer les sabots, il éprouvait un indicible plaisir à ôter l'épais matelas de purin collé à la sole, avant de la brosser et de la graisser.

Alors qu'il avait toujours eu une répulsion taboue à approcher tout organe intime, il épiait désormais avec une certaine délectation, traces de crottin séché entre les cuisses ou projections de sable sur les testicules. A peine le cheval levait-il la queue qu'il empoignait le panier à crottins. Bientôt, il économisa cette manipulation, récoltant directement l'ébène au sortir de l'anus.

Wintgens était aux anges. Décidément, ce gosse n'était pas comme les autres ; il lui ressemblait. Connaissant les choses fondamentales de la vie, il ne faisait pas sa mijaurée. Et tout naturellement, sans se poser plus de questions, il le recommanda auprès de l'entraîneur qui le fit monter en course. Comme Jean-Jean y rencontrait un relatif succès, Wintgens lui confia l'espoir de l'écurie, Post-Mortem, « une pointure pour le prix d'Amérique », disait-il, un puissant bai-brun, l'ôtant ainsi des mains de Zouïr, un lad à mi-chemin entre la trentaine et la quarantaine, renfermé, aigri et jaloux.

N'accordant aucune attention au lad dépossédé de ce cheval qui aurait dû lui rapporter quelques ronflants pourcentages de prix de courses, Jean-Jean, de plus en plus sourcilleux de la qualité des étrons, entretenait avec Wintgens des rapports sans ombre.

Ce dernier, toujours fier de faire partager sa culture coprologique, lui lut un jour quelques morceaux choisis du *Roi des aulnes*, de Michel Tournier : « Un soir qu'il s'attardait dans l'ombre dorée de l'écurie où flottait l'odeur sucrée du purin, en regardant les croupes luisantes onduler de stalle en stalle, il vit la queue de Barbe-Bleue se dresser, légèrement de biais, en sa racine, découvrant l'anus, bien marronné, petit, saillant, dur, hermétiquement fermé et plissé en son centre, comme une bourse à coulants. Et aussitôt la bourse s'extériorisa, avec la vitesse d'un bouton de rose filmé en accéléré, se retourna comme un gant, déployant au dehors une corolle rose et humide... » Wintgens interrompit sa lecture, et alors que Jean-Jean, songeur et surpris d'être emporté par les images littéraires, sentait ses joues s'empourprer, le chef dit :

— Là, il déconne. Nos coursiers ont le sphincter tendu. Ce sont des athlètes, pas des pédés, leur trou du cul risque pas de se retourner comme un gant !

Puis, la bouche en cul-de-poule afin d'articuler comme sa mère le lui avait appris il y a bien longtemps déjà, il reprit le récit de Tournier, se régalant par avance de la phrase à venir, qui était la représentation exacte et lyrique de ce qu'était pour lui un beau crottin : « ... du centre de laquelle il vit éclore des balles de crottin toutes neuves, admirablement moulées et vernissées, qui roulèrent une à une dans la paille sans se briser. Un tel degré de perfection dans l'acte défécatoire parut à Tiffauges la suprême justification des thèses de Pressman. Tout le cheval est dans sa croupe, certes, et celle-ci fait de lui le Génie de la défécation, l'Ange anal, et d'Oméga, la clé de son essence. Il s'expliquait du même coup l'ancestrale fascination exercée par le cheval sur l'homme, et la prégnance du couple que forment le cavalier et sa monture... »

Wintgens leva les yeux au-dessus de la page, les plongea dans ceux éberlués de Jean-Jean, et lui dit :

— Ce qui suit te concerne, p'tite tête, écoute bien.

« ... A la croupe géante et généreuse du cheval, le cavalier superpose, avec une insistance têtue, sa petite croupe stérile et flasque. Il espère vaguement que par une sorte de contagion, quelque chose du rayonnement de l'Ange anal viendra bénir ses propres déjections. Mais son espérance est déçue : elles demeurent irrégulières, capricieuses, tantôt acides, tantôt incontinentes et limoneuses, mais toujours nauséabondes... »

— Pas moi, chef ! s'exclama Jean-Jean, tous les matins après le p'tit dèj, je vais aux cagoinces. En moins d'une minute, je largue mes colombins. Sont au poil ! Quant à l'odeur, je m'attarde pas vous savez, j'tire la chasse. Je chie sans y penser.

Béat d'admiration, Wintgens dit en levant l'index :

— Voilà l'explication, tu vas comprendre pourquoi, et il continua la plume de Tournier : « Seule une identification complète de l'arrière-train du cheval et de celui de l'homme permettrait à ce dernier de s'approprier les organes mêmes qui assurent la défécation chevaline. C'est le sens du Centaure... »

Et, s'adressant à son disciple :

— C'est parce que tu vis le cheval par tous les pores de ta peau. Tu es moulé à son corps.

Fort de ce nouveau compliment, Jean-Jean coulait des jours heureux, au grand dam de Zouïr. La haine du lad pour l'arpet était grandissante. Comme tout le monde, il connaissait le péché mignon du cheval : la bouffe. Pour empêcher Post-Mortem de se goinfrer (il pouvait ingurgiter la paille de son box jusqu'à la dernière brindille), on lui posait sur les naseaux un panier en plastique en dehors de ses repas. Alors, Zouïr vint chaque nuit gaver le champion de paille, de foin et d'avoine non concassée.

Un soir, pourtant, Post-Mortem refusa l'orgie. Agité, ses lèvres retroussées en un rictus douloureux, il se regardait les flancs où la sueur commençait à sourdre. Zouïr savait que la partie était sur le point d'être gagnée. En vingt ans de métier, il avait appris que l'estomac du cheval est petit, ne pouvant contenir que quinze litres pour le double d'aliments à ingurgiter ; qu'en outre, il est limité par deux puissants sphincters : le cardia, sorte d'étau qui lui interdit de vomir, et le pylore, souvent obligé de se relâcher au cours des repas pour laisser l'estomac se vider à mesure qu'il se remplit. Le gavage clandestin du lad malveillant avait eu les effets escomptés.

Au lever, Jean-Jean découvrit Post-Mortem couché, l'œil angoissé fixé sur son ventre qu'il mordait régulièrement, l'écume des lèvres barbouillée de sang.

Le verdict du vétérinaire appelé en urgence fut : coliques et occlusion intestinale. Opéré, Post-Mortem fut sauvé in extremis.

Contrarié, Zouïr revint à la charge avec une autre tactique. Il ramena chaque nuit de l'herbe et du cresson gelés, qu'il cueillait sur les bords d'un petit étang bien pourri, aux eaux stagnantes.

Après deux semaines de ce régime, les selles de Post-Mortem devinrent liquides. Les jours suivants, l'animal était au plus mal. Plus de goût à rien, et surtout pas à trotter. Anémie infectieuse avancée, avait dit le véto, « provoquée par une grave infestation d'ascarides ». On opéra à nouveau Post-Mortem et son intestin, gonflé de vers de quarante centimètres de long, était sur le point de se déchirer.

Les rapports entre Wintgens et Jean-Jean devinrent plus qu'orageux. Et l'apprenti, victime d'un phénomène d'identification, connut les affres de la défécation contrariée. Le premier jour, il ne s'en inquiéta nullement. Mais après une semaine de coliques dévastatrices, son quotidien fut insupportable. Sans répit, son ventre grimaçait, grinçait en borborygmes bestiaux. Et pas un instant, le travail de l'écurie ne permettait à Jean-Jean d'oublier sa torture bas-ventrale. Il fallait faire les boxes, tracter le fumier, panser et torcher le cul des chevaux, graisser les cuirs blanchis par la crasse et la sueur, monter les chevaux sous le matelas crevé d'un ciel qui sans cesse donnait au sol une texture qui lui rappelait ses déjections fétides.

De petits médecins de province en traitements de choc, Jean-Jean navigua entre diarrhées et constipations. Il sautait les p'tit dèj pour avoir le temps de faire. Mais le quart d'heure passé en équilibre sur la cuvette se révéla vite insuffisant. Lorsque le front perlé de sueur, le pantalon sur les chevilles, il entendait les premiers claquements de sabots dans la cour, il pleurait seul entre les murs des WC gribouillés de graffitis connus par cœur. Et dans ces instants de profonde douleur, c'est sur la triste image de lui-même qu'il aurait voulu tirer la chasse.

Après les ascarides, Post-Mortem fut bouffé par les strongues. Plus petits que les ascarides, les strongues, longs de quinze à cinquante-cinq millimètres, sont cependant plus dangereux. Fixés sur la paroi intestinale, ils se nourrissent des tissus et du sang de leur hôte. Les larves s'ancrent dans le foie, le pancréas, le cœur et les artères, provoquant des anévrismes. Victime d'une hémorragie consécutive à une rupture des anévrismes, Post-Mortem rendit son dernier souffle.

Le lendemain de la mort du malheureux équidé, on ne revit pas Jean-Jean à l'écurie. Le lundi suivant, comme à son habitude, la champignonnière de Paris vint collecter le fumier. Au milieu de la fosse d'où s'échappaient d'épaisses colonnes de fumée, les hommes charriaient le fumier sur le tapis roulant qui, dans un bruit pétaradant, grimpait jusqu'à la benne rouillée d'un Saviem défiguré.

L'emballement du petit moteur du tapis attira l'attention des hommes. Un bras humain, bloquant le mécanisme, contrariait la routine. C'était le bras de Jean-Jean. Il était sur le dos, le corps en travers, ébouriffé de purin, le visage carotté d'urine, les membres pantelants. Flasques et brinquebalants, ses intestins au dehors faisaient une méchante boursouflure à son pull routier. Son menton, son front et sa calotte crânienne étaient explosés. Il s'était fait sauter la caboche.

⁂

Dans le clair-obscur de la pièce, sur le plafond et les murs, le réverbère de la rue projetait les ombres torturées des branches du chêne. Un merle chantait dans la nuit.

Jean-Jean se réveilla en nage, propulsé d'un cauchemar poissard et aussi rêche que sa couverture qu'il repoussa vivement. Son corps anguleux, blanc-jaunâtre comme la mort, le dégoûta. Mais lorsqu'il aperçut, sombre mais nappé d'un voile de brillance, un étron posé entre ses cuisses, aux formes et à la consistance dignes d'un récit de mythologie grecque, sa gorge se déploya avec un rire nerveux baigné de larmes. Tout comme lui, bien vivant, Post-Mortem, demain, disputerait son prix d'Amérique.

Et quand le moment arrivera de rejoindre le départ, c'est sûr, le champion fera un superbe crottin sur le mâchefer noir de la piste de ses futurs exploits.

1er février 1988

Petit Paul et Ciboulette

Petit Paul était un chouette gars. Enjoué, consciencieux, il faisait l'unanimité à l'écurie. Même le premier garçon, un vieil abruti aigri et violent, l'avait à la bonne.

Le matin, Petit Paul était dans la cour avant tout le monde, pour l'infini plaisir d'entrouvrir les portes glacées des boxes et de distribuer carottes et paroles tendres à ses chouchous sabotés. Au contact des longues silhouettes emmurées, ses mains s'ouvraient comme un champ de tulipes au sortir de la nuit et glissaient sur leurs corps tièdes et soyeux. Il en connaissait les plus intimes détails. Dès qu'apparaissaient dartres, boutons ou diverses atteintes dues aux sangles et autres cuirs mouillés de sueur, il était le premier à nous en informer.

Agé de quatorze ans et demi, il en paraissait neuf. Sous ses grands yeux bleus, un petit nez en trompette criblé de taches de rousseur s'élançait droit et volontaire au-dessus d'une bouche aux contours biberonnants. Sa joie de vivre réchauffait l'ambiance humide et morose de l'écurie.

Cet hiver-là était particulièrement long et rigoureux. Pourtant, je me demandais pourquoi donc j'allais le cœur si léger au turbin, chaque matin à six heures, transi. Du seul box entrouvert à cette heure matinale, j'entendais parfois, en passant, la voix cristalline de Petit Paul : « T'as bien dormi ma belle ? P't'être que c'est P'tit Paul qui va te monter au gazon tout à l'heure. Tu ne me feras pas de coups de cul comme hier, hein ? »

De temps en temps tout de même, j'en avais ma claque de ce boulot pourri. Tels ces fauves prisonniers des parcs animaliers, je me sentais abattu. Ancré dans la médiocrité, incompris par tous les bourgeois de la profession qui considéraient mon job comme un privilège. Pourtant, je ne me voyais pas moisir dans un bureau du côté de la gare Saint-Lazare. J'espérais trouver un jour une place de mécano pépère à Saint-Sauveur-en-Puisaye, chez un garagiste aussi sympa que complice.

Mais je m'égare. Revenons à l'hiver de Petit Paul.

Après deux mois d'emploi aux basses besognes de l'écurie, le môme se vit confier les soins de son premier cheval de course. C'était une pouliche qui n'avait pas encore deux ans. Débourrée au haras, elle arrivait un peu à l'improviste, deux mois après le septembre des yearlings. Petit Paul lui prit la longe comme s'il s'était agi d'un baiser maternel, et l'emmena, fébrile et la dévorant des yeux, sur la litière qui l'attendait.

C'était une pouliche harmonieuse, mince et élancée, au port de tête féminin dont le regard sombre et ludique semblait assoiffé d'espace. Pour ses premiers galops de chasse sur la piste, on me la confia. A monter, c'était une ponette, et, rapidement, il fut convenu que Petit Paul pouvait être également son cavalier. Fille de Miss Fenouil par l'illustre Epinard, son propriétaire l'avait baptisée Ciboulette. Petit Paul l'appelait « Boulette » ou « Bouboule ».

Inévitablement, ils tombèrent amoureux l'un de l'autre.

Jamais je n'avais vu jument sombrer aussi vite, grâce à son lad, dans une telle évanescence. Petit Paul lui apportait son petit déjeuner au lit et s'étendait dans la paille à côté d'elle. Ciboulette mâchait, poignée par poignée, l'avoine que lui tendait son bout d'homme, l'encolure à peine soulevée, son corps abandonné aux attentions de Petit Paul.

Timide au début de leur idylle, la pouliche prit rapidement « la main » de son jeune cavalier sur les pistes d'entraînement. La moindre brise était prétexte aux plus inconsidérées cabrioles, et ce, jusqu'à ce que Petit Paul vide les étriers.

Dès les premiers signes d'insubordination de Ciboulette, les lads houspillaient le petit homme : « Pince-la ta chèvre, elle joue un peu trop avec tes roubignolles. Elle se croit au cirque, elle a besoin d'une bonne branlée. »

Les coups de talon du gosse n'avaient aucun effet et cela devint une habitude de voir Petit Paul, le visage rosi, courir aux trousses de Ciboulette, laquelle, taquine, ne s'échappait jamais trop loin de son petit bonhomme.

Il fallait reprendre l'effrontée en main avant qu'il ne soit trop tard. Cela aurait dû bien se passer. Hélas, le premier garçon avait surpris à plusieurs reprises Petit Paul chahutant avec d'autres lads de l'écurie. Aux yeux du premier garçon, ces palefreniers étaient de la racaille. Il s'imagina Petit Paul lui échappant. Sa confiance et son autorité risquaient d'être bafouées. Il prit la responsabilité de séparer les deux « dissidents » durant plusieurs mois. Une période détestable.

Chacun à notre tour, nous nous retrouvions sur le dos de Ciboulette, sous l'œil inquiet du gosse.

— Si elle bouge une banane ta biquette, je la passe à la moulinette, lui disait-on pour lui faire peur.

Ce genre de menaces n'aboutissait jamais. Pareils à la bite au cirage que nous lui promettions de graisser à intervalles réguliers, nos désirs de sévices sur sa personne, ou sa moitié sabotée, s'estompaient devant la bouille en pomme rieuse, belle à croquer, de notre mascotte.

En fait, un coup de talon ou une claque sur l'encolure suffisait pour que Ciboulette redevienne ce qu'elle avait toujours été : une monte pour grand-père rhumatisant. Mais le gosse marchait à nos plaisanteries. Il vécut de douloureux mois de craintes, passant de longues heures dans le box de Ciboulette, à consoler sa bien-aimée qu'il savait mélancolique.

⁂

La première matinée du printemps fut salement pluvieuse. Au premier lot, Résieux, un lad aussi bête et méchant qu'un pou, avait tiré Ciboulette comme monte. Lâche et peureux, Résieux s'en sortait toujours bien, car il était fayot. Un autre de ses défauts, en tant que cavalier, était qu'il avait une main exécrable. Quelques semaines auparavant, il avait tenté de porter cette main sur Petit Paul, et depuis ce geste malheureux stoppé à temps, il n'y avait plus grand monde pour l'apprécier.

Peut-être avons-nous eu le tort de le menacer de l'écharper si jamais il s'avisait de « coucher » Ciboulette, comme il l'avait prétendu avant de la seller. Quoi qu'il en soit, dans les sous-bois, la pouliche était « sur le gaz », trempée par les ondes brusques de son jockaillon d'un jour. Au moment de s'élancer au canter, elle fit une descente de rênes, maintenues bien trop courtes, et enchaîna un demi-tour. Résieux lui cravacha aussitôt les naseaux, puis, il cogna, le manche de l'objet punitif en avant, entre ses oreilles, avant de cingler sans répit les flancs de sa monture, de droite à gauche, cloquant et ouvrant son tendre bas-ventre affolé. Des chevaux s'agitaient, d'autres s'emballaient, des lads criaient.

Petit Paul poussa sa monture vers Ciboulette. Arrivée à sa hauteur, son tourment se déroba. Dans un sursaut, le môme voulut se jeter à son garrot. Ses mains glissèrent sur l'épaule d'écume bondissante. Il s'écrasa la face dans le sable, avec dans la main, la jambe de Résieux qui s'étalait de même. Ciboulette filait ventre à terre sous la bruine, une fumée bleue à la croupe. Petit Paul dut ramener sa monture à l'écurie, tandis que Résieux devait retrouver la sienne. Tel était le règlement, qui, comme tous les règlements, excluait les sentiments.

Quatre heures passèrent. On n'avait toujours pas stoppé Ciboulette. Au fil des heures, on apprenait qu'elle avait été aperçue, fonçant comme une démente du côté de la Table Ronde, attirée vers les étangs de la Reine Blanche, puis sur la route de l'hippodrome. Personne n'avait pu l'approcher.

Enfin, alors que nous étions en train de balayer la cour, on vint nous annoncer que la pouliche de Petit Paul avait été reprise en main, sur la route nationale en plein centre-ville.

Malgré l'interdiction du premier garçon, je pris le Petit Paul en croupe sur ma Malagutti. Il avait le torse secoué de sanglots, un sourire jusqu'aux oreilles vite réprimé par l'angoisse.

Arrivés sur la RN16, on aperçut Ciboulette sur le trottoir, près d'un cinéma, entourée de badauds. Un grand coin de ciel bleu pâle avait déchiré la toile pluvieuse. On se faufila entre les curieux. Sur la robe trempée de Ciboulette, miroitaient les détails fluorescents du bitume. Elle était fine comme une serpe. Ses naseaux haletants dégorgeaient un son de verre brisé. En chialant, Petit Paul enserra son encolure, des « Bouboule » mouillés plein la bouche, incompréhensibles pour l'attroupement. Il embrassait son cou, le nez enfoui dans la tendresse de sa gorge. Au coin de son œil, la pouliche avait une flaque qui s'écoulait, silencieuse, le long de sa joue.

— Laissez-la, elle est en train de se vider, dit un spectateur.

Collé frénétiquement à sa raison de vivre, Petit Paul n'entendit pas ce qui s'adressait à lui. Je contournai la pouliche et vit au creux de son aine, juste en dessous de la pointe de sa hanche, un trou large et profond. C'était rouge et filandreux. On aurait pu y loger un ballon de basket, tant il était effrayant. Dans sa course effrénée, Ciboulette s'était empalée sur un gros pieu en bois.

Je fonçai chez le pharmacien, en ramenai dix paquets de coton.

Alors que j'essayais de colmater la plaie géante, Petit Paul remarqua le désastre. Horrifié, il dérapa dans la folie. Chamboulé par un raz de marée de pleurs, il accompagna sa pouliche dans le van qui l'emportait chez le vétérinaire, sans jamais lâcher son encolure.

Lorsqu'il fallut se résigner à l'abattre, Ciboulette était toujours stoïque, sa flaque oculaire à peine plus sombre et profonde. A vouloir mourir en sa compagnie, Petit Paul fut pris d'une crise de nerfs. On dut le plonger dans un sommeil sans ombres.

J'ai su plus tard qu'il avait rejoint sa famille, mais que jamais celle-ci ne retrouva le fils qui les avait quittés sept mois plus tôt.

Quant à moi, j'ai bien essayé de quitter le métier. D'ANPE en ANPE, je me suis vite rendu compte que je ne savais faire parfaitement qu'une chose : lad.

Mais jusqu'à l'heure de ma retraite, déjà ma mort, mon oubli, je resterai un ardent protecteur des « bleus », ces apprentis jockeys, ces enfants qui savent donner leur amour comme jamais les hommes ne sauront le faire.

18 septembre 1986

A bout de bois

Comme tous les jockeys d'obstacles, je n'aime pas trop les couloirs des hôpitaux. On sait qu'un jour ou l'autre, c'est les pieds devant, allongé, qu'on passera les portes. En me dirigeant vers la chambre 32 de la clinique du Trocadéro, j'avais vraiment le bourdon. Mon pote, Robert Carredas, s'y trouvait. Il avait morflé à Auteuil et je craignais de le découvrir. A peine le seuil franchi, ses yeux me sautèrent sur la tronche. Une supplique y courait. Il ne me laissa pas le temps d'ouvrir la bouche.

— Oh Fredo, tu me connais, tu sais qu'avec moi les canassons ils avancent. Je les pince, hein Fredo, je suis pas une lopette, j'en ai dans les bonbons...

J'acquiesçai.

— ... Tu te rappelles lorsqu'on faisait sauter les yearlings au rond Boussac, on n'avait pas froid aux yeux, pas vrai ? Eh bien cet après-midi à Auteuil, c'était pareil, j'ai pris tous les risques avec ce chien de bourrin, j'avais les boules, je lui ai empoigné la tronche, j'ai volé le départ, et je lui faisais sauter les bouts de bois à la volée, avant même que le gaille puisse se poser la question de savoir s'il en était capable. Dès le début, j'ai fais le trou sur le peloton, et lorsque je me suis retourné à l'entrée de la ligne droite, ils étaient cent mètres derrière moi, à la ramasse. J'pouvais plus être battu. Mais tu me connais Fredo, je me suis pas relâché pour autant. Au contraire, je lui ai fait une reprise de rênes, deux-trois appels de langue, deux claques sur le cul, et en avant mon gaillard, bien décidé à le porter au poteau.

Il parle, parle, Robert, tout enrubanné, plâtré, à peine sorti du sommeil de sa première opération sur sa triple fracture du fémur. Demain, il doit retourner sur le billard pour sa clavicule et sa cheville, et après-demain pour ses tibias et ses poignets, et peut-être pour sa colonne vertébrale. On ne sait pas trop. Lui ne sait rien, alors il parle, parle, Robert.

— C'est juste devant le dernier obstacle que ce chien en a profité pour dérober. Mais j'te jure Fredo, il a pas dérobé d'une manière catholique, oh non, ça alors, j'ai jamais vu ça. Tout baignait, on était comme les deux doigts d'une main mon pote, j't'assure. Il a soulevé ses antérieurs, impeccable. Y avait vraiment pas de problème, quelle enflure... Eh bien, à cet instant, je sais toujours pas comment il a pu faire, j'ai jamais vu ça, au millionième de centième de seconde, avant d'arracher ses postérieurs, on était déjà au-dessus de la haie, il a dérobé à gauche, sans prévenir, sans sourciller des bananes. J'suis pas un bleu, ni un enfant de chœur, pourtant je me suis retrouvé tout seul comme un tordu, avec un craquement dans les oreilles. C'était ma cheville qui venait de se péter dans l'étrier... Avec la vitesse, c't'ordure a trouvé le moyen de se casser la gueule de l'autre côté de la haie. J'ai morflé sa croupe sur la nuque. Fredo, c'est pas de ma faute, faut que tu le dises, sinon je retrouverai pas de chevaux à monter quand je sortirai d'ici.

Moi, Fredo, la Cravache d'or de l'obstacle, le roi d'Auteuil, j'étais consterné de voir mon pote cassé, détruit, dont la seule trouille était de ne plus revêtir la casaque. Pire, la culpabilité m'étreignait, car le cheval qui avait envoyé mon pote au tapis, c'est moi qui avais insisté auprès de l'entraîneur pour que Robert le monte. J'avais en tête l'image de la culbute de Robert, visionné sur l'écran de télé des vestiaires. Horrible la toise. Maintenant, près de Robert, je tremble en proie à des suées d'angoisse.

Son visage n'est qu'une grosse cloque violacée, et il parle de remonter en courses. Lui qu'est un loser, qu'a jamais monté ailleurs qu'en province sur des chevaux qui n'en sont pas réellement. C'est pas qu'il soit moins bon que moi Robert, bien au contraire, étant gosse, il m'impressionnait déjà par son culot, son absence de chiasse.

Mais voilà, si j'étais moins bon cavalier que lui, j'étais plus fin et, surtout, j'ai été plus chanceux. Tout de suite on m'a confié des sauteurs qui filaient tout seuls au poteau. Ils auraient pu avoir un sac de patates sur le dos, c'était pareil. Je suis devenu une vedette parce que je m'accrochais, mort de trouille, au pommeau de la selle, et que je passais le poteau en vainqueur. Les chevaux allaient trop vite pour moi, et le public croyait que mon secret résidait dans ma position à cheval, un truc qui devait les faire se sentir plus légers.

Pendant ce temps, Robert, qu'était bien meilleur que moi, n'hésitait pas à monter les pires carnes sur les hippodromes de province. Il faisait des miracles, mais personne ne s'en apercevait, vu qu'il évoluait au milieu des péquenots. Alors que moi, je baignais dans la crème. Quelle injustice!

Et maintenant, mon Robert me supplie qu'on lui confie à nouveau des chevaux kamikazes. Il n'a aucune notion de son corps absent, vermoulu de fractures, anesthésié de douleurs. Il est comme un petit tas de chiffons et il ne pourra plus jamais se redresser sur ses jambes.

Il me parle, parle, Robert, c'est un vrai disque. On cause du bon temps. On a débuté dans le métier le même jour. La nuit est tombée comme une mauvaise grippe. Ils ont dû me mettre à la porte de la clinique.

En traversant la place du Trocadéro, je sus que je ne poserais plus de casaque de soie sur mes épaules. Exit les bouts de bois.

⁂

Deux ans ont passé. J'ai tenu ma promesse. Aujourd'hui, j'ai beau avoir besoin de ma dose de calva avant d'aller bosser à l'écurie, pour lutter contre le froid de l'hiver, les coups de vice des pur-sang et les moqueries des bleus, je suis vachement plus heureux qu'auparavant. Et lorsque vient l'heure du troisième lot, j'attrape avec plaisir le balai. J'allume mon clope et me dit que Robert, aussi paralysé qu'il est dans son cabanon, peut s'estimer heureux...

Dans une heure, la cour balayée et l'avoine distribuée, je le retrouverai dans l'ancienne maison du garde-barrière dont il a hérité, en lisière des bois. Il ne le dit jamais, Robert, mais je sais que, seul dans sa chambre, coincé dans les ressorts de son pieu, il m'attend avec impatience.

Je le prendrai dans mes bras et le porterai jusqu'à sa chaise. Là, il commencera à sourire. Parce que ce sera l'heure du pastis, puis des patates à l'eau. Il les déguste comme moi, fumantes, avec plein de beurre, du sel, du poivre et du persil qui pousse dans le petit potager que j'ai installé. Quand on attaque le dessert, du quatre-quarts trempé dans du yaourt, on est bien pompette.

Après, l'après-midi est à nous. On joue à la belote de comptoir et Robert rigole enfin. Car, il n'y a pas plus grand bluffeur que Robert Carredas, ancien jockey d'obstacles.

24 octobre 1985

Qui a peur de La Brêle ?

« Pute de merde... c'que j'en ai marre... », sanglotait Bébert, serrant les fesses en selle sur La Brêle, une pouliche de trois ans totalement dérangée et furieuse. Il avait prié de longs mois en secret pour ne pas se retrouver sur le dos de cette carne. S'il avait su ce matin que cette bourrique allait lui échoir, il se serait mis en arrêt de travail. Cela dit, ça ne se passait pas aussi mal qu'il le redoutait. La Brêle s'était contentée d'un seul demi-tour durant un temps de trot, poursuivi par dix mètres de folie dans le bois. Une broutille, eu égard à sa réputation. Pourtant, vissé serré sur ses reins, Bébert avait pâli sérieusement.

Maintenant, avec les deux canters à effectuer, les mauvais présages allaient sûrement se concrétiser. Car le galop était l'allure de prédilection de La Brêle lorsqu'elle désirait vider ses cavaliers. Bébert s'en souvenait parfaitement : le P'tit Louis s'était écrasé la cervelle sur un arbre après trois foulées de galop ; Juju la grande gueule, lui, avait terminé intact son premier canter ; il claironnait : « Juju les pince les bestiaux ! Il a des couilles au cul le Juju ! » Mais c'est à cet instant que La Brêle s'était cabrée et renversée. Les couilles à Juju firent un drôle de bruit. On dit qu'elles furent repêchées, à l'hôpital, entre les os écrasés du bassin et les reins du Juju.

Bébert peinait à chasser de son esprit de si macabres souvenirs. Il avala sa salive et sentit son cœur redoubler d'activité, martelant sa poitrine si fort que ses artères lui faisaient mal. Ses copains d'écurie se moquèrent de sa pomme livide : « Allez Bébert, lâche la tête, c'est pas l'Arc de Triomphe ! ... » Lâcher la tête de la jument ? Pas question, pensa Bébert, crispé sur La Brêle comme une main d'avare sur le cordon de sa bourse. Il pleurait sur son sort que les éléments s'acharnaient à rendre plus lamentable encore ; une vilaine pluie imprégnait le cuir des rênes glissantes et ses yeux étaient griffés par les projections de sable envoyées par les sabots qui le précédaient.

Bébert fixait l'occiput de sa monture, se demandant ce qu'elle lui mijotait dans cette marmite infernale, quand soudain, sans prévenir, La Brêle décocha deux coups de cul, projeta une salve de boue dans les feuillages, là où les écureuils se bécotaient, et fila ventre à terre.

Bébert n'était plus qu'une statue de ciment hantée par un cœur affolé. Dans un réflexe de vie ou de mort, il lui cisailla la bouche en tous sens. La Brêle se fendit la face d'un large sourire, agrippa son mors de toutes ses forces, et, plongeant violemment son encolure vers le sol, donna l'impression à son cavalier que les rênes lui échappaient comme une truite braconnée à la sagouin.

— Attention devant, écartez-vous, arrêtez-moi ! hurlait Bébert.

Du bout des rênes, il tenta de braquer son cheval fou, mais La Brêle lâcha le mors tout en balançant dangereusement son encolure. A gauche comme à droite, les sous-bois se gommaient. La vision apocalyptique qui s'offrait aux yeux exorbités de Bébert était celle du canoéiste parvenu par mégarde à la cime des chutes du Niagara.

Au loin, un groupe de chevaux tournait tranquillement en lisière d'un bois touffu. Ce même bois que Jacques le Joufflu avait pénétré au triple galop sur La Brêle emballée, quinze jours auparavant. Le Joufflu, qui aimait tant ce bois pour les champignons qu'il y dénichait, n'avait pas eu le temps de se baisser pour éviter une grosse branche de chêne. L'âge de l'arbre restera à jamais inscrit sur son front.

Loin d'être un con, Bébert préféra descendre en marche que de graver son nom sur un tronc. Comme il arrive qu'on puisse se défenestrer d'un immeuble incendié, il choisit de sauter.

La peur vous fait parfois oublier certains détails aux apparences non primordiales. Ainsi, l'esprit de Bébert fit abstraction que son être était droitier. Il sauta de la selle, côté gauche en passant sa jambe droite par-dessus l'encolure. La gauche toucha terre la première, en vrille, avec un bruit de branche cassée. Telle une toupie désaxée, Bébert tournoya sur lui-même avant d'entamer une belle série de roulés-boulés, lorsqu'un rocher insignifiant freina sa cervelle.

Cravachée par les étriers, La Brêle continua un moment sa course avant de stopper soudainement, ayant remarqué un brin d'herbe aussi luisant qu'une émeraude.

Bébert n'était pas mort. Il ne voyait plus, ne bougeait pas, saignait joliment par l'oreille. La peur nichée au creux de l'estomac lui rongeait les entrailles. Elle ne le quitterait plus.

27 octobre 1984

Biceps ne gonflera plus personne

Biceps avait la dent dure, mais la chiffe molle. Simple lad dans une écurie de courses, il mesurait aux alentours d'un mètre soixante pour près d'un mètre de largeur d'épaules. Un obus. Satisfait de son physique, il portait invariablement deux polos à col roulé, l'un bleu ciel, l'autre beige, aux couleurs délavées, qui lui collaient à la peau comme les écailles aux poissons. Ainsi moulé, on n'ignorait pas sa rangée grecque d'abdominaux rehaussée de pectoraux où deux bouts de tétons affichaient constamment une évidente santé. Un jean élimé jusqu'à la corde complétait son équipement de tous les jours. Une certaine manie de s'assurer que ses parties étaient en place, faisait de ce relief une sphère constamment noircie de taches de graisse et de fumier.

Dix ans de métier à son actif faisaient de Biceps un ancien, ce qu'il ne reniait pas. Bien au contraire. Cela l'autorisait à foutre sur la gueule des « bleus ». Il carburait à trois litres d'alcool par jour. « Mais l'pinard, aimait-il à dire, c'est pas d'l'alcool, c'est du raisin, ha ! ha ! »

Il était l'angoisse permanente des apprentis, les obligeant à effectuer les corvées dont il devait s'acquitter. De les considérer comme ses esclaves, ne lui suffisait pas. Sans cesse, il les harcelait de plaisanteries douteuses. Verser du purin dans leurs bottes, de l'avoine poussiéreuse dans leur col de chemise, enduire de graisse leurs outils, étaient ses blagues préférées. Avec deux ou trois zozos de son acabit, il se montrait également le plus enjoué pour une séance improvisée de bite au cirage sur un jeunot à la gouaille un peu trop culottée. Certains pleuraient de tant de méchancetés répétées. Devant ces grosses larmes, Biceps ne manifestait aucun remords. Plus bête que méchant, il n'était qu'une grosse tache.

Sa vie, il la considérait derrière lui. Durant les cinq premières années où il n'était qu'apprenti, chacun de ses réveils avait eu ce merveilleux élan d'espoir où il se voyait, drapé d'une casaque flamboyante, un sémillant coursier entre les cuisses, devant une foule admirative. Rêve qui, bien sûr, ne s'était jamais réalisé. Il rabâchait aux jeunes qu'à cette époque le métier n'était pas ce qu'il était aujourd'hui. Jadis, les chevaux étaient comparables à de véritables monstres, à ne confier qu'à d'authentiques cavaliers aux conditions physiques exceptionnelles... similaires aux siennes en fait.

— A mon époque, les gars n'étaient pas des lopettes, racontait-il, menaçant. De vrais durs, j'vous dis, qui, une fois l'écurie terminée, ne pensaient qu'à se foutre sur la gueule, à boire et à trousser les gonzesses des nuits durant, jusqu'à plus soif.

Puis, singeant un élan poétique, il plissait ses narines et fronçait les sourcils, ajoutant :

— Pour vous dire même, l'odeur de l'écurie n'était pas la même. La paille, la sellerie, sentaient l'urine et le sang !...

Nous les minots, déjà qu'on trouvait notre apprentissage à la limite du supportable, on était horrifiés.

Après dix ans de métier, Biceps n'aspirait qu'à une existence paisible. Soif de tranquillité qu'il traduisait en hurlant : « Faut pas m'emmerder ! » Il réglait ses journées comme du papier à rouler.

Biceps ouvrait l'œil à six heures du matin. Son premier réflexe était de se gratter copieusement l'entrecuisse tout en se raclant la gorge, remontant ainsi les déchets occasionnés par sa forte consommation de gauloises. Déchets que, par fainéantise, il ravalait. Puis il se rendormait un petit quart d'heure avec la conviction du type qui n'aimerait faire que ça. Dormir. Avec une semi-érection, juste ce qu'il faut de douillet pour ne point trop troubler son sommeil. Au bout de ce quart d'heure grignoté sur le harassement, il bondissait littéralement de sa paillasse, le visage défait et l'œil hagard, le slip en place, les chaussettes trouées aux pieds, avant de foncer vers les WC où il urinait avec fracas.

A six heures et demie, il était dans la cour et maugréait, ne trouvant plus de brouettes libres pour nettoyer ses boxes. Qu'un apprenti passe à portée de ses pognes, et le malheureux se faisait taxer son engin avec en prime un coup de botte s'il avait le malheur de protester un tant soit peu.

Biceps s'arrangeait toujours pour finir ses litières après tout le monde, à l'instant du petit déjeuner, restant seul dans la cour avec le cadre de l'écurie qui, justement, choisissait ce moment pour attribuer les chevaux au personnel... De cette attribution, dépendait l'humeur du jour de Biceps.

As parmi les as du bon vieux temps, selon ses dires, il revendiquait les chevaux « pépères », histoire d'entretenir cette aisance cavalière, gage de sa renommée. Pour se faciliter les choses, il caressait gentiment le cadre dans le sens du poil, sollicitant à l'occasion le soin d'effectuer quelques corvées supplémentaires. Une fois assuré de trois petits lots peinards pour la matinée, et surtout d'avoir échappé à un rogue, il filait vers le bar de la Reine Blanche en sifflotant un air de Sardou : « Ne l'appelez plus jamais France », ou quelque chose dans ce genre.

Lorsque le déroulé de sa journée se présentait bien, cela le mettait en appétit et il s'enfilait autant de tartines que de cafés-calva.

A cheval, dans les sous-bois, les apprentis majeurs le charriaient avec malice, doutant de la véracité de « son épopée ». Lorsque sa monture passait pour une « bicyclette », il se montrait particulièrement prolixe. Un joyeux mythomane. Et quand ses reparties ne trouvaient plus d'auditoire, il entonnait un air de musette mezza-voce, ou décidait de titiller un « bleu », soit en soulevant sèchement l'étrier du malheureux qui se retrouvait le nez dans le sable, soit en faisant un appel de langue ravageur, si la monture du souffre-douleur passait pour être nerveuse.

Vers midi, avant de s'attaquer au nettoyage de la cour, où il montrait de véritables prédispositions, il passait dans les boxes corriger les « bleus », jouer les gros bras. Pour le plaisir.

A midi et demi, Biceps se rendait invariablement au petit restau du bois Saint-Denis. Là, il était comme chez lui, connu de tous. A l'abri. L'humidité des vêtements, la chaleur des bottes en plastique remplies de paille et de fumier, opacifiaient les carreaux de l'estaminet. La patronne, gironde, volontiers blagueuse avec lui, les lads de sa condition, tout cela le rassurait et faisait de ce café un point d'attache essentiel à son environnement limité.

Il débutait son repas par quelques kirs au bar, puis s'enfilait avec entrain son menu à 30 francs, jamais en manque de rab de frites. Il s'offrait le luxe de reprendre un quart de vin et une demi-douzaine de pousse-café qui tiraient la pendule à quinze heures. Après quoi, il regagnait sa chambre pour une sieste de deux heures. A dix-sept heures, il revenait à l'écurie pour le travail du soir. De dix-neuf heures à vingt et une heures, le bar du bois Saint-Denis l'accueillait à nouveau.

Une fois par mois, il s'offrait une sortie parisienne. Elle consistait, après quelques arrêts stratégiques dans des cafés, à descendre toute la rue Saint-Denis, puis à la remonter, avant de s'offrir une prostituée de choix. Aux yeux du monde extérieur, il se disait jockey. Son malheur, à Biceps, fut de tomber sur un « bleu » à la gouaille pétillante que tout le monde dans l'écurie appréciait. Biceps trouvait que le petit René avait trop de « guts ».

— Il a tout dans la gueule et rien dans le froc, pestait Biceps.

Un jour, après qu'il eut été bafoué dans sa fierté par le petit René, Biceps coinça le môme dans le grenier à foin, et sur le dos écru des balles de paille, il essaya de le déculotter avec la ferme intention, présume-t-on encore, de lui tordre le zizi. René était un gamin habile, véloce et déjà aussi tonique qu'un ancien. Furieux qu'il parvienne à lui échapper, Biceps lança une fourche en bois dans sa direction. Le petit René réceptionna l'outil dans l'œil et faillit le perdre.

A partir de ce jour, Biceps enfila sur ses épaules noueuses une réputation de pédé si tenace qu'il lui était devenu impossible de soutenir les regards, et qu'elle l'obligea à quitter le métier.

On a perdu sa trace dans une usine picarde, loin de la chlorophylle enivrante des pistes d'entraînement.

Sa consommation de Kiravi tournerait allégrement au-dessus des six litres. Malgré son état éthylique permanent, on raconte qu'il ne sifflote plus jamais les airs de bal musette, ce bonheur de pinson, qui, ma foi, nous le rendait attachant.

10 avril 1986

Le tic de l'ours et le lad mal léché

Il arrivait avec la brume du petit matin, accompagné par une odeur de mousse et d'herbe fraîche, sifflant à gorge déployée. Il posait sa bicyclette à l'entrée de l'écurie et changeait de refrain. Il sifflotait toute la journée : mélodies, succès de jeunesse, tubes de l'époque ou airs composés par lui-même.

Il n'était plus tout jeune, mais son visage rond à la bouche rieuse avait un pétillement enfantin. Il paraissait avoir la vie devant lui. Il suffisait d'observer ses aller et retour kamikazes en vélo, de chez lui à l'écurie, pour se rendre compte de son inconscience ; et s'il tendait parfaitement le bras pour prévenir d'une de ses bifurcations, aussitôt, il couchait son engin au plus près du trottoir, tel un motard sur un circuit de vitesse. Il traversait ainsi Chantilly sans tenir compte des feux ni de la priorité à droite.

Ancien jockey en Angleterre, il était plutôt chétif. En selle sur son vélo, il semblait indestructible et n'avait rien d'un désespéré. Au contraire, il était la joie de vivre permanente. A un âge où certains sont de bons grands-pères tranquilles, lui était au turbin chaque matin à six heures. Il avait une propension à en faire trop, comme de trimbaler sur son dos malingre une balle de foin de cent cinquante kilos.

Depuis peu, il ne montait plus à cheval, mais sa vie passée sur le dos de l'animal était inscrite entre ses jambes arquées. On le surnommait Pad.

Enjoué et patient, il passait autant de temps à rassurer un cheval difficile qu'à expliquer à un bleu les rudiments du métier. Il ne parlait jamais beaucoup de lui. Encore moins des autres. Sur son crâne dégarni, bordé aux tempes et à la nuque d'une belle couronne de cheveux blancs, il portait toujours une casquette. Pour travailler, il nouait invariablement un tablier bleu autour de la taille, au-devant duquel se trouvait enfouis, dans de grandes poches, carottes, brins de luzerne et sucre. Les chevaux, comme les apprentis, éprouvaient beaucoup de passion pour le vieux lad.

En dehors de la vivacité de son regard et de son sourire à croquer des tonnes de pommes, la troisième chose la plus frappante chez Pad était ses mains. Larges, étalées comme un jeu de tarot sous les yeux d'une voyante, elles semblaient avoir été greffées à ses frêles poignets. Des mains d'artiste au joli réseau de veines bleutées protégées d'une légère toison argentée. Toujours nets et bien coupés, ses ongles devaient être le béguin d'une manucure. Il suffisait de le voir s'emparer des outils jaunis par les crottins et la poussière pour qu'il en fasse des trésors surgissant de la fange. Au contact de l'animal, elles étaient rapides et précises, tout en étant câlines. Si agréables aux robes soyeuses des pur-sang qu'ils allaient jusqu'à baisser l'encolure afin qu'elles puissent atteindre le sommet de leur crâne.

Fripon, Pad ne craignait rien. Un « monstre » pouvait très bien avoir sorti et partiellement dévoré quelques lads dans sa semaine, l'Anglais pénétrait dans le box à « haut risque » en sifflotant, joyeux, l'esprit azuréen. Derrière sa minuscule silhouette osseuse, le fauve cabrait, gueule grande ouverte. Pad jouait l'étonné, blaguait, « Alors mon grand, t'as les crocs ? », ou pour se distraire, plongeait, vif comme l'éclair sous les membres qui battaient l'air, chatouiller l'arrière-coude de l'antipathique. Si un cheval le mordait, il en faisait autant.

— Il n'y a pas de chevaux méchants, répétait-il souvent. Ils naissent tous bons, avec une seule envie, celle de vivre joyeux comme après leurs galops effrénés entre copains sous le regard attendri de leur mère. Ils s'emmerdent dans une écurie ! Vous ne pouvez pas demander à des prisonniers d'avoir toujours un sourire envers leurs geôliers.

Le travail de l'écurie terminé, Pad plaçait ses pinces à vélo et enfourchait l'engin. Pour émerveiller son monde, il inventait de nouvelles facéties acrobatiques, repoussant un peu plus loin l'incroyable et les notions de l'apesanteur.

⁂

Vergnon était tout le contraire de Pad : la trentaine déjà vieillissante, un long nez crochu faisant tout son possible pour éloigner des yeux ternes d'une bouche sans relief, si ce n'est une bonne dizaine de dents en moins, et pas les plus inutiles. Sec, filiforme, besogneux, tire-au-flanc, aigri, violent, tel était le bonhomme.

Il hérita malencontreusement d'un grand deux-ans bai-brun, répondant au nom de Poseur. Mal nommé, puisqu'il avait le tic dit « de l'ours ». Il passait son temps au box, soit plus de vingt-deux heures, à danser d'un antérieur à l'autre. Quand parfois il stoppait cette saga de fauve en cage, c'était pour embrayer le tic « de l'encensement », lequel consiste à balancer l'encolure de bas en haut.

Vergnon, lui-même atteint d'un nervosisme particulier, ne supportait pas cet incessant manège. La psychologie n'était pas son fort. Pour tenter de calmer l'animal, il le pinçait, lui envoyait des baffes et l'attachait au plus près de l'anneau, lui donnant un nouveau tic, celui de tirer « au renard ».

Il lui jetait également son avoine à terre, au plus près

du fumier, occasionnant un certain nombre de désagréments quotidiens au coursier.

A monter, le cheval était tout aussi excédant. Il s'effrayait pour un rien, faisait tinter sans répit son mors, galopait les naseaux à ras du sol, l'encolure enroulée et la tête braquée, tantôt à droite, tantôt à gauche.

En selle, Vergnon n'aimait pas passer pour un imbécile. Poseur ne savait plus quoi faire pour échapper aux terribles leçons d'autorité de son cavalier qui ne le supportait plus. Entre eux, cela devenait de plus en plus saignant. Jusqu'au jour où Poseur tira une fois de plus « au renard ».

Vergnon se trouvait sous lui, en train de laver l'un des sabots postérieurs de l'animal, au-dessus d'un seau. L'eau du seau s'éparpilla sur la paille fraîche. Fou de rage, Vergnon se précipita vers la fourche aux trois lames d'acier. Loin d'être borgne, le cheval, lorsqu'il vit l'outil en main, décocha une ruade dans sa direction. Avec une spontanéité similaire à celle d'un lanceur de javelot parvenu à la limite de sa course, l'homme lança la fourche. Les trois lames se plantèrent dans la cuisse de Poseur avant que ses ruades ne l'en débarrassent. Faute professionnelle. Incontestable. Vergnon fut viré.

Pad fut chargé de soigner le cheval. Il profita de sa convalescence pour lui ôter le goût de tous ses tics.

— Quand tu te ronges les ongles jusqu'à l'os, y a que deux trucs pour t'en distraire, disait-il aux gosses, le cul ou la bouffe. On ne m'autorise pas à faire l'agent matrimonial, alors, il me reste mon marché noir, mes sucreries, mes carottes.

Poseur manqua toutefois d'un peu d'élan en compétition. Deux ans plus tard, il fut vendu à un entraîneur provincial.

⁂

Un beau matin, au milieu d'une note en trémolo et d'un virage, Pad fut frappé en pleine face par une voiture démunie de freins. Son vélo était mort, la voiture également, mais pas lui, tout du moins pas tout à fait malgré la crainte des chirurgiens. Ce jour-là, Pad fit au moins quatre-vingts orphelins, chevaux et apprentis confondus. On ne l'a jamais revu à l'écurie. La retraite l'a rattrapé. Vingt ans plus tard, il en profite encore bien, en effectuant beaucoup de voyages touristiques du troisième âge, en car.

Sept ans après cet accident, doté d'une grande expérience des hippodromes provinciaux, Poseur arriva chez l'entraîneur Schicklin, dans le Maine-et-Loire.

Parmi son personnel, l'entraîneur comptait le fameux Vergnon. En apercevant les épis blancs de la cicatrice sur la croupe du nouveau pensionnaire, Vergnon eut froid dans le dos. Bien vite il fut stupéfait de la gentillesse du cheval qu'il observait entre les mains de ses collègues. Il n'avait plus aucun tic et ne montrait pas d'intérêt particulier envers son ancien bourreau, ne semblant pas l'avoir remarqué.

Un mois passa jusqu'au jour où Vergnon dut le monter. En ouvrant le box, le licol en main, ses membres tremblaient. Le cheval releva à peine la tête. Alors qu'il le conduisait vers l'anneau pour l'attacher, le lad ne quittait pas l'animal des yeux, son bras tendu pour prévenir toute agression, remarquant la boiterie légère à son postérieur gauche. Après l'avoir attaché, Vergnon continua à prendre des précautions. Alors qu'il lui rafraîchissait sa litière, il se figea soudainement, ayant entendu le bruit familier de la chaîne du licol, secouée dans un rythme nerveux. Le cheval avait entamé le tic de l'encensement. Vergnon, bien que le cheval ait arrêté de secouer la chaîne du licol dès qu'il eut senti le regard de l'homme sur lui, paraissait certain du fait.

Une fois en selle, le garçon d'écurie retrouvait un semblant de détente. Il expliqua à un confrère que sept ans auparavant, il avait dressé ce cheval.

— C'était un lion, regarde ce que j'en ai fait, un poney !

Poseur suivait tranquillement la file de ses congénères, même si, parfois, une oreille attentive aurait pu entendre le grincement inquiétant de ses dents sur son mors.

De retour à l'écurie, les gars prenaient leur temps pour desseller et donner un dernier coup de brosse avant la distribution d'avoine.

Une ambiance printanière et légère donnait à certains d'entre eux l'élan de se prendre pour des oiseaux. De box en box, leurs sifflements se répercutaient. Jusqu'à l'instant du hurlement. Le cri venait du box où se trouvait Vergnon.

Celui-ci avait dessellé puis nettoyé Poseur. Le cheval était détaché. Vergnon avait ôté son licol, gagné la sortie, attrapé le bac d'avoine, pénétré à nouveau dans le box, versé l'avoine dans la mangeoire, et, se retournant, il sentit le poids du ciment dans ses os. Il hurla, statufié. Poseur barrait la sortie de toute sa masse sombre. Ses flancs tressaillaient furieusement au rythme de son « tic de l'ours » revenu comme un vieux cauchemar.

Les lads coururent jusqu'au box. Pas assez vite.

Poseur n'avait pas oublié. Sagace, il avait jugé le moment idéal pour bondir sur l'homme. Il reposait maintenant, les antérieurs repliés sur l'estomac du bonhomme, pesant de tout son poids, ses crocs jaunis de vieux cheval enfouis jusqu'à la gorge dépenaillée de Vergnon.

31 janvier 1987

Le cor du délit

Le pré grimpait dur. La silhouette du véto chancelait. Il avait la nuque couleur bouillie de fraises et se l'épongeait régulièrement. Un peu plus haut sous le soleil, le couple venu l'aider, accompagné dans son escalade par le gars Mouchard, stoppait souvent sa marche, attendant l'homme de l'art, lequel tempêtait.

– Ah, mes enfants, c'est pas tous les jours tranquille d'être vétérinaire de campagne.

L'homme qui portait la mallette et les outils du médecin, Walter, un fort garçon à la moustache de gendarme, le tranquillisa avec le sourire.

– Nous y sommes, docteur, j'aperçois le coquin.

Tout en haut de la colline, légèrement brouillée par les herbes séchées, on apercevait la tête de Sambre, le poulain de trois ans du gars Mouchard, les mirettes et les oreilles pointées vers ses quatre visiteurs.

Le véto avait le pressentiment que l'affaire se présentait mal :

– Pourvu qu'une fois là-haut, il ne lui prenne pas l'idée de redescendre dans le bas du pré au galop.

Mais Sambre était trop chic cheval pour faire tourner en bourrique les bonshommes. Innocent, curieux et pétri de bonnes intentions, il était honoré d'avoir autant de visiteurs d'un seul coup. D'habitude, il passait ses semaines seul dans son pré, attendant le week-end où son maître le sellait pour participer à des chasses à courre.

Ce dernier avait acheté Sambre un an auparavant pour combler son péché mignon, la sonnerie de cor de chasse.

Rien n'est plus désœuvrant que de souffler dans son cor, seul, à l'heure où les brumes bleues enveloppent la forêt. Depuis toujours, Mouchard, électricien de son métier, rêvait de côtoyer la haute aristocratie tourangelle. Il avait le cor. Il lui manquait le cheval.

Ses bases équestres étaient tout à fait sommaires, mais le gars Mouchard n'avait pas hésité un instant. Histoire d'épater ses futurs partenaires de chasse, son choix s'était porté sur Sambre, cheval de selle ayant un ascendant trotteur, et une morphologie exceptionnelle : un mètre soixante-quinze au garrot, une encolure arc-boutée comme celle d'un étalon percheron, une échine pareille à une enclume, saillante, un poitrail aussi épais qu'un bureau de PDG, un cul et un contour de reins identiques à ceux d'un lutteur sumo. Avec sa tête sans entourloupettes, Sambre était un beau bébé bai avec des reflets rubiconds nichés aux endroits les plus tendres de sa robe. Sur son dos, Mouchard avait déjà meilleure mine et grande allure.

Il y eut un problème.

La toute première fois où, apercevant un cerf affolé qui détalait, l'électricien stoppa sa monture à l'orée d'un bois, Sambre n'imaginait point ce qui allait suivre. A dix centimètres de ses oreilles, le son gaillard du cor percuta ses tympans. Le réflexe naturel du chevaleresque équidé fut la fuite. Directe, irréfléchie, au plus loin du tintamarre.

Mouchard, qui n'avait de l'assiette équestre qu'une idée fort approximative, se retrouva les fesses à terre.

Leur association ne s'arrangea pas avec le temps. Sambre, bon bougre sans notion aucune de sa force, n'aspirait qu'à de longues balades aux trois allures régulières. Son cavalier, lui, voulait pouvoir le mettre à l'arrêt afin de souffler toute sa bonne humeur dans son instrument à vent. En fait, il y avait juste un problème d'éducation facile à résoudre. Mais le gars Mouchard qui, à mesure que le temps passait, avait de plus en plus peur de son cheval, préféra écouter les conseils d'un ami qui n'avait jamais vu Sambre de près ni de loin.

— Castre-le, il va se calmer, lui dit-il. De toute façon, un cheval de loisir est bien plus agréable à monter lorsqu'il est coupé. Avec l'âge, ça tourne à l'étalon ces bestiaux. On peut plus les toucher.

Cette explication avait rassuré l'électricien qui n'osait plus approcher son cheval, tout du moins avec l'instrument du conflit en main.

Lorsque le groupe de visiteurs arriva en haut du pré, c'est la pogne épaisse de Walter qui attrapa le licol. Son épouse, ex-assistante du vétérinaire, qui adorait Sambre pour sa gentillesse, le caressa aussitôt. Le cheval lécha la main de la jeune femme. L'âme en peine, elle se voulait rassurante.

— Là, mon pépère, ça va aller, dit-elle doucement.

Le vétérinaire extirpa une seringue de sa mallette, la remplit d'un tranquillisant, et enfila l'aiguille dans la grosse veine jugulaire après l'avoir désinfectée.

Sambre ne bougea pas d'un poil. Confiant. Le soleil était printanier, les moineaux se chamaillaient dur. L'existence était douillette. La jeune femme et Mouchard se tenaient à la tête du cheval, Walter lui soulevait un antérieur, tandis que le véto, par précaution, lui entravait le second antérieur avec un membre postérieur.

Tous attendaient de voir les grands yeux marronnés se voiler de bleu. Lorsque le scalpel se posa sur la peau noire des testicules, Sambre eut l'envie de ruer. Le véto lui injecta une nouvelle dose d'anesthésiant.

Le contenu des bourses était si lourd qu'il ne laissa pas l'entaille du scalpel aller jusqu'au bout de sa course, s'extrayant, noyau ivoire et sanguinolent, de son écorce. Mouchard n'en revenait pas de leur volume. Le vétérinaire le rembarra :

— Si vous les aviez lavées plus souvent, vous sauriez la tête qu'elles avaient. Vous êtes comme les paysans qui, quand je leur dis de me ramener l'urine de leurs vaches, me demandent toujours si les analyses ça coûte cher. Je leur réponds que ça coûte moins que le prix d'une vache. Quand on a des bêtes, faut les entretenir.

Son avis exprimé, il s'empara de la longue tenaille avec laquelle il ligatura fortement les canaux spermatiques. Une fois ceux-ci bien écrasés, il les sectionna. Le bruit sourd sur l'herbe fit disparaître la glotte de Walter.

Il ne restait plus qu'à désinfecter, recoudre la peau des testicules disparus et pulvériser un produit cicatrisant avec une bombe aérosol.

— Gardez-le tranquille au box durant vingt-quatre heures, je reviendrai le voir demain, dit le vétérinaire au propriétaire.

Repartant avec le couple, il se retourna, ajoutant :

— Surtout, marchez-le doucement jusqu'au box.

⁂

Walter était chez lui, confortablement installé, en train de se rincer le palais avec le fond d'un jeune bourgueil. Le téléphone sonna. Il était vingt-trois heures. Sambre était hongre depuis douze heures.

Angoissé, à l'autre bout du fil, Mouchard.

— Sambre pisse le sang par le fourreau, qu'est-ce que je dois faire ?

A minuit, le vétérinaire ne comprenait toujours pas la raison de cette hémorragie. Ses qualités professionnelles risquaient d'en prendre un coup.

Dans son box souillé, Sambre retrouvait ses visiteurs, le flanc douloureux, les membres noirs de sang. On lui injecta une dose massive d'anesthésiant. Il s'allongea sur sa litière. Le médecin enfila son avant-bras dans le bas-ventre de l'animal pour aller rechercher les canaux spermatiques remontés dans la région des reins.

Un quart d'heure après, alors qu'il recousait la peau des testicules, Sambre se réveilla. Cauchemar. Walter le moustachu costaud dut s'allonger sur l'encolure pour l'empêcher de se relever, tandis que Mouchard, pas rassuré, faisait semblant de lui maintenir la croupe au sol. Malgré les 90 kilos reposant sur son encolure et les fortes doses de l'anesthésie, Sambre se redressa. Le moustachu vola à l'autre bout du box comme s'il n'était qu'une plume. Il se reçut dans la mangeoire, deux côtes fracturées. Mouchard se réfugia dans un angle. Avec le fil et l'aiguille, le vétérinaire tentait désespérément de terminer son ouvrage. Un sabot lui fractura la mâchoire et son aiguille se figea dans la sombre purulence.

⁂

C'est bien plus tard, une fois Sambre cicatrisé, que Mouchard avoua son délit. Il n'avait pas écouté le vétérinaire et, à peine l'opération close, il avait laissé seul son cheval au lieu de le rentrer au box.

Emergeant de sa torpeur, l'immense bai avait détalé au grand galop dans son pré et sauté la ravine qui se trouvait en bas.

Malgré le carnage de son entrecuisse, Sambre, aidé par sa bonne constitution, se remit de ses traumatismes. Dès qu'il retrouva la douceur d'un pré, l'un de ses congénères, une petite pouliche maigrelette qu'il aurait pu corriger sans mal, l'accueillit d'une ruade décochée en plein buffet.

Mouchard ne vint plus le monter.

— Trop de boulot, disait-il.

Il craignait que Sambre lui fasse payer sa bêtise... De temps en temps, il jouait du cor, seul sous les pins, les genoux sous les fougères, sursautant aux moindres bruits de la forêt.

Sambre n'a gardé aucune amertume envers l'homme.

Il loge dans un centre équestre. Chaque week-end, il chasse. Son cavalier le plus fidèle, un vieux comte myope incapable de prendre le galop sans perdre sa bombe et ses lunettes, ne veut que courser le cerf. Sambre aime être au cul de la meute aux langues pantelantes. Ce sport le comble. Et quand, au loin, il entend les sonneurs, ça lui chatouille l'échine agréablement.

Une seule chose a changé chez lui : son regard. Un peu plus gris, sérieux, mélancolique et étonnamment plus viril.

17 février 1989

L'amour propre d'Esquive-Lavabo

La sonnette du réveil mécanique déchira l'air vicié de la mansarde. Cinq heures ! La pogne de Gaston s'abattit sur l'horloge. La nuit était aussi noire que ses ongles. Il repoussa les draps trempés de sueur en maugréant, se leva et se dirigea vers le lavabo. Un regard de biais dans la glace, il caressa son menton mal rasé d'une main et de l'autre étira son sexe fripé et pessimiste.

— T'as pas l'moral toi non plus, hein ? dit-il en regrettant les jours heureux où une joyeuse érection saluait ses levers tardifs.

Gaston avisa le savon noirci par ses mains de palefrenier.

— On s'lave pas avec un savon sale, dit-il, renonçant, comme toujours, à la plus élémentaire des toilettes.

Il récupéra le plus beau mégot de son cendrier, le coinça entre ses lèvres plâtrées de nicotine, l'alluma et claqua la porte sur sa mauvaise nuit.

Ça faisait une paye qu'il se nourrissait de sandwiches, de conserves et de bières. Il avait le teint couleur d'algues desséchées au soleil, des cheveux filasse et des pelures en guise de tenue, mais malgré tout, un éclat d'enfance attendrissant dans son regard triste. Lui qui ne s'était jamais lavé et rasé plus de deux, trois fois la semaine, avait réduit ses ablutions à un rythme mensuel. Ce qui lui avait valu le surnom peu flatteur d'« Esquive-Lavabo ».

Enveloppée d'une mince couche de givre, l'Ami 6 était

là, crottée, cabossée, sublime de décrépitude dans sa livrée de pièces rapportées et plus que piquées. Sa caisse lui ressemblait : elle sentait la clope froide, la bière tiède, la rouille, le moisi et le vieux crottin de semelle.

Il fallait vingt minutes à Gaston pour gagner le centre équestre où il s'était posé voilà deux ans, près d'Angoulême. Avec Seule Amour. Sa jument.

⁂

Dans ce centre équestre, il y avait une trentaine de chevaux « de randonnée », catalogués de « tréteaux » par Gaston, et une vingtaine en pension. Cette vingtaine-là permettait aux « permanents » d'avoir chaque jour un minuscule picotin sans pour autant être obligés de randonner du matin jusqu'au soir. De toute façon, vu leur état, une balade en trop les aurait rétamés. Le patron était un type malheureux qui se persuadait jour après jour qu'aucun de ses employés ne méritait le Smic. D'ailleurs, Gaston touchait la moitié de ce minimum. Au noir. « En contrepartie, lui avait dit le boss, ta jument est hébergée et nourrie. C'est toi qui t'en occupes. En dehors des heures de boulot. »

C'est là tout ce qui comptait pour Gaston ; conserver Seule Amour et subvenir à ses besoins.

Leur première rencontre datait de ces jours insouciants où elle était une toute jeune pouliche. A l'époque, elle était aussi grasse qu'un agneau venant de naître. Ses grands yeux de gazelle hurlaient des cargos de bouleversement et de tendresse. Seule Amour avait été la plus mauvaise de l'écurie. Toujours malade. Quand elle n'avait pas, six mois durant, la goutte aux naseaux, apparaissaient des coliques ou une déchirure musculaire. Le véto avait fini par lui trouver un cancer. Mais sous les caresses de Gaston, Seule Amour semblait repousser la mort. Aussi lui avait-il juré de ne jamais la quitter.

Chaque matin, avec son vieil Opinel, Gaston lui découpait des pommes en fins quartiers, craignant qu'elle ne s'étouffe avec. Elle, pour le remercier de toutes ces friandises et de son amour jamais démenti, retroussait le bout de ses naseaux et faisait mine de croquer sa joue avec ses lèvres brunes. Lui, chaque fois, disait en riant de bonheur, faussement incommodé : « Arrête Seule Amour, arrête... »

Maintenant, Gaston, pas tout à fait la trentaine, arrivait au bout. Ses plombs avaient sauté, plaisantaient-ils à l'écurie. Seule Amour était au seuil de son ultime soupir. S'éteindre en s'oubliant, sous la crasse. Ainsi en avait-il décidé...

⁂

Un nouveau cheval de propriétaire arriva au centre équestre : Tracy. C'était un grand bai rubicond avec des membres sombres. Il appartenait à une jeune fille de bonne famille, Mlle Nathalie Boucheron de La Chaume. Quand elle arriva le premier jour à l'écurie, dans son coupé MG rouge, la vie s'arrêta. Le patron qui tournait un poulain en longe faillit se faire saucissonner par la corde ; le beau Richard, bras droit du patron et tortionnaire de Gaston, en selle sur Moustique, stoppa sa monture ; les chiens arrêtèrent d'aboyer et les oiseaux de gazouiller.

Gaston, lui, fut foudroyé d'enchantement.

Nathalie lâcha le volant en bois, rajusta ses lunettes noires, glissa un index sous son foulard afin d'y camoufler quelques mèches blondes, et ouvrit la portière, façon starlette attentionnée.

Moulée de la tête aux pieds, elle portait des boots en cuir noir, un jodhpur si collant qu'on la devinait nue, une veste d'équitation de couleur identique à ses bottines, cintrée sur une chemise blanche immaculée. Les épaules droites, la taille cambrée au-dessus d'une paire de fesses aussi rondes que menues, elle avait la démarche d'une Baby Doll volontaire. Il y avait dans ses yeux bleus tout un orchestre, ses lèvres pleines paraissaient vouloir mordre dans une maltaise. Le reste de son visage était à l'avenant ; on avait envie de le croquer de partout.

Elle gagna le box de Tracy, sa bombe de velours à la main. Enroulée d'un halo de lumière, sa silhouette effaçait la crasse ambiante.

⁂

La nouvelle cliente vint quatre fois la semaine faire sauter des obstacles à Tracy et le promener dans la campagne environnante. Esquive-Lavabo avait été chargé de lui faire découvrir tous les chemins. Le lad en profitait pour lui dérouler le fil de sa vie de jockey en coloriant la réalité, lui disant avoir monté à Auteuil. Malgré des battements de paupières fuyants, il ne parvenait pas à détacher son regard glouton de sa compagne de promenade. Et le roulement lancinant, persistant, des reins de la cavalière lui trottait sous les mains et lui chauffait les tempes.

Nathalie s'était montrée intéressée par les prétendus exploits de Gaston. Il devait connaître des tas d'astuces techniques. Et puis, la dévotion du garçon pour Seule Amour l'avait profondément émue.

A la fin d'une matinée, glissant son minois dans le box de Seule Amour, elle avait surpris le palefrenier en pleine séance de câlins. Le thorax contre le poitrail de sa belle, Gaston lui enserrait les épaules, massant tendrement le pourtour de son garrot. Il lui disait des choses ahurissantes. Des mots à faire frémir d'impatience une jeune femme romantique. Il racontait sa beauté, sa douceur, la grandeur de son âme, le bonheur qu'il éprouvait d'être le gardien de son existence, sans jamais suspendre le ballet savoureux de ses mains caressantes.

Nathalie buvait la scène, assistant, époustouflée, à la métamorphose de Gaston. Jusqu'alors, elle ne s'était pas aperçue que les traits du jeune homme, détachés un à un, étaient empreints d'un charme certain ; sa crasse apparente se craquelait sous le feu de sa passion.

– Quand tu es née, lui disait-il, une étoile a dû s'éteindre dans le ciel.

Sa jument l'écoutait.

– Je veux pas que tu meures. Je veux pas que tu meures...

Il pleurait maintenant, le corps secoué, les mains empoignant douloureusement le garrot de l'être chéri.

Seule Amour tourna son encolure pour lui lécher la joue, alors que Nathalie s'en allait sur la pointe des pieds, toute légère en son sein, chancelante, son air buté amoindri, l'adorable contour de sa bouche, bée, des lucioles mouillées au fond des yeux.

Se sentant au centre d'un intérêt qu'il n'avait pas suscité depuis belle lurette, Esquive-Lavabo se mit à fréquenter sa salle de bains aussi obstinément qu'une vieille fille les bénitiers. Les odeurs du palefrenier devinrent du jour au lendemain aussi agréables à sentir que celles d'un nourrisson. Il se lavait matin et soir, se rasait, se frottait les dents avec la vigueur d'un bûcheron. Il se gominait les cheveux et avait refait toute sa garde-robe.

⁂

Le beau Richard, blond, court sur pattes mais taillé en V, n'appréciait pas qu'Esquive-Lavabo lui vole la vedette. C'était lui le tombeur du centre, lui qui épatait les minettes lorsque, par un simple appel de langue, il faisait mettre au trot leurs chevaux ou les stoppait par un « ohhh » retentissant d'autorité.

Il commença à railler Gaston puis à le taquiner physiquement. Ses remarques savaient être humiliantes. Gaston en souffrait. Le beau Richard s'arrangeait toujours pour lui confier des corvées dans le but de l'éloigner de la belle Nathalie.

Un jour, la jeune femme fit part à Gaston de son intention d'acheter un second cheval. Elle en connaissait un à vendre non loin d'Angoulême, de prime abord physiquement pourvu. Elle tenait à ce qu'Esquive-Lavabo l'accompagne pour qu'il ausculte ce cheval, l'essaie et lui donne un avis éclairé. Rendez-vous avait été pris pour le lendemain.

L'après-midi, Gaston s'acheta une chemise blanche et un costume de couleur gris postier. Le lendemain matin, il vint confier à Seule Amour l'espoir fou qui lui avait laminé merveilleusement son sommeil.

— Je serai à sa droite, dans sa MG, lui racontait-il tout en lui découpant de fins quartiers de pomme. L'après-midi avec elle, te rends-tu compte ? Ce cheval qu'elle désire, je vais lui apprendre à le regarder, à le toucher, mes mains vont guider les siennes. C'est fou. Et après, elle m'invitera chez elle, me présentera à ses parents. Peut-être ne seront-ils pas là. Peut-être désire-t-elle me garder à ses côtés, pour elle seule. Ne t'inquiète pas mon amour, tu seras avec moi. Grâce à toi, je saurai m'en sortir.

Un quart d'heure avant la fin du travail, il endossa son costume neuf, s'inonda les aisselles avec de l'eau de toilette Mont-Saint-Michel et attendit, le cœur à deux cents pulsations, la venue de la MG rouge. Le beau Richard se pointa à ses côtés et lui dit d'un ton menaçant :

— Dis donc, le prince Charles, tu vas me chercher ta fourche et me faire le plaisir d'aller refaire le box de Carnaval, c'est un vrai merdier.

Gaston refusa, supplia le beau Richard, jurant qu'il reviendrait dans l'après-midi repailler le box. Mais le beau Richard, le muscle nerveux, l'œil jouisseur, ne voulait rien savoir, et, s'apercevant que rien ne pourrait faire plier Gaston, il l'attrapa aux revers de sa veste, le poussant violemment.

Esquive-Lavabo s'écroula dans la fosse à purin. Il se releva des larmes dans les yeux, les poings serrés. Dégoulinant de saleté. Sa première réaction fut de cogner, mais, tel un cabri avec l'haleine de son prédateur aux fesses, il s'élança pour aller cacher sa misère.

En riant, le beau Richard le vit tourner au coin de la sellerie. Il entendit un choc suivi d'un crissement de pneus. A pas lents, il alla voir.

Gaston s'était pris l'aile avant gauche de la MG en plein bas-ventre. Il était plié en deux contre une roue, la paillasse déchirée par l'aluminium, un brin de viscères sur le pare-chocs. Il puait comme jamais.

Nathalie avait sauté de la voiture. Agenouillée près du malheureux, elle sanglotait, le visage plaqué contre le sien.

Gaston ne sentait que l'humidité de ces lèvres qui lui chatouillaient les joues comme le faisait sa jument chérie aux tendres matins. Il ne voyait plus rien, emporté vers des courants obscurs. Les traits adoucis par un étrange sourire, il murmura :

— Arrête Seule Amour, arrête...

26 juillet 1989

Crack, trac... krach

J'étais plein d'espoir. Le cœur vaillant, impatient de voir courir mon achat, une pouliche yearling brillante comme les blés avant la fauche, avec une bonne mine reposée aux grands yeux sombres balayés d'une mèche blonde.

En fait, m'apprit mon entraîneur, elle était alezane avec un pétale de rose sur le bout du nez. Elle m'avait coûté 70 000 francs, soit trente pour cent plus cher que ce que j'escomptais investir. Tant pis, maintenant qu'elle m'appartenait, j'y croyais dur comme fer.

Pourtant, ce n'était pas celle que j'avais choisie. J'en avais proposé plusieurs à l'entraîneur : une petite rousse avec une crinière blonde de Scandinave ; une châtaigne avec des reflets d'automne sur les cuisses, montées sur quatre petits sabots noirs brillants comme des olives ; une autre aussi, qui m'avait fait flancher l'âme, sombre et souple comme une panthère avec des socquettes blanches tendues à mi-canon et une adorable trombinette aux yeux mutins qui ne demandait qu'à glisser son bout de nez soyeux sous mon blouson.

A chaque fois, l'entraîneur me démontait mes coups de cœur. Influençable en diable — et pour cause, je n'y connaissais rien —, j'écoutais ses avis : « panarde », « mauvais aplombs », « pas de papiers »... Je n'y pigeais que fif, cherchant de quels papiers il pouvait s'agir.

Le soir des ventes, j'avais téléphoné au copain turfiste

qui m'avait conseillé de placer mes économies dans le pur-sang, afin qu'il me mette au parfum. Au cours de ma courte carrière de propriétaire qui allait suivre, je n'allais pas cesser de l'appeler.

En fait de papiers, il était question d'origine. La pouliche que j'avais achetée avait de « sérieux ascendants », dixit l'entraîneur.

— Tout du moins dans la tranche de prix que vous vous êtes accordé, s'empressa-t-il d'ajouter. Une branche Rothschild du côté du père ; allemande du côté de la mère.

Ça sentait le deutsche mark, ça me sembla sérieux.

Je désirais la nommer Lolita.

— Surtout pas, me dit l'entraîneur, il lui faut un nom anglais. Si d'aventure, un jour, vous voulez la vendre un bon prix, il n'y aura que les Américains, les Arabes ou les Japonais pour vous la racheter au-dessus de sa valeur.

Il la baptisa Lovely Success Arabia.

Pour moi, elle était Lolo.

L'entraîneur s'appelait George-Eric Vandamme. Mon copain me l'avait conseillé, car d'après lui, il avait la réputation d'être un véritable sorcier.

— En plus, m'avait-il dit, il est connu pour ne pas laisser dormir ses chevaux au fond des boxes. Il les court très tôt et souvent ; tu vas vite rentrer dans tes frais.

***

Le lendemain de son arrivée dans sa nouvelle écurie, je téléphonais à Vandamme pour prendre des nouvelles de Lolo : avait-elle bien voyagé, bien dormi, bien mangé ? Son lad lui convenait-il ?

Je tombais sur sa secrétaire ; une voix aussi rêche, vide et terrible qu'une fosse septique. A chacun de mes appels, je l'avais au bout du fil. « Môssieur » Vandamme était soit « aux pistes » (d'entraînement), soit « à la société » (des courses), soit « aux courses », soit « dans sa voiture », continuellement sur le chemin de l'aller ou du retour des pistes, des courses ou de la société. Peut-être était-ce la clé de son succès ? A courir ainsi sans cesse, il donnait l'exemple à ses pensionnaires sabotés.

En revanche, le loustic savait me faire parvenir les loyers et me joindre dans les trois jours si jamais je n'étais pas assez prompt à honorer ses factures.

Le loyer, tiens, parlons-en. 7 500 francs par mois. Je m'étranglais, sautant dans ma voiture en direction de Chantilly. Pas de pot, Vandamme n'était pas là.

– Il est parti en Normandie, me dit la secrétaire, visiter des haras.

Je l'imaginais en week-end avec le montant du loyer de ma Lolo.

Sans relever le nez de ses paperasses, la secrétaire écouta ma complainte. Après quoi, aussi sèche et désirable qu'une chambrière, elle me dit : « Si vous n'avez pas les moyens d'entretenir les frais d'un cheval de course, faut pas jouer au propriétaire. Dites-vous bien que la pension de votre jument est au plus bas. Vous n'avez pas encore vu les factures du maréchal-ferrant, du vétérinaire, de l'ostéopathe, du dentiste, et alors quoi (elle s'énervait, m'engueulait presque), les spécialistes auxquels un pur-sang digne de ce nom ne peut pas échapper. Ensuite, vous aurez les frais d'engagements, les forfaits à honorer... »

Son existence me pesait. J'abdiquais et m'en allais rendre visite à Lolo où un lad m'ouvrit la porte de son box.

Elle était là, endormie au milieu de sa litière, comme un bébé à qui on aurait ôté la chichoune, le museau enfoui sous ses flancs de pêche. A remords, elle étira son encolure vers nous, pointant ses beaux yeux clignotant de sommeil.

— C'est une grosse feignante, me raconta le lad, avant de se rattraper, se souvenant certainement que j'étais son propriétaire. C'est normal, c'est encore un bébé ; et le débourrage, les premiers exercices dans la forêt, ça crève.

Avec sa face éclaboussée de taches de rousseur, son sourire en virgule et ses lourdes pognes de primate, il me dévisageait comme s'il m'aimait déjà pour la vie. En fait, cette tendresse inopinée, je le découvris plus tard, n'était due qu'à l'espoir de toucher un pourboire, une coutume plus ou moins espérée elle aussi par le bas de l'échelle sociale des écuries.

Lolo ne manifestant pas l'intention de se lever, le lad m'autorisa à la rejoindre.

Accroupi près de sa tête, timidement, je mis mes bras autour de sa frêle encolure. Et ma Lolo, mon adorable Lolo, se laissa aller, laissant choir son visage sur mes cuisses bientôt enfourmillées, un soupir de plaisir dans ses reins alanguis, ses douces paupières bordées de longs cils à nouveau closes. Sur le coup, je me suis senti fondre. Dans mon costume trois-pièces, j'étais de la pâte molle. A partir de cet instant, je sus que jamais je ne regretterais d'avoir acheté ce petit enfant de cheval.

Après cette marée d'amour, je me suis demandé si Lolo n'avait pas somatisé. Tout l'hiver, elle traîna un mauvais virus, une grippe infernale. Chaque semaine, je lui rendais visite avec des carottes, du sucre, de la vitamine C, du Sargenor. Et malgré ses naseaux étouffés de glaires verdâtres dont je ramenais quelques traces sur mon manteau de cashmere, je l'aimais. Ses yeux brillants de fièvre me retournaient complètement d'émotion. Ses crises de toux m'arrachaient le cœur et je regagnais mon bureau l'âme chiffon, des effluves de Vicks aux talons de mes souliers crottés.

⁂

Dix mois plus tard, Lolo n'avait toujours pas débuté en course.

Ses frais de pension s'élevaient à près de 150 000 francs. Tout ça m'était devenu roupie de sansonnet, convaincu qu'elle me rembourserait au centuple. J'avais cédé mon cinq pièces dans le Marais, pour un deux pièces dans le XIIe arrondissement, vendu quelques meubles, ma voiture, et entamé un régime de patates-nouilles-riz des plus efficaces. Tout ça pour une jument chétive, fragile comme du verre, dont on ne s'occupait réellement que deux heures et demie par jour. Mais enfin je l'avais, j'étais à elle. Tout baignait.

Ma Lolo débuta treize mois après que je m'en fus rendu acquéreur. Dans sa course, il y avait sept autres pouliches débutantes. Pour moi, le calcul était simple : une chance sur deux pour qu'elle soit « dans l'argent ».

Giclant des boîtes en même temps que les autres, elle fut superbe ma Lolo. L'espace de deux secondes, peut-être trois, elle occupa même la tête, d'un poil. Mais après cinquante mètres, elle fermait déjà la marche, et ne la quitta plus.

— Elle est encore verte, m'avait dit Vandamme, ça n'a rien de dramatique, elle va progresser maintenant.

Il avait raison. Un mois plus tard, pour sa deuxième course, bien qu'à nouveau dernière au classement, Lolo n'était plus qu'à vingt mètres de l'avant-dernière, au lieu de cent... Vandamme accusa le jockey, son apprenti maison.

— Manque de métier, il s'est fait piéger, avait-il dit, faussement désabusé.

Pourquoi l'avoir choisi, me suis-je dit ? Ma Lolo ne méritait-elle pas Saint-Martin ?

Elle courut une dernière fois en fin d'année, s'emparant avec méthode et ténacité de la dix-neuvième place d'une course ayant vingt et un partants. Selon Vandamme, le terrain lourd fut responsable de cette « contre-performance ».

Au printemps de ses trois ans, elle disputa six courses et s'octroya une quatrième place, rapportant cinq mille francs sur mon compte en banque. Jusqu'alors, elle m'avait coûté plus de 350 000 francs.

Les raisons de la défaite étaient multiples. Vandamme, l'homme chargé de sa carrière de courses, était fin observateur. Tout d'abord, Lolo aurait avalé sa langue. On la lui attacha. Bousculée, elle avait pris peur de ses adversaires. On lui mit des œillères sur son beau visage de brouteuse. Elle avait été contrariée par le parcours corde à gauche. On la courut corde à droite. Une autre fois, elle avait penché sur la droite dans l'effort et son jockey avait été obligé de la reprendre. On lui posa une brosse avec des piquants sur la droite du mors. L'épreuve d'après, son jockey avait été mal inspiré. Je lui offris un ouvrage ésotérique traitant de la prémonition maîtrisée. La course suivante, il lui fit mener la course. Elle s'étouffa. « Votre jument, jugea Vandamme, il faut la laisser dormir à l'arrière du peloton pour lui économiser sa pointe de vitesse. »

Le lendemain de cet avis de l'homme de l'art, je vins sur l'hippodrome avec un oreiller.

— Tenez, lui avais-je dit en lui tendant l'enveloppe de duvet, vous direz au jockey qu'il le lui retire quand elle aura fini sa sieste, pas trop près du poteau quand même.

Vandamme n'apprécia pas cette note d'humour née de quelques agacements.

Et Lolo gagna enfin. J'étais le plus heureux des hommes. La descente fut dure. Elle avait gagné une épreuve de 60 000 francs. Une course à réclamer, ce qu'il y a de plus bas dans l'échelle des valeurs, et, détail que j'ignorais, où tous les chevaux partants sont à vendre. Et ma Lolo fut achetée sur l'hippodrome après son premier succès, par un marchand de fringues, pour 99 989 francs, alors que je la raccompagnais, victorieux et plus vidé qu'elle, vers son box.

Vandamme m'annonça la nouvelle le lendemain au téléphone.

A l'évidence, la pédagogie n'était pas son fort.

⁂

Vandamme, qui n'était pas un homme de communication, ne savait pas que mon côté soupe au lait pouvait me faire voir rouge. Moi non plus d'ailleurs. Je fus le premier étonné de ma réaction.

Un matin, alors qu'il revenait des pistes au volant de sa Mercedes, je suis allé lui infliger une correction. Cela me valut un procès que j'ai perdu.

Le misérable marchand de fringues qui avait acheté ma Lolo, consentit à me la revendre 130 000 francs deux mois plus tard, alors qu'elle s'était fêlé un boulet.

Tout ça est oublié. Maintenant, nous sommes tous les deux à la campagne. Je ne me lasse pas de la voir dans son pré.

Quand vient l'heure de la rentrer dans le box en bois que je lui ai construit, elle a toujours ces merveilleux démarrages facétieux à l'instant où je m'approche d'elle, la longe en main. Je bois son corps joyeux, aux muscles polis, qui, sous la lumière déclinante, met des diamants à mes rêves futiles de conquête. Et lorsqu'elle arrive au bout de son pré bordé de feuillées, tournoyant sur elle-même dans un méli-mélo de crinière folle, pointant les virgules sombres de ses oreilles vers moi, je me sens comme un enfant accoudé sur le rebord de sa fenêtre, les yeux dans la voie lactée.

25 décembre 1990

Jeux de nains, jeux de vilains

Lorsque j'aperçus pour la première fois Marcel, mon principal complexe, ma taille, s'amenuisa aussitôt. J'avais quatorze ans et je venais de débarquer fraîchement au centre d'apprentis jockeys-lads de Gouvieux.

Les apprentis, agglutinés devant la porte de la cantine, se retournèrent à l'arrivée du bleu que j'étais. Près de deux cents visages me dévisageaient durement. Il y avait bien quelques bouilles poupines plus hospitalières, mais si peu.

Je les dépassais quasiment tous d'une tête. Cette constatation, au lieu de les vexer, leur donnait de l'assurance. Ils s'égayaient en commentaires physionomistes : « C'est-y un bleu ou un joueur de basket ? » ; « Il aura pas besoin d'une échelle pour monter sur les gailles ». Je pliai les genoux pour me rapetisser sous leurs moqueries.

Un minuscule cafard édenté détourna l'attention de la pauvre chose rouge de honte à laquelle je ressemblais. Son existence devait être le produit d'une étreinte de nains. Le jockaillon de cirque était haut comme trois pommes flétries, mais il vous regardait de façon hardie, comme s'il vous toisait. A la cantonade, il lança avec un accent berrichon : « Il lui faudra quand même pas mal de soupe pour dépasser Marcel. Lui, il lui suffit d'écarter les jambes pour se mettre en selle. Les gailles lui passent en dessous. » Aussitôt, une avalanche de faciès hilares s'empara du petit groupe.

Il est vrai, que le physique de Marcel détonnait dans ce lieu réservé aux aspirants jockeys. Un véritable baobab enraciné au milieu d'un village de Pygmées. Pas un seul gosse ne lui dépassait le nombril. Géant parmi des singes nains, Marcel pouvait, sans se baisser, se gratter l'articulation arrière des genoux. Opération facilitée par une paire de paluches aussi monstrueuses qu'interminables.

Quant à son visage, il était aussi triste et impressionnant qu'un bovin au seuil de l'abattoir. Une bouche résolument serrée, un nez aux narines épatées, un front à la Frankenstein, et des oreilles volumineuses, hautes et larges, presque une erreur génétique, une antithèse aérodynamique. Cependant, sa face dantesque avait un regard attendrissant, malheureux, aussi poignant que celui d'un éléphanteau sevré dans un zoo.

C'était bien là le malheur de Marcel. Malgré sa supériorité physique, il se montrait incapable de faire du mal à une mouche et était devenu le souffre-douleur d'une bonne partie des postulants jockeys, qui trouvaient en lui un exutoire idéal à leurs propres frustrations.

Les quolibets de ses compagnons de chambrée n'avaient rien d'original : « Ton cheval arrive à galoper avec les aérofreins qu't'as en guise de bananes ? » ; « Il faudrait te mettre un tabouret sur la selle, pour empêcher tes pieds de traîner dans le gazon ! » ; « T'es pas gêné toi lorsqu'il pleut, avec le tarin qui t'sers de pébroque ». Les plus méchants ponctuaient leurs aigreurs verbales d'une baffe ou d'un coup de poing au ventre de Marcel. Lui ne disait rien, c'était ainsi. Il semblait être habitué à ce genre de vie. On le disait simple d'esprit. Avait-il le sentiment d'évoluer au milieu d'une tribu d'agités ne communiquant leurs marques d'affection que de cette façon ?

Car, ce n'était pas tout. Certains soirs, il subissait d'autres sévices bien plus humiliants : bite au cirage, supplice de l'eau ou des alcools dans la pure tradition moyenâgeuse, agrémenté de quelques sodomisations par le biais de cravaches artisanales, et autres délices. Jamais Marcel ne se plaignait. Tel un rat solitaire, il longeait les murs, silencieux et lointain.

Quelques mois plus tard, alors que j'avais encore gagné quelques centimètres et un peu d'assurance, je me sentais plus proche de Marcel. Je lui demandais ce qui lui avait donné l'idée de rentrer au centre des apprentis. Comme on pouvait l'imaginer, il n'avait jamais eu l'espoir de devenir jockey. Il me dit qu'il aimait tout simplement les chevaux. Vivre et travailler à leur contact, au milieu de la forêt, tel avait toujours été son rêve de gosse.

Chez son employeur, il était également l'esclave de l'ensemble du personnel, et il s'acquittait des tâches les plus ingrates sans aucun mouvement d'humeur. Il travaillait comme dix et, pour cette raison, on hésitait à le mettre à cheval. De toute façon, nonobstant son poids, ses collègues d'écurie prenaient un malin plaisir à prolonger son calvaire, le faisant chuter ou s'amusant à ce que sa monture s'emballe.

Un jour, ses voisins de lit, ne sachant comment tromper l'ennui d'un dimanche après-midi sans cours ni congés, l'attachèrent pour tester sur son intime personne l'emploi de la colle comme dérivatif du cirage dans le bizutage. Son sexe était l'objet de nombreuses convoitises car, fidèle à son profil, il était immense.

Les gosses ne se lassaient pas de triturer cette avantageuse partie de son corps. Et chacun mettait du sien pour exciter le Marcel, prêt à s'extasier de l'élévation imminente. Car la nature généreuse du garçon ne mettait guère de temps à être optimale pour l'opération.

Un apprenti plein d'idées, sous le prétexte de faciliter les futures expériences sexuelles de Marcel, décida de le dépuceler. A deux mains, il descendit violemment le sexe du brave garçon, jusqu'au plancher. Un flot sanglant s'échappa de la verge torturée. Le cri de Marcel fut terrible. Il se débattait, la bouche en gouffre, pareil à un gibier atteint. Effrayant et pathétique, il luttait. Et lorsqu'il réussit à se lever malgré les attaches le reliant au lit en fer à deux étages, ses bourreaux s'envolèrent comme une flopée de moineaux.

Après de longs palabres, les tortionnaires décidèrent sagement qu'il valait peut-être mieux délivrer Marcel qui, avec son gros zizi ensanglanté, s'était évanoui.

A peine ses liens furent-ils défaits que le Marcel empoigna quatre apprentis, fracassa la tête à trois d'entre eux, défenestra le troisième du deuxième étage, avant d'éjecter par la même fenêtre les huit doubles lits ainsi que les armoires de la chambre, sans jamais cesser de hurler.

Le malheureux fut convoqué par les éducateurs et le directeur du centre. Ces messieurs estimaient le viol dont avait été victime Marcel, condamnable, mais la violence qu'il n'avait pu contenir, tout autant. Viré. Telle fut la sentence.

Pour Marcel, c'était un drame.

Certains l'ont vu préparer sa minuscule valise et gagner la gare à pied, sa lourde tête penchée sur ses godillots poussiéreux. Il avait enfilé sa veste des grands jours, celle avec laquelle il était arrivé au centre. Ses manches étaient cinq bons centimètres au-dessus de ses poignets.

Après la grille de l'entrée, il tourna sur la route conduisant au cimetière. On ne le revit plus. Il n'avait pas dit un seul mot.

2 février 1984

Bardo le jockey et son impur-sang

Bardo s'était fait à cette idée. Il avait vingt et un ans et ne serait jamais jockey professionnel. Il pesait maintenant 60 kilos. Trop lourd pour espérer être un jour le voisin de vestiaire de Saint-Martin.

Cela faisait sept ans qu'il vivait dans une écurie de chevaux de courses, travaillant en bas, dormant au-dessus. La superficie de sa chambre était identique à celle du box au rez-de-chaussée. Un lit étroit, une armoire en fer, un lavabo. Voilà pour sa chambre. Des posters de nus punaisés aux murs, association exclusive de playmates et de pur-sang, composaient quelques risettes à son intérieur.

Allongé sur son lit, tirant sur sa clope, il entendait le chuintement de sa petite machine à café branchée près du lavabo, rêvassant, l'esprit tourmenté d'envies. Avec cinq mille francs brut par mois, il avait bien du mal à fleurir son existence d'apparences.

Le bilan de Bardo était maigre, le parcours à venir, étroit. Il ne savait que travailler auprès des chevaux. Pas le courage d'essayer autre chose. Peur du vide, de ce monde extérieur dont il se sentait coupé depuis toujours, exclu.

Il avait beau se retourner sur sa couche, fouiller du regard vulves et pubis des playmates glacées, Rose Sang, solide mâle de trois ans, l'un des quatre chevaux composant le piquet dont il avait la charge, revenait toujours dans ses pensées. Lui seul pourrait mettre un peu de couleur à sa vie.

— Il a la pointure du Jockey-Club, disait-il.

Ce Rose Sang était son cheval, quasiment sa création. Il l'avait débourré, éduqué, conduit tous ses galops d'entraînement.

Bai flamboyant avec trois balsanes aux membres, une liste en tête, Rose Sang était une « peinture ». Beau mecton bien roulé, l'encolure en cygne caressée par une crinière sombre, fine et soyeuse, la tête vive, sensuelle et virile, à l'arabe, la silhouette tout en rondeurs et cambrures souples, musculeuse, il jetait le feu, arrachant des pincements d'émotion aux plus blasés.

Le matin, Rose Sang était irrésistible. Il remportait ses galops d'entraînement avec superbe, s'appuyant comme un treuil sur son mors dès les premières foulées d'ivresse. Il était la fierté de Bardo.

Il fallut les deux premières courses de Rose Sang, pour que Bardo se mette à douter d'avoir « touché un pur ». Il avait débuté à deux ans, à l'automne, par une quatrième place à Longchamp. Cela avait coûté mille francs à Bardo, qui, le matin même misait cette somme au PMU. A trois ans, Rouge Sang avait fait sa rentrée à Saint-Cloud. Deuxième, malgré le bénéfice d'un parcours en or. Les gars de l'écurie brocardaient Bardo, « le rat de BB, sa chèvre », lequel, blessé, disait ne plus rien comprendre aux courses.

Ce n'était sûrement pas un cheval de Jockey-Club mais pour Bardo, il restait capable de gagner un semi-classique. La dernière fois, lorsqu'il avait terminé deuxième, le vainqueur de la course avait remporté un gros tiercé huit jours plus tard. Mais dans la probabilité où Rose Sang remporterait deux tiercés et un semi-classique dans l'année, Bardo calculait qu'il ne pouvait qu'escompter cinq mille francs de pourcentage, un malheureux treizième mois.

Le lad écrasa sa clope et s'endormit. Son rêve était de plus en plus précis. Il touchait un pactole sous le regard médusé des gars de l'écurie.

Rose Sang courut deux nouvelles fois avant d'être engagé dans des courses à handicap, enregistrant autant de modestes performances, bien en deçà de la qualité montrée le matin, où il se révélait toujours aussi brillant lors de l'entraînement. En chœur, les garçons d'écurie agaçaient Bardo : « C'est un chien ta brèle, champion le matin, voleur l'après-midi. »

Mais une fois revenu dans son « placard », il prenait à Bardo un rire sarcastique.

Avant chacune des courses de son animal favori, Bardo lui faisait ingurgiter quelques doux somnifères, histoire de lui mettre un peu de mou dans les paturons. Son plan était machiavélique, il le savait. Que risquait-il ? Il y réfléchissait, et à chaque fois, la réponse était : rien. Ces calculs lui provoquaient une folle envie de fumer, une frénésie de nicotine.

Un matin, il eut une frayeur lorsque l'entraîneur, fixant les flancs de Rose Sang, lâcha :

— C'est pas normal. Ou si c'est normal, c'est pas normal.

Pour les trois courses suivantes, Bardo eut la main plus légère. Et Rose Sang posa ses sabots « aux balances » en trois occasions, se classant deux fois troisième et une fois cinquième. Le premier samedi de mai, il était engagé dans un handicap de 80 000 francs. Il devait porter 52 kilos et retrouvait plusieurs adversaires de connaissance moins bien lotis que lui dans l'échelle des poids. Bardo avait touché sa paye. Ce serait le jour J. Son salaire, gagnant sec au PMU.

Le coup était fumant. De trois paquets de gitanes par jour, Bardo en consuma quatre, avalant café sur café.

Le jour de l'épreuve, il bichonna son champion ; pansage de défilé, curetage et vernissage des sabots avec cet amour immodéré qu'on porte aux princes, crinière nattée, œil rafraîchi...

Flambant, Rose Sang éclaboussait de moirures le van qui l'emmenait vers l'hippodrome, rendant ternes ses voisins de voyage. Malgré la sempiternelle clope lui fermant les paupières, Bardo avait les yeux truffés d'éclats scintillants.

Dès l'instant où il lâcha son cheval sur la piste, jusqu'au moment du départ, Bardo trouva le temps de griller trois cigarettes. Le speaker égrenait le nom des concurrents. Comme une litanie, Rose Sang s'accrochait à la troisième place. Tout baignait, mais les genoux de Bardo flageolaient. Bon dieu quel bonheur, lorsque du peloton, Rose Sang, à 250 mètres du poteau d'arrivée, fila seul vers le disque rouge, deux belles longueurs devant ses concurrents. En récupérant sa merveille, le poil mouillé, le poitrail fleurant bon l'herbe arrachée et la terre humide, Bardo le félicita par moult claques, avant de poser tendrement le plat de sa main sur sa nuque en l'accompagnant jusqu'aux balances. Photos du vainqueur entouré de son jockey, de son entraîneur et du propriétaire. Tous ravis. A l'épaule de Rose Sang, Bardo n'était pas le moins heureux.

Avant de regagner son box, Rose Sang devait passer par le contrôle antidoping. De quoi énerver Bardo, lequel, pressé de connaître les rapports de la cote, connaissait bien la difficulté de son cheval à uriner après un effort.

Dans le box des vétérinaires, une éprouvette en main maintenue sous le fourreau de l'animal, il sifflotait pour lui détendre la vessie. En pure perte. Vingt minutes plus tard, l'éprouvette ne contenait pas la moindre goutte. Lassé, le vétérinaire de l'hippodrome venait à intervalles réguliers s'enquérir de la chose. Dans le brouhaha des annonces du speaker, des pas mélancoliques ou éreintés des coursiers, des seaux d'eau cognant contre les fontaines, du bourdonnement survolté des turfistes, Bardo prêtait l'oreille, impatient d'entendre le doux bruit d'un seul jet.

*
**

Cinq jours plus tard, au laboratoire d'analyses des chevaux de course, l'échantillon numéro B00354 se révéla positif. Les laborantins découvrirent d'abord de la caféine dans les prélèvements. Assez banal. Mais ce qui l'était moins, ils trouvèrent également, en quantité, de la nicotine. Un cheval qui fume, c'est une première. Bien embêtés, ils firent part aux commissaires des courses de leur découverte. Ces derniers, les seuls à pouvoir soulever l'anonymat des échantillons, constatèrent que le numéro B00354 correspondait au cheval Rose Sang lors de sa victoire. Son entraîneur avait déjà eu un avertissement il y a deux ans, l'un de ses pensionnaires ayant été révélé positif aux anabolisants.

Une enquête fut ouverte. Bardo, lui, avait touché quatre-vingt mille francs. Il s'était déjà payé la télé magnétoscopisée, quelques filles aux joues tristes, et ne soupçonnait pas encore que des jours moins heureux se préparaient.

C'est un matin à neuf heures, au comptoir du Trio, son fief, que les choses se précisèrent.

Breeches crotté, Bardo poussa la porte du PMU. Après le premier lot d'entraînement, c'était l'heure grouillante du petit déj'. Une atmosphère enfumée, grivoise, aux odeurs mélangées de double café-crème, casse-croûte camembert, calva, et d'urine, les WC, toujours en pénurie de papier toilette, ayant leur porte constamment ouverte.

Conquérant, Bardo prit place au bar et commanda son café et sa cartouche de gitanes.

– T'as raison de faire des munitions.

Le palefrenier se retourna vers cette voix à l'accent

plus menaçant qu'amical. Un quidam lui montrait discrètement un carton au travers tricolore.

– Quand on est au trou, on les grille les unes après les autres, dit-il en rangeant sa carte dans sa poche, avec cet air emphatique de celui sachant de ce dont il cause.

Cette perspective incita Bardo à se mettre à table. Il avoua les somnifères, sa propre urine dans l'éprouvette, le pactole...

Aujourd'hui, tricard à vie dans les écuries, Bardo a retrouvé pour quelques semaines les quatre murs d'un box. Manque la paille au sol, et il y a un peu trop de barreaux à son goût.

8 avril 1991

La grasse matinée

Il aurait dû être debout, au turbin. Pour une fois qu'il avait décidé d'une grasse matinée, ses yeux étaient ouverts depuis deux heures. Chierie, lui qui d'habitude avait tant de mal à se lever. Il avait envie de pisser. Le téléphone sonnait. En passant, il aurait pu décrocher le combiné. Mais non, il ne répondrait pas.

A travers les carreaux embués, il vit les branches nues qui s'accrochaient aux premières lueurs du jour. Le ciel était clair. Pour le premier jour où Philippe Rivoire, dit « Phil », jockey dur au mal, avait décidé de « dérober », de ne pas aller travailler, c'était pas de pot. Ça devait faire quatre mois qu'il pleuvait. Quatre mois à patauger dans les flaques, à charrier du fumier tellement rouge que vos yeux en pleuraient sans répit ; à être sur les pur-sang, chaque jour, cinq heures durant, trempé jusqu'aux os, douché par la boue des canters.

Et puis Phil était continuellement en danger sur les chevaux les plus exacerbés de l'écurie qui, en cette fin d'hiver, pétaient le feu. Ils tiraient comme des treuils leur demi-tonne de muscles, impossibles à contenir avec les bras et le poids de son corps, vu que les rênes, rendues graisseuses par la pluie et la sueur des galops précédents, vous glissaient entre les doigts.

Le danger, les risques du métier, ça ne lui avait jamais trop fait peur à Phil. Au contraire, il en tirait une certaine fierté. A défaut de gagner des courses, il prouvait devant ses camarades qu'il était moins trouillard que les cracks jockeys. Mais ça faisait un moment qu'il en avait sa claque de se taper les pires salopards de l'écurie. Surtout cette ordure de Chorus, le canasson le plus cinglé qu'il ait eu sous les fesses. Il se le coltinait depuis deux ans. A l'écurie, il était le seul à pouvoir le monter. Les autres, quand par malheur ils héritaient de la terreur, se souvenaient d'une grande frayeur ou d'un séjour à l'hôpital.

Phil aussi, dont la réputation d'être rivé sur une selle n'était pas usurpée, était tombé souvent de Chorus. Plus qu'en onze ans de carrière. Mais Chorus, aussi fou et méchant qu'il pouvait être, ne faisait plus peur à Phil. Il avait passé le cap, trouvé la mesure, su suspendre les battements de son anxiété. Il le montait en faisant croire à l'animal qu'il pouvait être aussi taré que lui. Que de pénétrer au grand galop dans un bois ou dans un mur, l'amusait également. Et il n'hésitait plus à le taquiner, ce qui avait le don de laisser quelque peu perplexe l'animal.

⁂

Ce n'était pas la première fois que Phil tentait d'abandonner le métier. Des velléités jusqu'alors, manque de courage, trouille d'une autre vie.

Et puis, dans cette écurie, il y avait son seul vrai copain, Eric. Il le considérait comme son frère. Il y avait longtemps que leurs parents respectifs les avaient oubliés en route. Pour Eric, Phil trouvait la force de se lever tous les matins à quatre heures. La joie de vivre d'Eric, son insouciance, mettaient un zeste de fantaisie au déséquilibre intérieur de Phil ; son attachement l'engourdissait de bien-être.

Mais aujourd'hui il ne pouvait plus. Il ne savait pas ce qu'il allait faire. D'abord vendre ses affaires de courses, sa selle, son breeches de soie, puis le chômage et après, n'importe quel petit métier ferait l'affaire.

Peu lui importait son futur. Phil était persuadé qu'Eric et lui ne se perdraient jamais de vue. Ce ciment d'amitié lui donnait la force de dire non à sa condition d'esclave. Ce métier l'avait berné dès le départ.

Il passa la matinée à fumer, boire des bières et pisser, triste comme un vagabond. Le téléphone se manifesta deux autres fois. Inutilement. « J'vous emmerde », grommelait Phil, dédaignant le bruyant appareil.

Vers quatorze heures, Gilles, un lad qui travaillait dans la même écurie, vint lui apprendre que le patron était furieux, mais que surtout il était question de son pote... un accident.

— C'est Eric qui a monté Chorus au troisième lot, expliqua le lad ; l'ordure s'est cabré et il s'est renversé sur Eric. C'était raide, il est à l'hosto, sur le billard, paraît qu'il a le bassin et les côtes en bouillie.

⁂

A l'hôpital des jockeys, tenant la main de son pote dans le coma, le corps inerte, Phil pleurait en se souvenant des quelques matins où Eric fut obligé de monter Chorus. Il avait si peur sur le rogue, qu'à choisir, Eric aurait préféré se jeter d'un troisième étage. Phil lui disait alors de descendre, qu'il s'en chargeait de Chorus, et avec un clin d'œil et un beau sourire :

— Une fois de plus ou de moins, hein ?

Elle lui coûtait cher, cette grasse matinée. Le plus rageant, c'est qu'il savait très bien que Chorus ne verrait jamais un champ de courses.

Inentraînable ! On le gardait en faisant croire au propriétaire qu'il était « en devenir » afin de justifier le prix de la pension qu'il payait tous les mois.

Lorsqu'il sut qu'Eric ne se réveillerait jamais, dès le lendemain, Phil Rivoire reprit le chemin de l'écurie. Il avait des comptes à régler. Ce serait lui ou Chorus. Ou le patron. Et si c'était lui, cela lui donnerait l'occasion de quitter définitivement le métier.

Là, était sa seule certitude.

7 janvier 1989

Haigs & Bacon

Accoudé sur son bureau, à moitié avachi, ses paumes moites plaquées sur le visage, George Haigs avait la peau des joues qui lui remontait dans les yeux. Ainsi vautré dans ses paperasses, il ressemblait à un vieux singe qui aurait assisté à une déflagration atomique. Rédacteur en chef du *Racing*, quotidien notoire entièrement consacré aux courses de chevaux et de lévriers, il venait de vivre sa plus éprouvante journée de l'année. Et à soixante ans, il en paraissait dix de plus.

Mister Haigs se releva en prenant appui sur son bureau.

— Aïe, aïe, aïe, fit-il, tout en se massant la nuque d'une main, tandis que de l'autre, il cherchait à remettre en place l'élastique de son slip collé dans son entrejambe.

Il tourna sa face d'homme usé vers la baie vitrée. Son regard se porta sur les longues cheminées d'usines qui se découpaient dans la pénombre du jour déclinant. Lentement, il remonta leur silhouette effilée. Brique à brique, jusqu'à leur cime. Celles-ci étaient surmontées d'un petit chapeau en tôle.

Georgie, comme l'appelaient quelques collègues, se mit à leur parler : « Ça fait plus de cinquante ans que vous êtes embriquées. Il ne m'aura pas fallu trente ans pour atteindre votre hauteur. Plus qu'un étage, et je vous toise. »

Intérieurement, il se mit à comptabiliser les années.

« Vingt-sept ans pour grimper cinq étages. Et si le vieux claque au-dessus, je serai directeur avant la retraite. » Une vie pour six étages... pensait-il. « Bah, les dernières marches ne seront pas les plus difficiles. »

Il soupira, baissa la tête, cala une de ses mains en haut de ses fesses, sous la chemise, trahissant par ce geste les lancinements d'une vieille sciatique en activité.

En bas, au rez-de-chaussée, dans l'impasse du *Racing*, toute une rangée de fenêtres étaient éclairées. George Haigs observait, sans les voir réellement, des employés affairés sur des machines aux cliquetis huilés, à l'automatisme effréné, démoniaque. Le bruit des rotatives ne lui parvenait pas aux tympans, mais il lui semblait les entendre bourdonner, résultat de dix années passées dans l'imprimerie.

« J'en ai chié », pensa-t-il. Quelle satisfaction! Le dessin de ses sourcils s'accentua, donnant à son front le plus bel effet de préoccupation. « Pas comme ce fumier de Jimmy. »

Jimmy était son fils. Il n'aimait pas que ses pensées l'entraînent vers lui. « Quel fainéant! Un voyou, une larve, un taré. Tout pour plaire, cet abruti », maugréa-t-il. Jimmy était l'enfant de son premier mariage. Cela l'autorisait, croyait-il, à ne pas le considérer comme son fils. Jimmy n'était qu'une tache, une erreur d'appréciation, un contretemps dans une vie balisée d'objectifs atteints.

Pourtant Georgie avait appelé ce fils cet après-midi même, chez sa mère. Il avait un service à demander, pour le lendemain, 31 juillet. D'ailleurs, le père comme le fils ne s'appelaient que lorsqu'ils avaient besoin l'un de l'autre. Et généralement, le service n'était jamais rendu; ils attendaient chacun trop longtemps avant d'exposer leurs désirs. Parce que justement, leur désir mutuel, leur émotion respective, se nourrissait du besoin de détruire l'autre.

Pour le rédacteur en chef, le 31 juillet était une date

épineuse. Il y avait un nombre incroyable d'hippodromes et de cynodromes qui fonctionnaient. Beaucoup trop pour son équipe de reporters permanents, de correspondants et de pigistes. Demain, la pagination du *Racing* triplerait, ses colonnes exploseraient.

Histoire de gâter encore cette sombre journée, le matin même, il avait reçu et publié le programme de la réunion de courses de l'hippodrome de Trodmore, certainement un vulgaire champ, dont il n'avait jamais entendu parler, situé dans le comté de Cornwall. C'était le genre d'imprévu propre à contrarier George Haigs, qui était plutôt du genre à boulonner ses affaires. Il n'avait plus aucun reporter hippique de libre. Tous dépêchés sur les champs de courses insulaires. Pas un ami de disponible, pas une fausse relation à l'affût de tuyaux qu'il pouvait joindre par téléphone. Georgie se voyait déjà rejoindre le trou de cul du Royaume, comme par le passé, lorsque, jeune pronostiqueur, sa vie n'était qu'une sombre étendue de doutes et de frayeurs.

Georgie avait donc pensé à Jimmy, ce fils bâtard, avec cette moue dépitée du type sciant une branche sur laquelle il est assis. Au téléphone, il tenta de se montrer persuasif : « Ton train sera payé ainsi que ton repas, et tu toucheras vingt livres pour une seule chose à effectuer. Une seule, t'entends ! Juste me téléphoner, après la réunion, le résultat des courses et les rapports. Bien entendu, tu m'appelles en PCV. C'est pas trop compliqué comme job, non ? »

La réponse de Jimmy l'électrocuta : « J'en ai rien à cirer de tes bourrins. Tu m'offrirais le voyage en jet avec Marilyn que je m'en taperais autant. De toute façon, tu peux très bien, après les courses d'Ascot, te taper trois cents bornes en Rover jusqu'à Trodmore machin je ne sais pas quoi. T'es pas à ce point sclérosé, Dad de mes fesses, hum ? » Et Jimmy raccrocha, net.

C'est sur le coup de quinze heures que George Haigs

repensa au fauteuil confortable du sixième étage, celui du directeur. Cette pensée lui vint grâce à sa secrétaire, laquelle lui annonça qu'un M. Ron Bacon, lecteur assidu du *Racing*, en route vers Trodmore, serait honoré de saluer le rédacteur en chef de sa revue préférée.

Le « faites entrer » de George Haigs fut royal.

M. Bacon présentait bien. Un imperméable beige recouvrait un costume strict sous lequel se devinaient de larges épaules. La tête du visiteur était coiffée d'un borsalino du plus grand chic. Il n'empêche, lorsque M. Bacon ajusta son chapeau, George Haigs se sentit mal à l'aise. Son interlocuteur, la quarantaine, avait un visage sec. De tout petits yeux, un nez fin et droit, une bouche sans gourmandise. La sécheresse de ce visage carré était appuyée par une coupe de cheveux blonds, presque blancs, taillés en brosse. Une fine cicatrice traçait un sillon rose entre sa tempe droite et son oreille. Mais dès que le timbre grave et chaud à la fois de Bacon emplit le bureau, la nausée stomacale de George Haigs s'évapora.

Sur un ton passionné, le visiteur évoqua la qualité des articles du *Racing*, la rigueur et la clairvoyance des pronostics, qui, s'ils ne visaient pas juste régulièrement, n'en étaient pas moins efficients, financièrement parlant.

— Tenez, dit-il enjoué, c'est grâce à une de vos déductions pertinentes que je peux m'offrir le voyage jusqu'à Trodmore, où j'ai repéré quelques chevaux susceptibles de m'assurer quelque aisance.

Hypocrite, George Haigs lui posa quelques questions sur cet hippodrome champêtre. Que pouvait donc espérer un *turfman* avisé dans un trou pareil, alors que la journée hippique présentait de merveilleux programmes classiques à Ascot ou ailleurs ? Ron Bacon lui expliqua alors que ses plus heureux paris réalisés à Epsom ou Newmarket avaient trouvé leurs certitudes lors de déplacements répétés sur des champs de courses sans réputation, là où les coursiers juvéniles découvraient leur métier dans des sprints affolés qui tenaient plus de la kermesse de pays que de l'épreuve sélective.

Voilà un homme qui a le sens de l'observation, le goût des voyages, pensa George Haigs. Il est bien mis, a de la culture, et malgré un physique d'aventurier, semble assez mûr pour éviter les galères du *betting*. Rassuré, il lui expliqua son problème. Aussitôt, Ron Bacon lui assura qu'il se ferait un plaisir de lui communiquer tous les résultats de la réunion de Trodmore. Et bien plus, si cela pouvait lui être agréable.

– Dès la dernière course, je vous télégraphie résultats et rapports.

Soulagé et reconnaissant de tant d'empathie, George Haigs parla de lui rembourser ses frais, de l'indemniser de sa gratitude. Et comme Ron Bacon menaçait de se vexer, le rédacteur en chef alla chercher une bouteille de bourbon et deux verres.

Alors que la nuit enrobait mollement la silhouette des cheminées, les deux hommes, jambes croisées et bustes gonflés, poursuivaient leurs civilités sur un ton badin et entendu. Quand ils eurent épuisé leur stock de sollicitude, George Haigs ne cacha pas son enchantement. Par une poignée de mains doucereuse mais virile, il fit bien sentir à Ron Bacon combien sa proposition l'enchantait. Grâce à lui, le *Racing* n'aurait pas à rougir de son épigraphe quotidienne : « Toutes les courses, tous les jours ».

De retour dans son bureau, George Haigs vint se placer debout contre la baie vitrée. Il se frotta les mains en se parlant à lui-même : « Bon, je vais me rentrer. » En bas, l'imprimerie éclairait le pavé de l'impasse. Derrière une cloison, il entendit le crépitement étouffé d'un télex. « 600 000 exemplaires de quatre-vingts pages pour demain. Tous les pronostics, tous les engagements, tous les résultats. » Il sentait déjà la main flatteuse du big boss se poser sur son épaule.

***

Le lendemain matin, Ron Bacon se voyait en train de skier sur un glacier de diamants. Les reflets du soleil l'aveuglaient. La sonnerie fracassa son sommeil. Il sursauta dans la pénombre, et sa main, d'abord hésitante, palpa puis décrocha le téléphone. « Good morning, Mister Sullivan, il est huit heures et nous sommes le 31 juillet mille neuf... ». Il reposa violemment le combiné, ne supportant pas la voix susurreuse de la standardiste.

A huit heures quinze, Ron Bacon, alias « Sullivan », déambulait dans les rues de Londres. Chaque cabine téléphonique rencontrée était l'occasion d'un appel. Dès que son correspondant décrochait, il annonçait invariablement, « C'est Jack, c'est OK », puis reposait l'écouteur.

Après une dizaine de cabines téléphoniques ainsi visitées, il poussa la porte d'autant d'agences de bookmakers, le regard aussi froid et bleu que la buée des petits carreaux. Après avoir fouillé dans les fiches de programmes des courses de la journée, il se dirigea vers le guichetier, le *Racing* ouvert sur la réunion de Trodmore, et demanda « mille livres gagnantes sur Ripley dans la troisième à Trodmore ». Il paya à l'homme blasé, et sortit tout en rangeant son reçu.

Il suffisait de lire dans le *Racing* les performances de Ripley pour savoir qu'il n'était qu'un sombre pur-sang. Une litanie de contre-performances à travers les champs de patates anglais. Son meilleur parcours remontait à deux ans : troisième d'un modeste handicap à Wetherby. Malgré les mauvais adversaires qu'il affrontait cet après-midi à Trodmore, la cote des books le proposait entre dix et vingt contre un.

***

— Aïe, aïe, aïe, se plaignit George Haigs au matin du premier août en arrivant derrière son bureau. Il avait mal aux reins, au foie, et tirait une tronche de bouledogue enchaîné. Il ne se doutait pas qu'il entamait la semaine la plus insupportable de son existence.

Il y avait une tonne de résultats et de comptes rendus à publier. Ripley, lui, avait remporté la troisième course hier à Trodmore. Personne ne s'en souciait. Le *Racing* publia les résultats. Les bookmakers payèrent. Mais bien vite, des plaintes submergèrent le standard du *Racing*, la référence, la bible du monde hippique.

Au cinquième étage, George Haigs bloqua la rumeur en son sein, qui voulait que la réunion de Trodmore eût été le théâtre de magouilles. Au *Racing* on n'aimait guère les affaires de doping, de courses truquées. On savait par expérience qu'elles ne profitaient qu'à la presse généraliste.

Le rédacteur en chef tripota son annuaire des hippodromes. Il ne trouva pas la société des courses de Trodmore. Allons donc, George Haigs avait de la suite dans les idées ; il téléphona aux renseignements. Après une longue attente, la voix du préposé aux renseignements ressurgit aux oreilles transpirantes de George Haigs : « Désolé, Sir, la ville de Trodmore n'existe pas. Ni dans le comté de Cornwall, ni même sur le territoire de Sa Gracieuse Majesté. »

Après enquête sur l'hippodrome qui n'avait jamais existé, le *Racing* publia des excuses confuses à ses lecteurs. Pour n'avoir pas vérifié la réalité de ses sources, le plus grand quotidien des courses était seul responsable. Victime de son pouvoir, il s'engagea à indemniser les parieurs bernés. Le malfaiteur avait bien ficelé son programme fictif. Tous les chevaux qu'il avait engagés existaient bien, leurs performances passées également. Et le soin avec lequel il s'était attaché à ce qu'aucun d'eux ne soit réellement partant sur un autre hippodrome, ne souffrait d'aucun défaut propre à alerter l'observateur méticuleux.

Fraîchement licencié, George Haigs entra tranquillement dans une dépression nerveuse, dans son pavillon de la banlieue londonienne.

Quant à Ron Bacon alias « Sullivan », tout cela ne l'intéressait plus, trop occupé, depuis sa chambre d'hôtel en Afrique du Sud, à suivre aux jumelles les évolutions aquatiques des naïades de la contrée.

Derrière lui, près de la fenêtre où il se tenait, le bureau qu'il s'était aménagé croulait sous des paperasses : des cartes du pays, des plans d'hippodromes, des organigrammes de sociétés de courses locales, des revues économiques traitant du système de collecte et de répartition des enjeux, divers tickets de paris. Bref, de beaux jours en perspective...

12 avril 1984

Le long sommeil du petit jockey d'Insomniaque

« Bouge pas petit, bouge surtout pas. On va te sortir de là, pauv' p'tit père, va ! » Les bras gênés, le vieux Basdur regardait le gosse allongé sur la piste. Il avait le visage blanc comme un drap, un petit nez retroussé encadré par des narines rondes comme des billes. Ses lèvres tuméfiées tremblaient légèrement. Sur ses grands yeux bleus et fixes passaient tranquillement les boursouflures électriques des nuages. Sous la casaque et le jodhpur striés de terre, parsemés de brins d'herbe, le corps du gamin semblait flétri. Au bout de ses doigts, il avait des tressautements.

De son oreille, ou de dessous son casque, peut-être des deux à la fois, le vieux Basdur n'aurait pu le dire, un épais filet de sang s'écoulait vers la nuque. « C'est-y pas malheureux », murmura le bonhomme à la bedaine.

La toque en velours noir du gosse avait roulé à quelques mètres. La grosse pogne de Basdur la ramassa. Après quoi, traînant sa lourde patte raide comme une grosse bûche que des éclats d'obus de 39-45 grattouillaient toujours, il revint vers le gisant, releva sa casquette sur le haut de son crâne et frotta son front baigné de sueur, bien embêté. Le soleil tapait dur. Les secours tardaient. Il plissa les paupières. Sa gueule, véritable enseigne lumineuse, aurait fait la joie d'un grossiste en tomates et potirons.

En bord de piste, quelques curieux s'amassaient tandis

que des officiels accouraient. Basdur regarda à nouveau le petit. Il n'avait pas bougé, pas changé, cloué au sol, maintenu en vie par un léger filet de respiration et de tremblements, en transit pour un autre monde.

« Ça doit avoir un nom, ce truc », se dit le vieil homme. Ses doigts jouaient avec les fils dorés qui formaient le pompon de la toque. Il déplaça son corps pataud pour faire de l'ombre au petiot, dont le visage devenait de plus en plus exsangue. Le gamin paraissait avoir huit-neuf ans. « Pardi », dit distinctement Basdur qui réfléchissait toujours à haute voix, « à cette vitesse-là, et toutes ces bêtes aux fesses, peut pas être frais, pauv' p'tit père... »

⁂

Dans son semi-coma, Eric avait perçu les quelques mots rassurants du paysan : « Bouge pas petit, bouge surtout pas. » Cette phrase se répercutait à l'infini dans les méandres de son esprit embrumé. Il n'avait aucune envie de bouger. Globalement, il se sentait plutôt bien, minuscule, abandonné sur un immense banc de sable, au milieu d'un océan scintillant, naviguant vers une île, bleutée d'un halo de brume.

A la verticale, le soleil avait l'arrogance de multiples bonheurs. Si chaud... ses extrémités tremblaient, si caressant... sa peau frissonnait.

« Sacrée chute ! » Oui, il avait entendu ça aussi. Les mots tapaient sèchement dans sa tête. Comme un train express inattendu brouillant l'espace d'une porte qu'on fixait du regard. Maintenant, il parvenait à défiler le film de ses souvenirs. Il revoyait sa joie quand son patron lui avait annoncé qu'il débuterait dimanche. En province. C'était pas grave... tant qu'il y avait un hippodrome ! La ville se trouvait en Normandie. Il n'aurait pu la situer et avait téléphoné la nouvelle à ses parents aux Sables-d'Olonne.

Insomniaque, tel était le nom du premier cheval qu'il monterait en course. C'était un grand alezan tout en gueule. Il tirait pas mal sur le mors, était un peu sur l'œil. Sinon, il n'était guère compliqué à mener. Agé de trois ans, il devait effectuer une course de rentrée. L'année précédente, il avait couru deux fois, terminant sixième à Evry et quatrième à Fontainebleau.

« Il a tout à fait le droit de gagner », avait annoncé le patron, « il a forci durant l'hiver. » Les yeux d'Eric s'illuminaient en observant la robe moirée de son premier coursier. « Ne prends pas de risques, regarde bien où tu vas, ne le casse pas. Je préfère que tu assures une deuxième ou troisième place pour mieux le placer dans un handicap. »

Le matin de la course, Eric s'était levé à cinq heures et demie pour se laver à fond. Il avait coupé ses ongles de pieds et de mains, récuré au coton-tige le fond de ses oreilles et, de nouveau, rasé sa peau de bébé. Il l'avait déjà fait la veille, alors qu'il lui fallait trois-quatre jours avant qu'un semblant de duvet n'apparaisse. Le grand jeu. Après quoi, il avait rejoint Insomniaque pour le préparer. Tellement il l'avait astiqué, sa première monte foutait le feu aux murs.

A huit heures du matin, le van les avait emportés en compagnie de Charles Verin, le garçon de voyage, d'autres chevaux et leurs lads. La route était belle en ce mois de juin. Eric l'admirait, rêveur et nerveux.

Parfois, Insomniaque tapait du sabot. Son jockaillon tournait le visage vers lui, constatant que sa robe était mouillée. Mais rien de dramatique.

Une fois sur l'hippodrome, les boxes repérés, les chevaux au calme, les hommes étaient allés manger. Eric devait monter à 51 kilos. Avec ses 43 kilos, il pouvait se permettre un repas. Son épreuve était la quatrième de la réunion.

La première course se déroulait encore, que le débutant était déjà en tenue, fin prêt, sa selle astiquée, ses étrivières réglées. Dans le tapis de selle, il avait glissé les plaques de plomb nécessaires « pour faire le poids ». Vêtu de sa casaque de soie fraîche, il se sentait un autre homme. Il y avait seize partants dans sa course. A mesure que les aiguilles du cadran évoluaient, son cœur s'accélérait, les paumes de ses mains devenant de plus en plus moites.

Enfin, la troisième, une épreuve de trot attelé, s'élança.

Pareils à des petits pois dans une même cosse, les jockeys de la quatrième patientaient dans la salle des balances, les uns contre les autres. Salle vétuste ; murs en ciment dont la grisaille était estompée par des plans de parcours d'obstacles jaunis. Face à la table brinquebalante des commissaires se trouvait la pesée, où un jockey sûr de lui était déjà installé sur la chaise en fonte. Debout, selle et tapis sous le bras, les quinze autres jockeys avaient cette attitude d'écoliers lors d'une visite médicale.

Eric remarqua cinq jockeys, dont quatre « arpets » comme lui, de Paris. Les autres venaient de la province. Jeunes ou moins jeunes, ils avaient tous des gueules d'éméchés, avec dans les yeux une lueur de folie furieuse. Il ne les connaissait pas, et pourtant leurs visages lui semblaient familiers. Des trombines de vrais alligators, dures, voire cruelles, des types aigris, jaloux des écuries parisiennes venant manger leur pain. Ils utiliseraient certainement leurs vieilles ficelles pour intimider les arpets parigots.

Eric évitait de croiser leurs regards, inquiet que l'on interprète mal sa curiosité, et que la tribu des provinciaux fasse leur course sur la sienne, tels des chacals flairant l'agneau isolé en terre inconnue.

Dans la salle humide, il s'efforçait de ne pas claquer des dents.

Dès qu'il se retrouva en selle, sa frilosité se dissipa.

Au départ, les chevaux tournèrent longuement derrière les élastiques. Le starter semblait effrayé par ses responsabilités. Il répétait, à devenir chèvre, les ordres qu'il entendait imposer aux centaures immoraux.

Comme on l'avait craint, le départ fut donné dans la plus belle pagaille. Deux jockeys s'emmêlèrent dans les élastiques. Le reste du peloton s'étira aussi sec sur cinquante mètres. Un cheval était resté au poteau, visiblement résolu à s'enfuir dans la direction opposée.

Miraculeusement, Insomniaque bondit en avant au bon moment. Les lunettes embuées, Eric ne vit rien et se laissa emporter. Il n'avait que deux concurrents devant lui, chargeant « toutes voiles dehors », comme pour un sprint, l'un et l'autre voulant atteindre le premier tournant, en tête.

Insomniaque tirait fort sur son mors, ses sabots tapant dangereusement dans les postérieurs des leaders. Transporté comme une chemise, Eric ne sentait plus ses bras. Après le passage des tribunes, le cœur au bord d'un ravin, il abdiqua, déboîtant sa monture pour la laisser filer en tête de la course.

Les yeux brouillés par des larmes de vitesse, il fixait avec angoisse la piste qui dansait sous le roulis infernal de l'encolure, telle une mer démontée. L'ultime virage défilait. Il n'avait jamais connu cette sensation de vitesse, cette violence née de la compétition. Il avait l'horrible sentiment de ne plus rien contrôler.

Des chevaux se rapprochaient à sa croupe. Eric perçut les coups de cravache, et l'un des jockeys qui lui criait : « Reprends t'cho, reprends ton cheval, t'iras pas au bout. »

Tu parles, il était emballé Eric, pendu sur les rênes qui ne paraissaient pas encore vouloir se relâcher. Insomniaque avait les oreilles couchées, les muscles maxillaires hyper-contractés, l'œil exorbité, la crinière en flammes. Le vert de la piste défilait uniformément sous les antérieurs, pareil au revêtement d'une autoroute écrasée sous l'accélérateur. « Négocier ce tournant. Après... bien pousser dans la ligne droite, en ligne... », tentait de raisonner Eric.

Emporté par la vitesse, il croyait sentir son corps cinq mètres en arrière de la selle. Insomniaque avait une bouche d'acier, la tête braquée vers l'extérieur. De toutes ses forces restantes, le jeune apprenti tira sur la rêne droite. « Ne pas dérober, surtout pas ça. » C'est à ce moment qu'il vit le trou. Là, devant, tachant insidieusement le tapis de verdure accéléré. Une faille sombre, véritable piège à rats.

Au bout des rênes, Eric hésita. Totalement déconnecté par son élan, Insomniaque s'écarta de la corde. Une mule ce cheval, braqué, et pire, buté. Devait-il tirer à gauche ? Dans les tribunes, personne n'aurait compris. C'était se mettre hors course. D'ailleurs, il était trop tard. Quitter le navire en marche ? Impensable. Le débutant serra les dents tout en empoignant de la main droite une poignée de crins.

A l'instant où le canon droit de sa monture claqua deux fois, pareil à des coups de feu, Eric se dit, contre ses propres convictions, qu'un cheval, c'était quand même un peu con pour poser le sabot dans le seul trou d'une piste longue de quinze cents mètres, large de dix.

Insomniaque s'écroula sous lui. Eric continua seul dans les airs. La poignée de crins s'arracha du garrot. Il roula à terre un instant avant que les membres sabotés du peloton ne fassent de lui un brouillon de chiffons, et ne le rejettent, désarticulé comme un pantin, à leurs culs écartés, bouillant d'écume.

⁂

Une fois sur le lieu de la tragédie, ils en prirent des précautions, les pompiers, pour poser le malheureux sur la civière. Ils en avaient mis du temps pour rappliquer, s'irritait le vieux Basdur, qui ne quittait pas les yeux fixes de l'enfant. Il avait l'air d'être un brave p'tit gars ; qu'aurait certainement gagné la course ; ouais, semblait un chouette p'tit gars ; on dirait un angelot. De son œil plissé par le soleil, le père Basdur mordait dans ce regard étrange, ne le lâchant pas, jusqu'à ce que les portes rouges du J7 se referment. Le vieux Basdur avait guetté ainsi l'espoir d'un signe qui ne vint pas.

Deux ans plus tard, Eric décéda aux Sables-d'Olonne, chez ses parents. Deux ans de coma prirent ainsi fin. Deux ans d'une course infernale pour atteindre, enfin, le poteau d'arrivée.

24 avril 1986

Horace, ô désespoir

Horace Nallet avait beau se trouver dans les vestiaires, l'annonce du speaker de l'hippodrome — « les chevaux de la troisième course au rond de présentation » — lui avait fait l'effet d'une gifle. Cette course était la sienne. Dans moins de cinq minutes, le même speaker annoncerait : « Jockeys de la troisième course, au rond s'il vous plaît. »

Horace suait. Surtout dans le dos. Il glissa une main le long de sa nuque mouillée. Il avait envie de pleurer, et pour se contenir, il regarda à travers l'unique et poisseuse lucarne des vestiaires. Autour de lui dans la pièce, ses confrères en tenue de lumière plaisantaient, tapotant sèchement de la cravache le cuir rebondi de leur mollet. L'air implorant, Horace les fixa un peu plus avant qu'ils ne s'échappent vers le paddock, sans lui.

Pour la dernière fois, il fit l'état des lieux. Sur ses jambes cagneuses, un vieux collant béatement troué à l'entrecuisse; à son cou, à défaut d'un foulard de soie blanc, un col de laine; et, pour fermer sa casaque aux couleurs ternies, mi-mauve, mi-violette, une épingle à nourrice légèrement rouillée. Pour que sa tenue soit complète, il lui manquait encore un casque, un breeches, une paire de bottes et une selle. Glissant ses mains humides sur son collant, il se leva précipitamment, gonfla son thorax oppressé, et demanda à la ronde : « Hey, les mecs, z'auriez pas une selle d'un kilo à me prêter pour la course ? »

Serge Filion, la vedette des hippodromes de l'Est, se tourna et lui demanda d'un ton bienveillant :

– Pour quelle course ?

– Celle-ci, répondit Horace, j'suis dans la merde, l'entraîneur m'a prévenu seulement hier soir que je montais dans ce bled. Y a six mois, j'me suis pété une cervicale et j'ai vendu tout mon matériel de courses, croyant que je ne reverrais plus un tourniquet.

Serge Filion eut un sourire, destiné à ceux qui l'entouraient. En gagnant la sortie, il donna le signal qu'il était temps d'aller au turbin. Il s'arrêta sur le seuil, les reins cambrés, le regard détaché sur l'extérieur. Puis, sans passion, il se retourna vers la silhouette d'Horace dont les fesses maigrichonnes tremblotaient sur l'étroit banc en bois.

– T'as combien de balais, toi ?

– Vingt-huit, souffla le jockey démuni en avalant sa salive.

– Ouais, c'est plus l'âge de la bleusaille, dit Filion. Tu vois, t'aurais eu besoin d'une selle dans la huitième, je t'aurais filé mon fauteuil, vu que je monte pas dans la huitième. Et pour cause, y a pas de huitième !

Filion soulagea un instant le chewing-gum qui asticotait ses molaires, et ricana.

– C'est pas de pot pour toi, hein ? Faudrait peut-être que tu te bouges le cul, c'est bientôt l'heure d'être en selle. C'est ton entraîneur qui va en faire une gueule en te voyant rappliquer les miches à l'air. Allez, à toute.

*
**

Horace Nallet dressa le buste en criant, avec l'impression d'avoir un nid d'anguilles sur le nombril. Il avait horriblement froid. Ses draps froissés étaient trempés par son cauchemar. Toujours le même.

Le petit matin frappait à sa lucarne. La journée allait être violemment solaire. Il porta la main sur son paquet de gitanes et, dès la première bouffée exhalée, il se calma.

Les nuits d'Horace ne le voyaient jamais remporter de grandes victoires à Longchamp. S'il lui arrivait d'en rêver, c'était éveillé, au volant de sa R6 lorsqu'il se rendait à Ploërmel pour l'unique épreuve plate coincée entre deux « attelées ». A l'inverse, cette angoisse onirique de se retrouver « déshabillé », juste avant la course à laquelle il devait participer, survenait régulièrement. Et cette course des songes, où il était prévenu au dernier moment, était d'autant plus pitoyable qu'elle devait être pour lui l'occasion exceptionnelle, s'il menait à bien sa tâche, de sortir de sa piteuse condition.

***

Une autre gitane. Grand seigneur, il l'alluma avec une allumette alors que le mégot de la première cigarette brûlait encore. C'est que cette journée glissant joyeusement au-dessus de son crâne où ses cheveux faisaient défaut, avait la même incandescence. Vers les quinze heures, il serait en selle à Fontainebleau dans un handicap sur Angelo du Rif, un quatre-ans borgne qu'il avait bigorné toute une saison pour le compte d'un propriétaire véreux. Cette journée, c'est sûr, serait celle d'Angelo du Rif, du proprio, de l'entraîneur et de lui-même. Horace Nallet avait déroulé le film de la course et de son issue victorieuse des jours durant.

C'est un heureux concours de circonstances qui valut à Angelo du Rif d'avoir Horace Nallet pour jockey attitré. Le cheval avait la réputation de ne pas supporter ses congénères, de trouver de multiples prétextes pour les mordre ou se dérober de leurs foulées rageuses. Son propriétaire était persuadé qu'il fallait le monter devant le peloton. « Il a de la tenue, disait-il, il peut aller de bout en bout. » Mais Angelo avait aussi ce qu'on appelle de la caboche. Il n'en faisait qu'à sa tête et cela n'autorisait guère de tactique.

La première fois où Horace se retrouva sur son dos, Angelo du Rif avait les boules. Bafouant la responsabilité de son nouveau partenaire, qui n'avait pas l'intention de prendre le moindre risque, il vola le départ et fila à fond de train, en tête. Dès qu'un concurrent vint lui chatouiller la croupe dans la ligne droite, Angelo réduisit sa vitesse, se classant tout de même quatrième, une performance qu'il n'avait pas réalisée depuis fort longtemps. Le propriétaire empocha deux mille francs et eut la certitude qu'il tenait, avec ce jockey inerte et peu enclin à contrarier la fougue de son pur-sang, le tocard idéal pour mener à bien sa magouille.

***

Aujourd'hui, donc, Horace gagnerait. Il en était persuadé. Et sa victoire étoufferait de cendres son vil cauchemar.

Horace vérifia tout de même par trois fois le contenu de son sac de course. Tout y était. Arrivé dans les vestiaires deux heures avant la course, il s'habilla aussitôt et passa le temps à fumer en prenant une mine supérieure.

— Messieurs les jockeys, au rond de présentation, gueula le préposé aux balances.

Horace écrasa sa cigarette, frotta ses mains sur ses cuisses.

Au pesage, le propriétaire conversait avec l'entraîneur. Petit négociant en vins, il rêvait de s'acheter une annexe à Paris avec l'aide d'un bon gros coup juteux aux courses. Il avait la tête du type qu'a joué son capital. De broussailleux sourcils récoltaient les gouttes de sueur de son front dégarni.

— Nallet, dit-il en reprenant son souffle, tu fais comme convenu. Prends un départ canon, chauffe-lui le cul si nécessaire, et tente de leur prendre cinq-six longueurs d'avance. Maintiens-les. Dès que tu sens qu'ils viennent t'attaquer, tu démarres.

Tout en l'écoutant, Horace, mimant la pause entendue qu'affectent les courtiers nouvellement installés, surveillait Angelo tournant en compagnie de son lad.

Au départ, les douze partants marchaient en rond derrière les élastiques, tandis que le starter épelait le nom des jockeys suivant leur numéro de corde. Horace Nallet avait hérité du numéro trois. Cela ne le rassurait qu'à moitié. Angelo pouvait très bien, les naseaux sur les rubans, décider d'effectuer un demi-tour aussi impromptu que mal venu pour peu que le starter soit du genre hésitant.

La casaque de soie collait à sa peau. Autour de lui, des chevaux ruaient, des jockeys juraient, d'autres avaient la croupe face aux élastiques... qui furent libérés. Angelo bondit et se retrouva seul en tête, fonçant gaillardement vers l'homme au drapeau blanc, chargé au milieu de la piste, deux cents mètres après le départ, de valider ou non celui-ci. Une responsabilité qui ne faisait pas réellement appel aux compétences du brave homme, lequel, en supplément de la trouille qu'il éprouvait envers les chevaux, tenait secrètement une myopie naissante ne lui permettant pas de discerner les gestes sémaphoriques du starter. Avec lui, tous les départs semblaient parfaits. Le drapeau sur l'épaule, il prenait les jambes à son cou vers l'abri de la lice.

Horace dirigea sa monture vers la corde, l'épousant tout au long du tournant, poursuivant avec bonheur la réverbération du soleil qui au-delà scintillait, tandis que le sifflement d'air excitait ses pulsions de vitesse. Angelo étirait parfaitement ses antérieurs et le balancement de son encolure était des plus sémillants. Dans son dos, Horace n'entendait toujours rien venir. Il négocia la sortie du virage. Pas un cri, nul râle d'effort. Seul le galop rassurant de sa monture qui lui résonnait dans les entrailles pour compagnon.

Horace vit le public agglutiné dans les tribunes. Plus que deux cents mètres. Vu leur excitation, il devait avoir une belle avance sur le peloton. Il aurait pu poser les mains, laisser couler la mécanique jusqu'au poteau.

Ce n'est pas tous les jours qu'Horace avait la vedette. Il allait leur en donner pour leur argent. Il dégaina sa cravache et fit d'impressionnants moulinets tout en se déhanchant. Mais il prenait bien garde de ne point toucher Angelo, particulièrement susceptible à ce genre de familiarités...

A quelques mètres du disque rouge de l'arrivée, Horace posa sa plus belle position de cavalier. Pour la photo. Il entendit les hurlements des spectateurs, et, radieux, leva son bras victorieux à leur intention. Un peu plus loin, il arrêta sa monture recouverte d'une mince pellicule d'écume, et se retourna, un tantinet conquérant. Les cinq cents mètres de la ligne droite s'étalaient à ses pieds. Il n'y avait pas la moindre trace d'un peloton exténué à ses trousses.

Il aperçut la brillance des casaques à l'endroit du départ.

En s'approchant des tribunes croulant sous les quolibets et les sifflets, il vit l'entraîneur venir au-devant de lui et l'entendit lui confirmer cette vision cauchemardesque : « Dis donc Saint-Martin, y a eu faux départ. T'es tellement futé que tes petits copains n'ont pas jugé bon de te prévenir. Allez, descends de là, tête de nave, ils repartiront sans toi, tu me l'as tué ce coup-ci mon cheval. »

Le lendemain, Horace Nallet alla déclarer à la gendarmerie s'être fait voler son sac de course, soit une valeur de mille francs. En fait, il l'avait oublié dans les vestiaires. Un bien mince pécule, comparable à sa carrière.

Les années ont passé. Horace Nallet est devenu livreur pour une société de prothèses dentaires. Il attend de toucher un beau tiercé pour se faire poser le bridge qui lui permettrait à nouveau de sourire de temps en temps.

29 novembre 1986

Deuxième Partie

RÉCITS D'ÉCURIE

A Armand Jadfard,
l'ami qui aimait la vie,
bonheur envolé, adoré.

« Leur ravissement était à peu près inexprimable et ressemblait à un rêve heureux dans lequel on reprend, de temps à autre, une conscience un peu douloureuse de la vie qui attend. »

MARCEL AYMÉ
Les Bottes de sept lieues

RICHARD, GRANDE GUEULE DU TURF

Turfiste de trente ans, Richard a trois passions : les poils (les siens), les femmes et les chevaux. Pour sa pilosité, il vaut mieux qu'il s'en accommode, car celle-ci ne se contente pas de le recouvrir de la tête aux pieds, elle déborde de toutes ses failles vestimentaires, pour le plus grand plaisir de ses mains qui ne se lassent pas de la triturer. Hormis les touffes qui lui obstruent les oreilles, les plus impressionnantes sont celles qui sortent de ses narines et font office de moustache.

Les femmes, il les aime « parce que c'est hygiénique et j'aime être propre de partout », dit-il. Mais lorsque ces dames ont un petit duvet sombre sur la lèvre supérieure et si elles voyagent par la SNCF, Richard, qui est contrôleur, tombe amoureux. Sa représentation du bonheur ?

— Une Italienne très brune, allongée nue entre deux rangées de couchettes avec une croupe équestre, et qu'elle puisse me donner des tuyaux à cent contre un.

Malgré tout son charme et son ineffable sourire poilu trahissant une joie de vivre que rien n'atteint, je préfère le savoir sur l'hippodrome de Lyon-Parilly qu'en transit à Paris. Car Richard fait partie de la catégorie « grande gueule » et une grande gueule turfiste, c'est soûlant. Insupportable, vaniteux, ça a toujours raison, ça n'arrête pas de parler et, de plus, c'est ultra-susceptible.

Dimanche dernier à Saint-Cloud, Richard était présent :

— Je suis venu pour Micro Limanos. J'ai mille francs à cheval dessus. A quatorze contre un, c'est du gâteau, il va bouffer tous les favoris, t'es pas d'accord ?

— Pas vraiment pour la première place, mais peut-être pour une autre, répondis-je.

— Mais t'es fou, il a pulvérisé tous les chevaux de chez Palmer à l'entraînement mardi dernier.

— Tu y étais ?

— Non, mais j'ai mes informateurs, et puis regarde dans quel état il est, il pète la santé...

— Hum...

— C'est affûté ça, elle tient plus dans sa peau c'te p'tite bête, elle demande qu'à filer au poteau. Tiens, j'vais remettre cinq cents balles dessus...

— Heu... Tu crois qu'il mérite autant de confiance ?

— Ouais ! Rappelle-toi que... (et patati et patata), ce jour-là, c'est cent mètres qu'il aurait... etc. Qu'est-ce que tu crois ?

— Que tu devrais plutôt les mettre « à la place », ces cinq cents francs.

— Mais t'es buté, j'te dis que (et il repart de plus belle) (...) Mathématique en théorie (...) équation en béton, m'explique-t-il, bavassant durant cinq minutes.

— Driiiiiiing, driiiiing, driiiiiing... claironne la sonnerie de départ.

— Monsieur Clamy et Maxim's Fair ont été les plus rapides à s'élancer, s'exclame le speaker, poursuivant comme si tout coulait de source : après quatre cents mètres de course, Iron Price précède Monsieur Clamy, Présentant, suivis de Maxim's Fair, Valgo, Premier Concert sur la même ligne...

Face au poteau, Richard exulte :

— Cause toujours, y a qu'un gagnant et il est dans ma poche.

Quelques secondes passent, les haut-parleurs nous apprennent que Cagnard et Micro Limanos ferment la marche.

Richard commente :

— T'fais pas de bile, bonhomme, c'est un attentiste Micro.

A mi-ligne droite, Comédian, Valgo, Monsieur Clamy sont ensemble devant Bel du Saute, Cost Control et Port Franc qui se rapproche en dehors devant Micro Limanos...

— Ouais, il vient leur mettre quatre longueurs dans la vue. Démarre Desaint, maintenant, pas trop vite mais assez tout de même, tu viens les niquer, oui ou non ? renchérit notre contrôleur.

Mais Desaint, le jockey de Micro, n'a pas toutes ses aises pour s'infiltrer entre Monsieur Clamy et Comédian... Richard s'empare de l'espace sonore :

— Ah, les fumiers, ils vont pas le laisser passer, mais c'est pas vrai, il est plein de gaz. Allez ! Pousse, bon Dieu, vas-y, vas-y ! Impérial, Cost Control rejoint le poteau allègrement devant Port Franc. C'est l'évidence même, « il y a photo pour la troisième place entre le 7 et le 5 » confirme le speaker.

Avec Richard, pas besoin de retourner voir la course sur l'écran vidéo, il a tout vu, il sait tout.

— Malheureux comme tout, Micro, il a été cinq, non sept fois même, bousculé dans le parcours. Et puis, t'as pas vu, toi ? A mi-ligne droite, Godard et Freddy Head ont mis leurs étriers devant les jambes de Desaint pour l'empêcher de passer.

J'ai beau lui expliquer que Freddy Head monte trop court sur ses étriers pour gêner de cette manière son confrère, Richard a réplique à tout :

— J'te dis qu'il a glissé sa cravache sous son tapis de selle. De toute façon j'ai joué placé après réflexion.

Manque de chance, la photo donne, par un tout petit nez, la troisième place à Comédian.

— Oh, mais tu me connais, je me suis couvert sur le jumelé gagnant, théoriquement fallait pas chercher ailleurs, me rassure-t-il aussitôt.

Lorsque j'ai quitté l'hippodrome, Richard, quasiment debout sur la grille de la piste, hurlait le nom d'un hongre comme s'il avait misé tous les TGV de son employeur. C'était la dernière course de la réunion, et le hongre fut battu à la photo.

14 juillet 1983

AU CLAIR DE LUNE

Tour du Monde naquit à l'aube de la Seconde Guerre mondiale au haras de Menneval, non loin de Bernay. A dix-huit mois, il fut envoyé à Deauville pour passer en vente. Malheureusement, à la veille d'être sous le feu des enchères, on le retrouva quasiment mort dans son box.

On allait l'abattre lorsqu'un éleveur le racheta et le fit expédier sans connaissance dans son haras gascon de Castillon. Cinq jours plus tard, Tour du Monde se trouvait dans son nouveau logis, et en parfaite santé sur ses quatre fers. A l'entraînement, il se révéla rapidement doué mais, un mois plus tard, il semblait à nouveau knock-out, complètement rétamé et sans vie apparente, au pied de sa mangeoire.

Chaque mois, ses léthargies duraient trois jours puis, comme par enchantement, il redevenait fringant. Ses crises coïncidaient avec la première nuit de pleine lune, et son propriétaire décida de rester près de lui.

Dès l'infiltration du premier rayon lunaire dans le box, Tour du Monde entreprit une sarabande démentielle, tournant, dansant, ruant et cabrant sans discontinuer. On l'attacha mais le mur ne résista pas. Par la suite, on lui construisit une sorte de couloir qui l'entravait, et on le bourrait de calmants à l'approche de la lune ronde. Grâce à ce système, Tour du Monde put gagner sa croûte sur le turf sans perdre trop d'influx nerveux.

Manque de pot, devant la montée des troupes allemandes, l'armée le réquisitionna. Cependant, un mystérieux atavisme ou une vieille tare ancestrale fut qu'il eut en horreur son nouveau métier, et tous les cuirassiers de l'Ecole militaire vidèrent les étriers à son contact. Tour du Monde eut raison de l'esprit militariste et sa réforme définitive lui donna gain de cause.

L'entraîneur Adèle le racheta et le logea près de son écurie à Maisons-Laffitte dans un enclos. Par une belle nuit d'été, le pré fut illuminé par une lune ronde à souhait et Tour du Monde s'élança comme s'il était à travers la savane. Poursuivi par la lumière étrange qui le rendait fou, il trouva dans sa fuite l'issue bienfaitrice au pied d'un chêne. Sa tête fracassée épousait les replis de l'écorce, libérant enfin son âme primitive.

⁂

Je vous ai parlé de Tour du Monde car nous entrons dans une période de pleine lune, laquelle influence grandement le comportement de certains chevaux.

Perturbés par ce cycle astral, ils nous offrent le spectacle de courses bizarroïdes dont les résultats provoquent, chez les turfistes, une irritabilité excessive.

Lors de la dernière pleine lune, qui était rousse (la plus terrible), dérouté par les résultats des courses, j'ai décidé de mettre le cap sur Chantilly et de pénétrer de nuit dans une écurie.

A une heure du matin, dans le quartier du Bois-Saint-Denis, l'odorat le plus blasé est saisi par l'odeur du fumier. Mais, semblable au caca d'ange, celui du pur-sang est sain, quelques effluves de produits vétérinaires, de grésil et celles de la forêt toute proche se mélangeant aux étrons équins. Par contre, l'atmosphère inhabituelle est oppressante. Derrière les portes des boxes, ça grouille et ça fourmille ; la paille se froisse, se projette contre les parois, des sabots grattent le sol, des crinières et des queues tournent en rond... Ça discute. Des petits hennissements inquiets, qui paraissent sourdre du bas-ventre, traversent les cloisons ; d'autres, plus crispants, déchirent la nuit puis se perdent dans l'attente d'une réponse qui ne tarde pas. Au loin, une ruade fracasse le béton de sa geôle. Le moral des troupes semble au plus bas.

Je tire le loquet du haut d'une porte de box. L'œil défait, le toupet empaillé, les oreilles fuyantes et les naseaux frémissants, la tête d'une pouliche sort de la pénombre. J'avance ma main vers sa bouche...

— Bbbrrooooo uuummff, me dit-elle par deux fois.

Si elle ne paraît guère être inquiète de ma présence, son œil et la mobilité de ses oreilles sont au loin... dans un monde où l'homme n'a aucune prise. Après une dernière caresse sur son encolure tremblante, je la laisse à ses anxiétés. Mais si elle court demain, je me garderai bien de la jouer, tout comme l'habitant du box 33, qui, à force de tourner sur lui-même, est couvert d'écume. Sous lui, le sol forme un cercle parfait, sa litière est refoulée le long des parois.

Beaucoup de contre-performances peuvent s'expliquer par les travers chevalins. Si les lubies, phobies et autres tics des chevaux sont bien connus des entraîneurs, ceux qui sont provoqués par les phases de la lune passent inaperçus et c'est ainsi que certaines bêtes atteintes d'aliénation mentale pendant quelques nuits courent l'après-midi.

On attribuera la contre-performance à l'état du terrain, au profil de l'hippodrome, ou plus facilement à la mauvaise inspiration du jockey. Car nul ne se souvient de l'histoire de Tour du Monde. Sauf vous désormais.

23 juillet 1983

PRIÈRE DE DÉBOURRER

Les nuits les plus terribles pour un apprenti jockey sont celles de septembre. Si ce mois est propice aux vendanges, il provoque, pour le futur jockey, des cauchemars où la sueur se mêle au sang, où la peur secoue les petits corps qui, quelques heures auparavant, peut-être, s'étaient masturbés afin d'obtenir une nuit souriante.

Septembre, c'est l'époque du débourrage des yearlings. Quant au verbe débourrer, le petit Robert parle de « débarrasser » (de la bourre, du poil, de ce qui bourre en général). Pour les gagas du dada, débourrer veut dire « dresser », ce qui pourrait rejoindre l'avis du petit Robert puisque le dressage va faire perdre au poulain son petit ventre bien rond. En même temps qu'il affinera sa silhouette, le yearling se débarrassera de ses illusions qui le voyaient gambader toute sa vie dans un pré fleuri.

Avant d'être un yearling, le poulain est un *foal*. Dès les premiers jours qui suivent sa naissance, l'homme lui pose un licol. Pendant six mois, il ne quitte pas sa mère. Le palefrenier habituera le nouveau-né à sa présence. Il sera également chargé de son éducation. Il est parfois dur de sévir à cet âge, le foal étant mignon tout plein : des bouts de choux de naseaux, de grands yeux câlins et curieux surmontés de longs cils doux, une crinière hérissée et une petite croupe haute, toute ronde et bien dure.

Si la plupart sont tendres, craintifs ou joueurs, il en est d'autres déjà vicelards. Ceux-là méritent parfois une bonne fessée sous l'œil compatissant de leur mère. Tous les régisseurs de haras vous le diront : « Laissez-les gagner une seule fois la volonté de l'homme, et c'est durant toute leur vie qu'ils tenteront de faire de même. »

Après six mois de folles tendresses maternelles, c'est le sevrage cruel et brutal. Durant deux à trois jours, parfois plus, les bébés, seuls, enfermés, le regard porté vers la lumière de la lucarne, passent leurs nuits à pleurer. Et la journée, ils tentent d'entrevoir leur mère disparue à travers les lourds feuillages. Heureusement, il y a les p'tits potes avec lesquels on joue, qu'on tente de sauter façon « touche-pipi », et avec qui l'on fait de vraies courses.

A l'approche des ventes de Deauville, les vacances prennent fin. On ne leur permet plus de galoper, de peur d'un accident. En vue d'une plus grande docilité et d'une belle musculature pour le passage aux pieds du commissaire-priseur, l'homme va leur apprendre à marcher. La vraie vie de chien commence.

A peine adjugés, les yearlings montent dans un van en direction des centres d'entraînement. Si depuis quelques années les yearlings ont moins de sang, et si la plupart d'entre eux se laissent brosser et nettoyer les yeux, les oreilles, le trou de balle et le dessous des sabots, c'est toujours avec une accélération angoissée du palpitant que les apprentis jockeys assistent à leur débarquement. En effet, ces derniers ont déjà eu depuis deux ans leur part de traumatismes et le débourrage des chevaux, même pour un adulte, n'est pas une sinécure.

Le lendemain de son arrivée, on met au yearling un caveçon auquel est attachée une longe. Deux hommes l'emmènent sur un cercle sablé et lui apprennent les trois allures. Quelques jours plus tard, on lui pose pour la première fois un pad, maintenu sur le dos par une sangle. Celle-ci enserre le thorax de l'élève qui tente de l'ôter par de fortes cabrioles. Il n'y a plus qu'à attendre qu'il soit bien crevé.

Le lendemain matin, on lui met une selle démunie d'étriers pour ne pas affoler ses flancs, ainsi qu'un mors en caoutchouc munis de palettes. Le caoutchouc, pour ne pas lui abîmer sa bouche toute tendre, et les palettes pour qu'il joue avec sa langue et se fasse la bouche.

C'est à ce moment que les apprentis jockeys (ils ont entre quinze et seize ans et, s'ils n'ont pas encore débuté en course, cela ne devrait pas tarder) s'intéressent au spectacle. Si l'animal n'a pas bronché, ils sont tous autour, dans l'espérance que le premier garçon de l'écurie les choisisse une bonne fois pour toutes et les laisse tranquilles pour les brocards à venir.

De mon temps, lorsque je récurais les fonds d'écurie, nous étions trois promus débourreurs. Pour éviter d'être appelés, l'on trouvait toujours une petite tâche ménagère, à laquelle nous rechignions d'habitude, à l'abri du regard du premier garçon. Il faut dire que chaque année, nous avions plus de soixante yearlings à dresser, et le partage n'avait rien d'égal.

Malheureusement on ne bluffait pas le premier garçon… Il choisissait toujours le mieux planqué. Ayant compris cela la première année, la seconde je me trouvais toujours à proximité du rond, l'air satisfait de voir le rodéo offert. Lorsque l'homme le plus craint de l'écurie passa à mes côtés, la tête haute, le bras sûr, je lui dis : « Belle bête, vigoureuse, elle tient de son père, trouvez pas monsieur Burger ? »

Celui-ci, la cigarette aux lèvres, l'œil de côté sous une casquette de trente ans d'âge, me regarda et me répondit, malicieux : « Mouais, tiens t'cho, toi qu'as l'air de connaître son père, pose ton balai et va le débourrer. » Mauvaise stratégie…

Après une demi-heure de rodéo et quelques chutes, je descendis plus ou moins fier de ma prestation, les jambes légèrement tremblantes. Le premier garçon, à l'autre bout de la cour, me cria : « Tiens t'cho, descends des balles de foin, et après, comme t'es échauffé, débourre le suivant. »

Pour éviter que le yearling ne se cabre et se renverse, un troisième homme se tenait en retrait du poulain, un fouet à la main pour le porter de l'avant. Certains jours, nous en débourrions dix à la suite et, quand parfois il arrivait que la longe pète, nous partions à fond la caisse cramponnés au collier en cuir de l'encolure, ballottés comme des pantins, n'ayant aucune idée de la suite des événements, on se mettait à espérer un accident pas trop grave, mais assez tout de même, afin de bénéficier d'un congé de maladie. Car les escarres, les foulures des doigts ou des chevilles ne nous dispensaient aucunement de nous mettre en selle.

Les nuits ne suffisaient pas à effacer nos douleurs musculaires et osseuses. C'est tout tremblants que nous approchions le suivant, lequel, les naseaux dilatés, l'œil hagard, les veines battant à fleur de peau, était prêt à tout pour empêcher la violation de son dos.

15 septembre 1983

BIEN COURT DERRIÈRE L'EUNUQUE

J'avais quatorze ans lorsque j'ai assisté pour la première fois à une castration. Je ne savais pas encore qu'il existait deux catégories, les « hongres » et les « entiers », et c'est avec une grande curiosité que je m'apprêtais à devenir le témoin de cette boucherie, qui après coup me sembla plus barbare que la production de cuisses de grenouilles.

Je balayais tranquillement mon coin de cour lorsque mon chef, tout en secouant sa casquette pleine de poussière de paille, me dit :

— Tiens t'cho, va aider le véto à tenir Maillot, comme t'as toujours les yeux dans les nuages, tu seras plus utile à ça qu'au balai.

A vrai dire, Maillot n'était pas vraiment mon cheval, mais je remplaçais son lad attitré, accidenté depuis six mois. Maillot était le seul cheval, réputé calme, de l'écurie, à pouvoir me supporter chaque matin sur son dos.

Arrivé près de son box, le vétérinaire et son assistant m'attendaient avec leurs trousses. Rien de très surprenant si ce n'était une immense pince en forme de sécateur. Tout en me hissant sur la pointe des pieds pour m'emparer du licol, je leur demandai l'air détaché :

— A quoi ça sert ?

— A castrer ! me répondirent-ils en chœur, c'est pour les chevaux qui ne veulent pas galoper à fond.

– Et pourquoi on castre ?

Ils me firent un cours rapide. L'argent, donc les propriétaires et les entraîneurs, était souvent à l'origine de cette humiliation : couper les attributs sexuels. Les entraîneurs invoquent plusieurs raisons : la plus courante concerne les chevaux qui ne veulent pas se livrer en course. Vous savez, ceux qui donnent l'impression « d'aller au-dessus du lot », et qui, lorsque les choses deviennent sérieuses dans la dernière ligne droite, reculent aussi vite dans le peloton qu'un alpiniste confronté à une avalanche. On émascule tout autant les brocards qui, chauds comme des lapins ne veulent pas travailler, ne pensent qu'à déposer leur cavalier pour mieux goûter l'intimité des croupes féminines. Certains chevaux voient aussi leurs efforts stoppés net, lors des compétitions, par la venue « canon » d'un, ou parfois deux testicules, dans la région des reins. La castration, enfin, se pratique couramment sur les chevaux d'obstacles, des spécialistes qui ne sont généralement pas retenus en tant que futurs reproducteurs, afin d'éviter qu'ils ne se les accrochent sur une haie. Car dans cette hypothèse, ils verront arriver le prochain obstacle avec appréhension, et, le traumatisme aidant, préféreront certainement refuser le saut, ou tout du moins l'assurer, genre « petits bras ».

J'étais renseigné, mais pourtant, je ne comprenais pas que Maillot subisse cette ablation. Il galopait à fond me semblait-il, puisque je n'avais jamais pu l'empêcher d'aller moins vite que le triple galop. Il m'emballait quotidiennement. A force, ma trouille bleue des premiers galops forcés était passée, et je savais, chaque matin, qu'il suffirait d'un croisement de chemins, d'un bois bien touffu ou d'une barrière pour que les quatre à six kilomètres d'emballement prennent fin.

– Je vous assure qu'il galope très bien et même très vite. Si la dernière fois, il n'a pas pas gagné à Saint-

Cloud, c'est parce que le tournant était trop sec et qu'il a été tout droit. Vous n'avez pas besoin de l'opérer, leur affirmai-je.

— Mais c'est aussi pour les chevaux qui sont méchants avec leurs apprentis, me dit en souriant le vétérinaire.

— Il n'est pas très gentil avec toi, il te fait tomber, te mord et essaye de te taper dans le box, n'est-ce pas ? me questionna son compère. Tu verras, après il sera doux comme un agneau.

Ça c'était bien vrai, Maillot m'impressionnait grandement. Et dans le box, il profitait goulûment de la peur qui exsudait de mes gestes malhabiles et craintifs.

Les coupeurs de bonbons m'avaient convaincu.

On lui passa sur le bout du museau un tord-nez, sorte de bout de bois auquel est rattachée une ficelle. La boucle de celle-ci est passée sur les naseaux et l'on tourne le bout de bois jusqu'à lui tordre les lèvres. Alors qu'on lui injectait une anesthésie locale et quelques tranquillisants, je tenais fermement le tord-nez. Avec un scalpel, on lui ouvrit la peau des testicules comme on le ferait d'une pêche. D'ailleurs, au touché, ce fruit et une burne se ressemblent étrangement.

Malgré mes efforts pour qu'il ne bouge pas, Maillot m'envoyait valser dans le mur.

— Arrêtez, il n'est pas endormi, protestais-je.

— Mais si, mais si, dirent les deux toubibs.

Et moi de rétorquer :

— Mais non, puisqu'il est debout.

Ce en quoi je n'avais pas tout à fait tort, l'anesthésie n'étant pas générale. J'en avais froid dans le dos.

L'œil vitreux, Maillot se calma quelque peu. Il accusa deux sursauts au moment où l'émasculateur, cette énorme pince à castrer, lui sectionna les parties qui tombèrent lourdement sur la paille. Ses membres postérieurs baignaient dans le sang. L'odeur était à vomir.

La tête coincée contre le mur par celle du malheureux

animal qui avait tendance à s'affaisser, je me sentais chavirer.

— Sors-le et fais-le marcher doucement, me dit le praticien.

L'œil vitreux, Maillot chancelait sur ses membres, et, plusieurs fois, je crus qu'il allait m'écraser de sa masse à l'esprit vaseux. Il laissait sous ses pas des caillots sanguinolents.

Après une demi-heure de marche titubante, Maillot commençait à sortir de ses limbes. On me conseilla de le rentrer et de lui poser une muselière sur la bouche pour qu'il reste à jeun. Quant à moi, je versais quelques larmes. Par la fenêtre du box, j'observais son réveil, inquiet. Même si je n'éprouvais pas une grande passion envers lui, le seul endroit qu'il me laissait lui nettoyer sans essayer de me botter, était celui qu'il venait de perdre. Visiblement insensible, mon chef se foutait de mes états d'âme :

— Tiens t'cho, au lieu de tirer au cul, prends un balai et nettoie les cochonneries de ton cheval.

— Ce n'est plus mon cheval, m'sieur Burger, lui dis-je, mais je ne suis pas certain qu'il ait compris mon allusion.

Devenu hongre, Maillot n'a pas pour autant stoppé sa boulimie d'espaces parcourus à fond de train. Chaque matin, il a continué à m'emballer.

Et le fait d'être castré ne lui a pas permis de gagner mieux sa croûte sur les hippodromes. Cela lui a seulement allongé de quelques mois sa vie, laquelle s'est terminée sur un étal de boucher.

13 octobre 1983

ET UN CALVA POUR TERBOIRE, UN !

Terboire. Avec un nom pareil, Roger ne pouvait qu'être incité à remettre ça au comptoir de la Reine Blanche, charmant café du bois Saint-Denis à Chantilly. Il s'y rendait chaque matin vers les sept heures. Auparavant, il surveillait le degré d'appétit des chevaux.

En tant que cadre d'une écurie importante, il faisait sa ronde consciencieusement tout en supervisant l'effectif de ses gars en train de mettre de l'ordre dans les litières. Si certains avaient l'intention de « dérober », Roger Terboire se chargeait d'aller les sortir du lit. Sa tactique était infaillible.

A pas feutrés, il pénétrait dans la pénombre de la chambre du dormeur, et, une fois près du lit, un crochet du droit dans la mâchoire du rêveur était suffisamment efficace pour le faire bondir. Si ce n'était pas le cas, la voix éraillée par l'alcool de Roger, faisait le reste :

— Alors, fucking bastard de fucking well, t'es resté au poteau ! Sors fissa du paddock, y a Sbire qui n'attend plus que toi pour sortir.

Sbire était la plus vicieuse des carnes de l'écurie.

Il arrivait que certains palefreniers, dotés d'une bonne condition physique, ne craignent ni Sbire, ni une quelconque démonstration de force de la part de la Guenon, surnom donné en secret à Terboire. Ceux-là se rendormaient dès la silhouette de l'aboyeur disparue.

Mais Roger Terboire n'était pas né de la dernière pluie

et, malgré son aversion pour la flotte, il revenait dix minutes plus tard avec un seau de dix litres d'eau glacée. Après projection du liquide sur l'entêté de sommeil, il pouvait s'en aller l'esprit tranquille, prendre son petit déjeuner, assuré qu'il ne se recoucherait pas.

Ancien jockey d'obstacles, Roger était terriblement court sur pattes. Nerveux, il ne pouvait s'empêcher de faire jouer ses muscles, des biceps aux triceps, en passant par les maxillaires. Histoire de montrer que sa position de cadre n'avait rien d'usurpé, il se donnait des allures d'homme pressé, efficace et direct. Ainsi, excepté le fait qu'il ponctuait ses foulées par des « hep, hep » de contentement, sa démarche ressemblait à celles des acteurs de cinéma muet. Ce côté soupapes de moteur gonflé de sa personnalité, lui valait de la part des apprentis, un autre surnom « Hepèpèpe ».

Lorsque sa main râpeuse s'emparait de la poignée de bois de la porte de la Reine Blanche, les quelques clients sursautaient. Aussi vigoureusement qu'inutilement, il l'abaissait, et déclenchait le record de sonorité de la cloche logée au-dessus de la porte d'entrée. Sans même se retourner, les lads accoudés au zinc le saluaient d'un, « Bonjour Roger, la poignée a tenu ? », car, deux fois, celle-ci avait cédé sous le choc. Ces coutumières marques de reconnaissance plaisaient à Roger. Il évaluait ainsi la vigueur de sa réputation d'ancien boxeur poids plume et de jockey « qui a des couilles au cul ». Faussement modeste, il répondait invariablement : « Non, non, les amis, depuis je l'ouvre avec précaution. Salut Mimi, un p'tit café-calva ».

Ensuite, avec un évident plaisir, il serrait les mains des clients. Chaque compressage de phalanges lui tendait les muscles du cou. Et si le propriétaire de la main écrasée se plaignait, Roger lançait joyeusement : « T'as de la guimauve dans les doigts. On dirait pas que le vieux Roger a dépassé les cinquante balais, hein ? » Il souriait alors, donnant à son visage ridé l'apparence de la carte des fonds marins du globe. Dans la foulée, tout en racontant ses histoires d'ancien jockey, il s'enfilait derrière la cravate deux autres calvas.

Après cinq minutes, il attaquait au blanc sec, car, disait-il, « on était pas si loin de midi ». Il ne sirotait pas, il éclusait. Le dixième verre enfilé, il claquait sa langue sur un palais surchargé. Lorsque son ballon, reposé sèchement sur le comptoir, ne cassait pas, il concluait courageusement, « C'est pas le tout, mais faut aller les pincer ! Allez Mimi, à tout à l'heure ».

Même s'il ratait une fois sur deux la porte de sortie, Roger restait digne, conservant sur son visage un air soucieux d'homme en proie à de grandes responsabilités. Son retour vers l'écurie, loin d'être aussi rectiligne que l'aller, était néanmoins rapide.

Dans sa jeunesse, il avait été jockey de plat mais avait dû renoncer pour cause de poids. Il s'était donc reconverti sur les obstacles. Ces derniers lui occasionnèrent plus de soixante fractures. On comprend aisément qu'il commença à voir les monticules d'Auteuil avec appréhension. Pour se donner du courage, il s'ingurgita des boissons alcoolisées avant chaque épreuve. Il se biturait si bien qu'il en oubliait de faire sauter ses montures, lesquelles lui permirent de compléter sa collection de coutures chirurgicales. Conscient qu'il n'allait bientôt plus rester qu'un ramassis d'os de Roger, un entraîneur lui confia avec diplomatie le poste de cadre qu'il occupe toujours, tout en lui assurant qu'il serait son jockey d'entraînement de pointe. Roger sauvait la face.

Lorsqu'il revenait de la Reine Blanche, Roger était chiant, jouant au boxeur avec tout ce qui lui passait à portée de main. Plus particulièrement les apprentis, êtres chétifs par excellence, qui n'osaient pas contrecarrer le chef. Sa blague préférée était de surprendre un môme par-derrière, de lui empoigner l'appareil génital avant de tirer sèchement son bras vers l'arrière en le soulevant de terre. Le gosse faisait un soleil et Roger se payait un séisme facial.

L'alcool lui donnait des ailes et il voulait « grimper » les pur-sang les plus vils de l'écurie, prétextant qu'aucun n'avait réussi à le faire plier en quarante ans de métier : « J'vais te le monter les rênes aux couilles, moi, ta carne, j'suis pas un arpet. » Lorsqu'on lui cédait, Roger se retrouvait dans de fâcheuses situations. N'acceptant pas d'être ridicule en selle, il avait de violents rapports de force avec sa monture ; des bras de fer qui étaient rarement justifiés.

Un jour, son corps, nerveux, sec et dur, s'est retrouvé sous celui de son cheval. Un craquement s'en échappa. C'était celui de son dentier. Lui n'avait rien.

Aujourd'hui, il ne monte plus à cheval. Mais vaillant soldat qu'il est, il natte et taille toujours les crinières des coursiers avant de rejoindre l'hippodrome. Entre chaque tresse, il sort sa petite fiole, et s'en jette une lampée. Au bout de la dixième il perd le bouchon. Il se baisse pour le retrouver dans la paille. Le cheval lui mordille les fesses. Il sursaute, ce qui lui fait renverser un peu de son liquide. Un coup de poing au cheval pour lui apprendre. Rien n'a vraiment changé dans sa vie. Chaque soir, il est rond comme une queue de pelle. Et lorsqu'il fait sa tournée de boxes, l'air grave, les apprentis ont du mal à ne pas pouffer. Arrivé près du cheval, Roger se penche pour tâter les tendons de l'animal. Ses gestes sont plus lents, mais avant même que sa main sente le contact des tendons, il part le nez en piqué, s'écrasant comme un pauvre malheureux dans la litière.

L'avoine distribuée, l'écurie du soir terminée, on le regarde s'éloigner vers son logis, un pigeonnier au-dessus des boxes. Sa femme n'est plus là. On sait qu'il continue à se parler à lui-même, d'elle. Sur ses épaules noueuses, on voit les efforts qu'il fait pour que sa démarche soit digne. Il slalome pourtant. Se cogne parfois contre le mur. Dur comme un roc, Roger Terboire, poursuit sa marche. Il est émouvant comme un bébé, qui sans cesse, tente de se relever, et qui ne veut pas comprendre que pour y parvenir, il lui faudrait arrêter de biberonner.

25 février 1984

LE CHANT DU SYN

Syn est arrivé en septembre à l'écurie, en compagnie d'une dizaine d'autres yearlings. Il débarquait fraîchement de son haras natal. Syn était vraiment moche. Aucun lad ne voulait s'en occuper, lui préférant les six autres bébés chevaux de course insignifiants qui l'accompagnaient.

Préposé au débourrage, je fus le premier apprenti à prendre possession de son dos. Lorsque je me suis approché de lui pour faire sa connaissance, il tremblait de tout son corps et me jetait des regards inquiets. Tout en le caressant, je lui ai parlé. Ses oreilles d'âne pivotaient à chaque octave.

Tout doucement, on me hissa à plat ventre sur son dos. Il fit un saut de cabri et stoppa, chancelant. Apparemment, il ne savait comment réagir. Je ne lui laissai pas le temps de se demander ce qu'on attendait de lui et l'enjambai. Le claquement du fouet derrière sa croupe le fit démarrer au trot. Quatre foulées plus tard, il s'arrêtait net, l'œil hagard, le corps dégingandé, de travers.

Après une caresse, ma voix le fit sursauter :

— Alors mon petit biquet, qu'est-ce qui ne va pas ?

La chambrière le fit démarrer. Mais ses allures étaient saccadées. Il butait sans cesse. Timide, il n'osait cabrer ou ruer pour me faire vider les étriers.

Son débourrage ne posa aucun problème, tout comme ses premiers harnachements et ses premières sorties dans les sous-bois cantiliens. Il semblait constamment épuisé et ses grands yeux étaient profondément tristes. Même la joie de vivre exubérante de ses petits camarades ne le ravivait pas. Je pensais qu'il n'avait jamais dû se remettre du sevrage de sa mère. En fait, il était profondément malade.

Syn était la représentation même du vilain petit canard quadrupède. Sa crinière, puisque c'est ainsi qu'il fallait appeler ce semblant de crins, était courte, toute en épis, impossible à brosser et pleine de pellicules. Tout mince, son poitrail était moins large que mes épaules. Il n'avait pas de muscles et sa petite croupe ressemblait à celle d'un foal. Ses membres étaient légèrement cagneux. Sa robe était truffée par la gale, et des plaques de poils lui manquaient. La sole de son sabot était pourrie, et comme il salissait facilement sa litière, cela n'arrangeait guère la corne de ses pieds. Ses naseaux coulaient constamment. Les lads, qui avaient également le nez empli de morve, ne les lui nettoyaient jamais. Syn avait besoin d'une maman. Je me suis proposé.

Pestiféré, son nécessaire de toilette lui était réservé. A chacune de ses toilettes, bi-quotidiennes, je perdais une heure à nettoyer son matériel. Sa morve imbibait l'éponge. La poussière de son corps rendait brosses et étrilles si grasses qu'elles restaient accrochées dans les mains.

Durant les séances d'entraînement, Syn peinait et soufflait. Mais jamais il ne se plaignait. Un amour d'animal maladif.

Je craignais qu'il ne puisse passer l'hiver et la visite régulière du vétérinaire n'était pas pour me rassurer. Je souffrais pour Syn, sachant qu'il supportait difficilement les imposantes piqûres; le contact froid de l'acier s'enfonçant dans sa veine jugulaire.

En décembre, il se mit à tousser. Sa toux était profonde. Elle lui partait du bas-ventre, électrocutait son corps jusqu'à lui faire exploser les naseaux, lesquels m'arrosaient copieusement. La fièvre ne le quittait plus et nous passions ensemble des quarts d'heure cajoleurs.

Lorsque j'arrivais le matin pour faire son box, je m'attendais toujours à le trouver mort. Il relevait pourtant sa tête, parfois son encolure, quand il me voyait approcher. Je lui faisais tout de suite un câlin en lui disant qu'il n'avait nul besoin de se précipiter ; le fumier, sous son ventre, je le sortirais plus tard au moment de sa toilette.

En février, la fièvre le quitta. A l'entraînement, malgré sa piètre condition, il s'appliquait en ses foulées de pioche. Mais, après mille mètres, il n'en pouvait plus.

Son licol était toujours aussi grand et je lui mettais du coton sur la sangle pour qu'elle ne le blesse pas. Arriva le moment où il perdit totalement son appétit qui n'était déjà pas exceptionnel. Cinq jours plus tard, il était au plus mal. Un van vint le chercher pour l'emmener dans un haras-clinique, perdu au fin fond de l'Orne. Là-bas, il ne vécut que quelques jours.

Le premier garçon de l'écurie m'apprit la nouvelle, au moment où je désinfectais son box vide, le parfumant copieusement de grésil.

— Ton tocard est mort hier. Le véto a dit qu'il avait un cancer généralisé.

J'ai pleuré doucement, d'abord. Puis, de façon moins contrôlée, comme si l'acte de nettoyage que je venais d'opérer était responsable de la disparition de Syn. Dans ce box vide et creux, il m'était maintenant impossible de me le représenter sur sa litière. Je réalisais qu'il ne reviendrait plus. Comparativement, il avait le même âge que moi, quatorze ans.

21 avril 1984

JAPPELOUP, UN CHEVAL AU MENTAL D'ATHLÈTE

« Allez, suffit p'tit zouave, donne-moi ton pied. » L'homme qui parle a le dos courbé. Sa main entoure fermement l'arrondi d'un boulet. « Allez, fais pas chier, Zazap, donne ! » Tout en tirant un brin de paille, le cheval lève son sabot. Aussitôt, l'homme lui fourrage la sole avec un pinceau enduit de graisse noire. Il lustre tout. La fourchette et son trou sombre, véritable nerf du pied chevalin, la sole jusqu'à la courbure du fer, puis avant de reposer le sabot, quatre coups de pinceau suffisent à faire briller la face externe jusqu'à la lisière poilue de la couronne. « L'autre maintenant ! » Cette fois, la bête lève sans discuter son second antérieur. En trois coups de cuillère à pot, l'animal repose sur quatre pieds en bois d'ébène d'un tel éclat qu'on pourrait croire qu'il est le fruit du seul travail quotidien d'une femme de ménage. « Il est pas beau mon petit bout de zan avec ses chaussons ? » me demande son lad réjoui.

A vrai dire, de tous les chevaux qu'il m'ait été donné d'observer, Jappeloup arrive dans les profondeurs de mon classement esthétique. A son avantage, on peut dire que ses jarrets sont solides, que sa croupe est ample et bien dessinée, que son poitrail n'a à souffrir d'aucun complexe, que sa queue fournie descend joliment jusqu'à mi-canon et que sa musculature souple, rondement répartie, est celle d'un athlète de haut niveau qui, malgré sa petite taille, doit inspirer le respect à ses congénères.

Ceci étant, il est loin de représenter la pure quintessence de grâce ailée sur quatre membres.

Son garrot frise tout juste le mètre cinquante-huit de haut, ce qui, vous en conviendrez, n'a rien d'affolant pour un cavalier débutant. Constamment en épis, sa crinière, comme une vague figée dans l'espace, jaillit de son encolure au lieu de s'y poser. Ses sabots de gala soutiennent des paturons qui emmènent assez loin en arrière de rustiques boulets. Et si, à l'extrémité de sa robe noire, sa tête coquine est des plus expressives, il n'a pas le profil noble d'un sénateur romain comme Jiva ou la force altière et tranquille d'un Flambeau C, deux de ses compagnons aux Jeux olympiques.

Car Jappeloup, fils d'un illustre trotteur méconnu et d'une vieille pur-sang oreillarde, doit défendre les chances de l'équipe de France d'équitation les 7 et 12 août à Los Angeles.

Qui aurait pu dire que ce vilain petit canard se retrouverait à Santa Anita ? Personne, et encore moins l'entraîneur national, Marcel Rozier. Pas même son cavalier, Pierre Durand, lequel, s'il savait son cheval fantastique au niveau national, avait eu de sérieux doutes avant d'atteindre les circuits internationaux.

Seul peut-être, le « papa » de Jappeloup croyait en ses possibilités. Mais l'éleveur Henry Delage est un homme si pudique qu'il n'osa jamais vanter à tout va les qualités de son « enfant », qualités qui sortent de sa bouche, comme autant d'odes à l'amour.

Il y a dix ans, ce propriétaire de la région bordelaise venait de traverser plusieurs années infructueuses avec ses quelques pur-sang. Il décida alors d'élever des AQPSA (autres que pur-sang anglais). Soit pour les vendre comme chevaux de sport, soit pour les faire courir dans les courses régionales qui leur sont réservées. Il se rendit alors à Ludon, où se trouvait le dépôt d'étalons des haras nationaux, accompagné de Vénérable, une vieille pur-sang de vingt ans qu'un vétérinaire avait diagnostiqué stérile dix ans auparavant, et si moche qu'Henry Delage avait cru acheter un mulet.

Imaginez la surprise de Vénérable voyant sortir Tyrol II de son box, un étalon trotteur dressé sur ses postérieurs, où se balançait son appareil génital en érection.

Vénérable apprécia grandement la joute sexuelle de cet amant beau et fougueux. Onze mois et onze jours plus tard, elle déposa sur la paille un bébé tout noir. Il fut baptisé du nom de la ferme où il naquit : Jappeloup. Si celle-ci était d'installation modeste, Jappeloup ne pouvait rêver meilleur site pour faire ses premiers galops. Ce n'était qu'étendues de prés où l'herbe tendre lui chatouillait le bas-ventre...

Henry Delage voulut l'inscrire aux ventes de Poitiers avec un prix de réserve de trente mille francs. Une commission d'achat vint donc le voir. Le trouvant trop petit, trop cher et de plus entier, ce qui peut être un handicap pour un futur sauteur, elle ne voulut pas l'inscrire, allant même jusqu'à refuser de le voir sauter.

Persuadé qu'il détenait un bon cheval, Henry Delage ne baissa pas son prix. Il le fit débourrer, donnant à nombre de cavaliers l'occasion de rester très peu de temps en selle, puis le fit castrer. Ensuite, il voulut l'envoyer à l'entraînement, car il était « certain qu'il deviendrait le meilleur sauteur d'Auteuil ».

Mais, entre temps, une cavalière était tombée amoureuse de Jappeloup. Pour elle, les courses d'obstacles étaient barbares. Henry Delage étant un homme apte à tomber en complète pâmoison devant deux coccinelles, il se chopa le coup de foudre et laissa son petit bout de zan à cette cavalière. Ensemble, ils débutèrent en concours hippique et très vite, obtinrent des résultats. Tant et si bien que des amis du cavalier bordelais Pierre Durand, lequel cherchait un cheval « leader », lui rapportèrent leurs exploits.

Henry Delage emmena Jappeloup, alors âgé de quatre ans, et sa cavalière chez Pierre Durand pour que celui-ci voie sauter son champion en herbe.

« Il l'a à peine regardé », raconte Henry Delage.

Ce que confirme Pierre Durand : « Je me suis dit que M. Delage était bien gentil, mais qu'il ne fallait pas rêver. Pour ne pas le vexer, je lui ai dit de revenir dans un an, lorsque Jappeloup serait plus étoffé. Mais sincèrement je l'avais enterré. Ensuite, Jappeloup n'arrêta pas de faire parler de lui dans des concours inter-clubs. On m'en parlait tout le temps. Cela a fini par me titiller. »

Pierre Durand va le voir un an plus tard lors d'un classique pour chevaux de cinq ans. Jappeloup était monté pour la première fois par un homme, sa cavalière n'arrivant plus à faire quoi que ce soit avec lui. Il était devenu balèze et se permettait toutes les fantaisies avec sa dulcinée. Bien qu'étant fortement impressionné par l'énergie et la souplesse du petit cheval, Pierre Durand pensa : « Il se joue des obstacles, mais dès qu'ils dépasseront 80 centimètres, il n'y arrivera pas. Il est trop petit. » Pourtant, il accepta de prendre Jappeloup en pension durant un an.

Lors de leur premier concours en commun, Jappeloup se dérobe devant un mur. Mais dès le deuxième, devant un « triple » nécessitant deux foulées entre le deuxième et le troisième obstacle, Jappeloup n'effectue qu'une seule foulée pour sauter sans la moindre faute. Très peu de chevaux en sont capables, surtout à leur premier parcours important. A partir de cet instant, Pierre Durand va croire en son nouveau pensionnaire.

Ce cavalier de trente ans est loin d'être sûr de son coup, mais il rêve depuis l'âge de dix ans de participer aux Olympiades. Et à cette époque, le jeune Durand est déjà un garçon terriblement organisé. Chaque début de semaine, il affiche son emploi du temps au-dessus de son lit et se fait un devoir de tenir tous ses objectifs. Les années passent et Jappeloup accroche, à sept ans, le titre de champion de France 1982, tout en étant sacré meilleur cheval de l'année. Cependant, il reste des puristes pour faire la fine bouche, prétextant que ses origines et sa petite taille font de lui le parfait bâtard des circuits. Les observateurs du milieu le regardent avec un petit sourire ironique quand ce n'est pas avec dédain. Même Marcel Rozier, qui depuis se souvient qu'il remporta une médaille d'argent à Mexico avec un cheval aussi petit (Quo Vadis), est alors sceptique.

Hermétique, Pierre Durand laisse couler. « En dehors de ses immenses capacités au saut, explique-t-il, il fallait à Jappeloup un mental à toute épreuve pour encaisser huit mois de travail annuel, comprenant deux compétitions par mois s'étalant sur cinq jours. Cela nécessitait de sa part une aptitude à assumer les fatigues et à accepter les efforts répétés. Son physique l'obligeait à faire double effort et je doutais qu'il puisse le supporter. Mais je me suis investi à fond. J'ai mis deux ans à le dresser. C'est un cheval avec qui on ne peut avoir que des rapports de force. Il a un caractère très affirmé. C'est une petite frappe arrogante. Mais intelligent, il savait ne pas aller jusqu'à la bagarre. Lorsque cela arrivait, il se fâchait très vite. Et cela se traduisait par des parcours exécrables, comme un couple qui se fait la gueule. Malgré tout, il fut assez coopératif au début. »

Le trotteur est habitué à la discipline. C'est un cheval laborieux auquel on a imposé beaucoup d'efforts et de contraintes. Jappeloup n'aime pas les trahisons. Il ne se comporte bien que lorsque son « patron » lui intime parfaitement les ordres qu'il connaît. Dans le cas contraire, tout comme un ordinateur mal programmé, il refuse l'effort.

En 1983, Jappeloup est à nouveau meilleur cheval de l'année. Il marque de ses sabots une trace indélébile dans le circuit international en effectuant deux parcours consécutifs sans faute à Rome et Hickstead, apportant à l'équipe de France une seconde place en Italie et une victoire en Angleterre dans la Coupe des Nations. Second l'an dernier sur la Piazza di Sienna, par la faute de ses petits camarades moins brillants, Jappeloup comptait parmi les favoris cette année à Rome.

Le concours de la sublime cité était peut-être celui qui pouvait donner la meilleure idée de ce que pourrait être le parcours de Los Angeles. La principale difficulté des Jeux pour les chevaux, lesquels participent à deux épreuves (par équipes et en individuel), réside dans la découverte du parcours et de l'environnement lors de la compétition.

De petite taille (on va finir par le complexer), Jappeloup a un autre désavantage, une hypersensibilité à l'environnement. Curieux de nature, c'est un insatiable observateur. En rentrant sur une piste, il peut manger des yeux et des oreilles une spectatrice occupée à se saupoudrer la face à deux cents mètres de lui.

Pour l'heure, son lad, Pierre Dumaine, le bichonne. Une fois natté, lustré et épongé, il lui met du collyre dans son œil droit. Depuis qu'il s'est arraché la moitié de la paupière à un crochet, cet œil coule. Pendant sa toilette, il n'arrête pas de jouer.

Avec Jappeloup il n'y a pas d'imposture. Si sa forte personnalité est bourrée d'antagonismes, ce qui lui vaut des compliments dithyrambiques, cela le rend plus perceptible, car plus humain que la plupart de ses congénères. Tendre et joueur, il a un énorme besoin qu'on s'occupe de lui. C'est aussi un vrai petit mec qui peut être brutal lorsqu'il ne veut pas de câlin. Mieux vaut ne pas insister. Intelligent, il l'est certes. Il y a bien longtemps qu'il savait ouvrir son box. Une nuit, il s'est même fait la belle après avoir libéré un de ses compagnons. Ensemble, ils sautèrent les clôtures pour se faire une orgie noctambule.

Jappeloup a aussi ses petites manies de grand-père têtu. Il aime avoir son seau d'eau tout à côté de sa mangeoire, car il prend une gorgée pour rincer son avoine. Si le seau d'eau est accroché à l'autre bout du box, il refuse de manger. Véritable mascotte du public, il fait la gueule à ses supporters lorsqu'il loge dans les motels de concours. C'est un esthète qui ne supporte pas le glacial de ces boxes d'une seule rangée en préfabriqué. Dans ce cas, il tourne à la neurasthénie et ne laisse apparaître à ses visiteurs que la rondeur de sa croupe.

Lorsqu'il pénètre dans l'arène, il oublie tout. Terriblement attentif et concentré, il n'omet pas de frimer en roulant sa caisse. Néanmoins, quand il s'avance au petit galop de chasse face à un terrible « triple », on ne peut s'empêcher de sourire. Qui de Pierre Durand à Jappeloup, va sauter le premier ou faire la courte échelle à l'autre ? Pourtant, trois foulées avant l'obstacle, le cheval tend très haut sa tête, comme s'il essayait d'apercevoir ce qu'il y a de l'autre côté des barres. Les yeux pétillants, les oreilles fortement inclinées vers l'avant, il photographie ce « gros fromage » à franchir. Parvenu à l'ultime foulée, il abat soudainement l'encolure. Son corps s'étire puis se ramasse un instant, ventre à terre. Ses postérieurs se placent très loin en dessous de lui afin d'obtenir un maximum d'élan. Avec une souplesse inouïe il s'élève sur la pointe de l'obstacle. Sans les toucher, sa masse brosse les barres. Parvenu à leurs cimes, un instant suspendu, comme porté par l'atmosphère, il pointe ses oreilles vers le sol, alors que bon nombre de ses adversaires les couchent sous l'effort. Son coup d'œil est exceptionnel. Rien ne lui échappe. Il n'a jamais chuté. S'il s'estime trop en difficulté, il stoppe, refusant l'obstacle, laissant son cavalier continuer seul. C'est ce qu'il a fait deux années de suite à Longchamp et plus récemment à Hickstead.

Vu sa constitution, il prend un maximum de risques

par rapport à ses « monstrueux » concurrents. Mais il connaît ses limites. Son respect des barres est surprenant. Il a horreur de les toucher. Si c'est le cas, trois foulées après une faute, il montre en couchant les oreilles qu'il est vexé. Ce ne fut pas le cas à Rome. Dernier des quatre français à s'élancer dans la Coupe des Nations, il délivra par un sans-faute toute la tension dont il était porteur, assurant la victoire à l'équipe tricolore. Bien qu'étant encore jeune pour ses Olympiades, Jappeloup semble apte à se surpasser et à étonner son monde lorsque la difficulté est de taille. Les Américains ne s'y sont pas trompés, allant jusqu'à offrir un million de dollars avant les Jeux pour l'obtenir.

Il est très probable qu'on ne fera plus une telle offre d'achat à Pierre Durand pour son poulain. Mais comme il aime à le dire, « ces jeux sont l'aboutissement d'un rêve vieux de vingt ans. Ça n'a pas de prix. Ensemble, nous nous sommes fait mal. L'an dernier encore, j'étais très dur avec lui. J'exigeais beaucoup de soumission de sa part et puis il a marqué une certaine lassitude morale. Il était contrarié, dépressif, montrant de grosses rébellions ou un total laisser-aller. Cette année, j'ai donc décidé, son acquis étant suffisant, de l'amener sur les parcours en totale décontraction, le moins stressé possible. Et ça marche, notre osmose, face aux difficultés et à l'adversité, est extraordinaire ».

Jappeloup, lui, n'a aucune ambition, si ce n'est celle de faire plaisir à son cavalier et de ne pas tomber. En cas de réussite, les cavaliers s'approprient 50 % du succès (bien moins en cas de défaite !). Avec Jappeloup qui peut tout aussi bien surpasser son cavalier comme anéantir tous ses espoirs, nous lui accorderons 80 % du résultat final. En ce sens, saluons le seul athlète lucide à ne pas être humain dans les Jeux les plus prévisionnistes de l'histoire. Mais à une époque où le fétichisme est encore solidement ancré dans l'esprit des gens, les fers de Jappeloup peuvent devenir des porte-bonheur lourds de conséquences pour un pays fort de plus d'une vingtaine de médailles hippiques et olympiques.

3 août 1984

ROUDOUDOU NOUS CASSE LES BONBONS

Comme tout habitant de la cité du cheval, Chantilly, Roudoudou logeait dans un box du tonnerre. Trois mètres sur trois, épaisse litière, quotidiennement renouvelée, couvert de première, repas d'avoine et de foin préalablement dépoussiérés, avec en accompagnement, carottes tendres, luzerne fraîche, sucre de paille, mâche.

Chaque matin à l'aube, un lad décrottait Roudoudou, l'astiquait et le sellait comme les pur-sang, ses camarades, qu'il retrouvait tournant en rond dans le paddock.

Tant d'attentions lui fit croire qu'il était lui-même un pur-sang. Or, Roudoudou n'était que le « hack » de l'écurie, le poney du patron, avec lequel il surveillait sa cavalerie au sang bleu. Lorsque le boss n'était pas sur son dos, Roudoudou se trouvait toujours un apprenti désireux de se faire la main. Avec le temps, Roudoudou se persuada qu'il n'était pas n'importe qui. Pas un bâtard, mais bien un coursier à la tête de hautes responsabilités.

Ainsi, quand il menait la file des champions de l'écurie, il croyait être le lièvre de choix. Lorsqu'il rejoignait les pur-sang au petit matin, il roulait des épaules et enroulait son encolure en les snobant par des regards hautains. Sa petite taille qui, dans le meilleur des cas, lui permettait d'avoir les yeux à hauteur de garrot de ses congénères, ne lui filait aucun complexe. Il n'hésitait pas à mordre où à jouer du sabot, donnant des « coups de cul » à tout bout de champ. Il poussait le souci du détail jusqu'à effectuer des demi-tours comme s'il était un jeune yearling tout fraîchement débarqué.

Lorsque les cinquante chevaux du lot pénétraient sur la longue piste de canters, Roudoudou se métamorphosait en crack, un scénario de départ de Grand Prix dans la tête. Il soufflait bruyamment, piquait de petits démarrages en surveillant du coin de l'œil, plein d'arrogance, la concurrence bâillant d'ennui. Une fois chacun à sa place, l'apprenti sur son dos lui lâchait du mou et Roudoudou s'élançait de toute la vitesse de ses courtes jambes, le front têtu, pareil à un redoutable sprinter. Au bout de deux cents mètres de cet emballement excessif, son action se ralentissait à la vitesse d'un pneu crevé, et, écœuré, à bout de souffle, il détournait son regard des premiers pur-sang qui le dépassaient, au canter, dans leur action longue, souple et décontractée.

Avant que le reste de l'écurie n'en fasse autant, il stoppait sèchement son piétinement, et détournait son regard de ces croupes puissantes qui s'en allaient dans le lointain, trouant insolemment la brume des petits jours.

A chaque fois, son cavalier forçait Roudoudou à rejoindre le groupe d'équidés gâtés par la nature. Alors, vexé, le double-poney évitait par tous les moyens le regard de ses compagnons de box. Il leur tournait le dos ou posait ses naseaux écarlates au milieu d'un buisson.

Lorsqu'il ne pouvait les éviter, il faisait mine de brouter une touffe d'herbe imaginaire sur la piste en sable.

Chaque matin, lorsque les loquets de sa résidence claquaient, l'espoir le reprenait comme au premier jour.

Il allait de désillusions en frustrations.

Par crainte qu'il ne lui fasse une dépression nerveuse, le patron imagina de rendre sa fierté à Roudoudou. Il demanda à tous ses lads de retenir leurs chevaux derrière la croupe rondelette et dure de Roudoudou.

Ce jour-là, le poney vécut la plus angoissante course de

sa vie. Il sentait le souffle de la charge de l'écurie sur ses jarrets, les mors grinçaient, les pur-sang se battaient avec la main de leur cavalier. C'est l'œil exorbité et la mine défaite par l'effort qu'il atteignit la fin du canter en vainqueur.

Depuis cet exploit, Pégase ne fut plus son cousin. Il arrivait sur les pistes le paturon léger, le jarret virevoltant, style école andalouse, la croupe chavirante, et le panache enlevé. Il tendait la nuque, ronflait des naseaux, et n'accordait de regards à ses semblables que chargés de reproches.

Et quand il voyait ses congénères monter dans les vans en direction des hippodromes, il faisait des crises de jalousie. Il considérait la confiance du patron sur « ces carnes », injuste. Du coup, si on continuait à ne pas l'autoriser à participer aux galops d'entraînement, histoire d'étalonner les forces nouvelles, il refuserait de s'acquitter de son boulot. Ne leur était-il pas supérieur ?

1er mai 1985

CHAUD DEVANT, CHAUDS DERRIÈRES

Au printemps, les parieurs hésitent à deux fois avant de miser leurs dernières économies sur le dos d'une pouliche. Les plus expérimentés savent que la féminité équine se soumet, plus ou moins régulièrement, à l'appel de son sexe pendant le printemps, époque dite de « monte » dans les milieux de l'élevage. Etre « sous l'influence de son sexe », pose quelques problèmes. Si cela peut être agréable, c'est aussi très souvent frustrant. D'où un état nerveux qui atteint son paroxysme au bout de quatre ou cinq jours. Et, fatalement, des contre-performances.

Mettez-vous donc un instant dans la peau d'une pouliche qui, dans la tiédeur de son box, aperçoit le spectacle renversant d'un étalon avec ses oreilles pointées, ses hennissements virils, ses courbes de naseaux ouvertes et son sexe douloureusement gonflé. Elle ne peut que fantasmer sur la suite heureuse que tout être sensuel mérite. Au lieu de quoi, son lad vient sans ambages suspendre ses rêves érotiques pour la préparer à la compétition. Après cette toilette, il l'emmènera sous les ombrages de la forêt par des chemins sableux étouffés de senteurs printanières, jusqu'à l'hippodrome.

Encore toute tremblante de la fraîcheur et des caresses de la forêt, son cœur tressautera en apercevant la nudité troublante de ses congénères. On l'apprêtera comme une jeune mariée, et elle défilera sous le regard du public, au centre d'un charivari, enrobée des parfums variés des épouses de propriétaires.

A cet instant, vous pourrez surprendre les pouliches en chaleur. Elles soulèveront doucement leur queue, particulièrement touffue et brillante, non pas pour déféquer comme le font certains coursiers angoissés avant la course, mais pour recevoir l'écho d'une brise ou un rayon solaire sur la fleur concupiscente de leur sexe entrouvert. Si l'excitation est à son comble, elles laisseront échapper un jet liquide, couleur pipi d'oie souffreteuse. Leur port de tête se dressera vers la silhouette d'un comparse, tandis que leurs flancs se gonfleront d'une envie à perpétuité. Et lorsque leur lad les lâchera sur la piste, leur queue fouettera l'air avec insistance.

Lors de la course, la proximité des mâles leur fera imaginer les plus belles issues érotiques. Une fois la ligne droite engagée, à l'instant où les espoirs se décantent, elles déploieront leurs foulées maladroitement, gênées par l'ouverture de leur entre-croupe incompréhensiblement laissée à leurs démangeaisons. Leurs encolures chercheront de droite à gauche une réponse qui ne viendra jamais, les laissant abasourdies par la férocité du finish.

Les vétérinaires n'ont rien découvert pour enrayer ce cycle naturel et délivrer les pouliches des désirs qui les hantent les jours de compétition. J'ai pourtant souvenir d'un lad qui détenait la clé de l'apaisement. Ce n'était pas un homme de science, loin de là, puisqu'il était considéré comme l'idiot de l'écurie. Parmi la soixantaine d'employés, il était le seul à n'être pas cavalier, comme il était le seul employé à porter chevelure rousse.

La peur lui interdisait de se mettre en selle. Il s'était donc fait palefrenier en prenant en charge l'entretien de trois chevaux. Lorsque les coursiers s'en allaient sur les pistes, le rouquin restait dans la cour, le balai à la main devant les boxes béants au seuil ébouriffé de paille.

Avant d'éclaircir les allées, il s'installait au sommet d'une botte de foin et entamait un casse-croûte saucisson-beurre-moutarde-oignon qui l'immunisait pour le restant de la journée.

Il avait la volupté et la gentillesse d'esprit du héros des *Souris et des hommes* de Steinbeck. Il s'était fait le confident secret de toute la faune animalière qu'une écurie prospère peut abriter. La protection des âmes faibles prenait une telle proportion dans sa vie qu'il se proposait de descendre chaque matin les balles de paille et de foin du grenier, afin de préserver les recoins de souris ou les nids d'hirondelles qui s'y trouvaient. Il recueillait souvent de jeunes moineaux blessés, des mulots égarés, qu'il conservait au fond de ses poches gorgées d'avoine, de sucre et d'orge.

Au milieu de ces lilliputiens, son physique avait de quoi impressionner un manager de salle de boxe. Ses mains pouvaient décoller chacune des balles de foin de cent cinquante kilos, sans la moindre impatience. Malgré cela, sa face épanouie, truffée de taches de rousseur et dont le plus charmant ornement était ses narines, larges, franches et profondes, lui attirait les facéties des lads. Leurs blagues étaient rarement de bon goût, mais cela n'entamait en rien sa confiance envers l'humanité, que les confidences animalières assoupissaient au fond de son cœur.

Comme ses camarades, il avait donc la charge de trois pur-sang. Mais il choisissait toujours les siens exclusivement du sexe féminin. Il pouvait hériter des plus excentriques ; foldingues, angoissées perpétuelles ; il lui suffisait de quelques mois à leur contact pour qu'elles se métamorphosent en de douces et généreuses pouliches. Il ne les quittait d'ailleurs jamais, les accompagnant « en main » le jour où elles couraient.

Lors de ces parades sportives, on pouvait le voir tourner dans le rond de présentation, soudé à sa pouliche, sa tête enflammée contre l'encolure, lui susurrant des paroles rassurantes. Jamais ses compagnes ne furent traitées de pisseuses. En compétition, elles assuraient.

J'ai découvert son secret, un après-midi, période de la journée où l'écurie est déserte, alors que j'allais demander les ordres au secrétariat pour la course à laquelle je devais participer le lendemain. Tandis que je remontais l'enfilade de boxes, j'aperçus un loquet qui n'était pas en place. L'habitante de ce box accidentellement ouvert était une bonne pouliche semi-classique, dont la meilleure performance avait été une place dans le prix de Diane. C'était l'une des chouchoutes du rouquin. J'allais reposer le loquet dans l'œil de la porte, lorsque, alerté par le tohu-bohu d'une couvée d'hirondelles, ma curiosité me fit pencher mon visage à l'intérieur du box.

Je vis la crack, les naseaux enfouis dans sa mangeoire, parfaitement détendue, tandis que juché sur un panier en osier retourné, son compagnon, le bleu de travail aux chevilles, allait et venait dans sa vulve. Les battoirs qui lui servaient de mains pétrissaient voluptueusement les hanches soyeuses. Un instant, la pouliche releva la tête et la tourna vers moi, sans le moindre ressentiment, tandis que son amant s'affalait soudainement sur ses reins, en expirant un râle pâmé et sincère. La pouliche porta ses grands yeux vers son étonnant amant, dont les mains ne cessaient pas de lui étreindre les flancs.

Le tableau n'avait rien d'écœurant, mais, bien au contraire, il était terriblement émouvant, sensuel et romantique, avec un je ne sais quoi de religieux. Alors que je m'éclipsais, j'entendis le rouquin expectorer un « ooohhh, je t'aime tant... »

13 juin 1985

N... UNE JEUNE FILLE DE BONNE FAMILLE

Trois jours avant les enchères.

Le petit chemin qui traverse les terres du haras de Meautry pétille encore sous l'empreinte des pluies nocturnes. Le ciel n'est qu'un interminable sommier humide. Le gazouillis des oiseaux s'en trouve feutré. Un briard profite de l'heure matinale, presque « éteinte », pour m'accompagner au box de N... et pousse sa bienveillance jusqu'à se frotter à l'une de mes jambes. N... est surprise au saut du lit. J'en suis presque gêné, car dès qu'elle m'aperçoit, elle pousse ses petits sabots dans le coin le plus reculé de la pièce, dans l'espoir de me cacher son toupet et sa crinière entaillés d'épis disgracieux. Son corps est tout crotté et, malgré des taches couleur de grenouille écrasée, sa robe d'un alezan très clair possède une douceur infinie. Sous son petit ventre rondouillard, une étendue de duvet s'éclate, trésor aussi précieux qu'un tapis d'angora.

Il est sept heures, instant de son petit déjeuner. Comme elle ne s'empresse pas pour l'engloutir, je disparais de son monde cloisonné.

Une heure plus tard, on vient chercher N... pour la libérer dans un enclos tout proche. Au lieu de détaler ventre à terre, de cabrioler toute sa joie de vivre adolescente (elle n'a pas encore un an et demi), elle pose ses naseaux dans l'herbe humide et se met à brouter délicatement. Entre deux battements de cils, des rayons métalliques glissent sur la surface de ses yeux. Une heure s'écoule sans que rien d'exceptionnel se passe. Seuls de soudains redressements d'encolure trahissent son attente. Elle pointe alors ses oreilles, qu'elle a touffues, en direction de l'entrée du pré. Un léger frisson court sur la courbure veloutée de ses naseaux.

N... est née le 28 mars 1984 aux Etats-Unis. Onze mois plus tard, elle s'envolait vers la France en compagnie d'une copine de récréation, avec quelques cuillères de paraffine dans l'estomac pour faciliter son transit intestinal. A son arrivée sur l'aéroport de Saint-Gatien, situé juste au-dessus du haras, elle était sur les genoux, vannée. Il lui a fallu quarante-huit heures pour récupérer. Dès ses premiers jours de totale liberté en compagnie de ses nouveaux camarades de jeu, elle ne fut nullement désorientée, bon nombre de foals américains et anglais étaient comme elle dans cette « pension », propriété du baron Guy de Rothschild.

Jusqu'à il y a quelques printemps, le baron Guy réservait l'exclusivité de ses terres aux représentants de sa casaque bleue à toque jaune. Mais celle-ci se détériora aussi soudainement que le ciel de Deauville et sombra dans les profondeurs des classements hippiques. Ses comptes annuels de fin d'année de l'exploitation écuries, « entraînement et haras », furent des plus alarmants. On a beau élever et faire courir par tradition familiale, le bon baron Guy — qu'il veuille bien ici m'excuser — avait la mine aussi confondue qu'un pou sur une tête chauve. Il décida de réduire son effectif de chevaux à l'entraînement, de vendre un peu plus de poulinières (ses fameuses mères de gagnants), et d'ouvrir ses riches terres d'élevage dont l'herbe grasse pousse à flanc de coteaux (rien de tel pour une musculature naturelle), aux pensionnaires étrangers.

D'hôtel particulier, le haras de Meautry devint donc une pension de luxe pour futurs chevaux à vendre. Si peu de gens connaissent le nom du propriétaire de Lypharita, la gagnante du prix de Diane, tout le monde sait qu'elle fut élevée à Meautry. Cette carte de visite fait oublier au baron que ses propres chevaux ont bien du mal, cette année encore, à étendre leurs foulées.

Parmi les trente et un yearlings que Meautry présente cette année aux ventes sous son étiquette, N... est la plus chouchoutée du domaine. Pourtant, sa mère, Mohair, n'était pas aimée par le baron Guy puisqu'il s'en débarrassa en la vendant à son entraîneur, François Mathet, lequel la revendit à des Américains. Ses deux premières filles, Marie de Litz et Marie d'Argonne, se montrèrent excellentes sur les pistes, à l'image de leurs oncles et tantes : Corduroy, Percale, Cigaline et Poil de Chameau. N... ne se marchandera pas à moins de deux millions et demi, dit-on. Pour l'instant, elle broute toujours et cela sans écarter ses antérieurs, ce qui est de bon augure. A peine en fléchit-elle un lorsqu'un frisson saisit ses épaules et court furieusement sur ses côtes, jusqu'à l'aine. Elle bondit, trébuche, se relève et pique un sprint aussitôt détournée par un murmure de feuillage. Elle pousse alors un long soupir de contentement, fixe son attention sur un rond d'herbe anormalement haut, couronné de boutons d'or. Ses naseaux s'y enfouissent avec bonheur, tandis qu'avec paresse ou habitude, sa queue flotte et s'enroule d'un jarret à l'autre.

Deux mouettes, dans un vol pressé, gagnent La Touques et ses bateaux de retour. Il est bientôt neuf heures; N... se frotte le poitrail contre la barrière, les oreilles pointées vers l'entrée de la cour où deux moineaux se chamaillent un brin de luzerne.

Ses yeux, d'or et d'ébène enlacés, dévorent littéralement le paysage. Au loin, les crissements d'un pas sur le gravier augmentent, à mesure qu'il se rapproche, l'onde de plaisir qui parcourt son échine. Il va se passer quelque chose.

Manifestement, elle vit le prélude de la plus belle heure de ses journées de yearling...

⁂

Deux jours avant les enchères.

Le crissement des graviers s'interrompt. Les pas traversent le petit chemin luisant comme une feuille d'aluminium. Tenant dans ses mains une boîte à pharmacie, Jean-Luc pénètre dans la cour à grandes enjambées.

Au bord de son pré, N... frémit de tout son corps, tandis que ses sabots frappent le sol. Ses muscles s'impatientent ; on la sent prête à hennir de joie. Un pet surgit de sous sa queue. Pour une raison qui m'échappe, elle se sent vaguement surprise, tourne son encolure vers sa croupe avec une expression stupéfaite.

Jean-Luc en profite pour attraper son licol. La yearling glisse doucement son menton au creux de son épaule, tandis que ses yeux jaspés baignent toute leur tendresse dans cette silhouette humaine. Lorsqu'elle est arrivée il y a six mois au haras de Meautry, précédée d'une sérieuse réputation due aux titres de gloire de ses ancêtres, Monnier, le directeur du haras, la confia à Jean-Luc, l'un de ses plus fidèles collaborateurs. Celui-ci atteint le mètre quatre-vingts sans sourciller. Les traits de son visage sont francs et bien dessinés. Et si son regard est en forme de lame de couteau, il ne faut pas se méprendre, c'est à force d'observer au loin, les doux moments des poulinières et de leurs petits.

Sur ses cheveux blonds, il porte joliment la casquette. Malgré la fraîcheur de l'air, il est en chemisette. L'homme et l'animal se saluent et s'en vont bras dessus, bras dessous au fond du box. N... se laisse attacher près de sa mangeoire, une ficelle reliant l'anneau à la chaîne du licol dans l'hypothèse où elle tirerait au renard.

Jean-Luc commence aussitôt à lui curer et à lui graisser les sabots. Puis il la panse longuement à l'aide d'une étrille douce. N... se laisse faire avec un plaisir évident.

Son compagnon est souvent obligé de la maintenir d'une main pour l'empêcher de se coller à lui. Lorsqu'il l'étrille sur le chanfrein et autour des oreilles, elle contorsionne son encolure pour faire suivre le traitement là où elle le désire. Elle n'est nullement effarouchée. Lorsque l'homme regagne le seuil du box pour taper l'étrille sur le sol, elle le suit et rompt la ficelle sans dommage. Elle cherche à jouer. A chaque fois, Jean-Luc lui dit que ce n'est pas bien. Il ne hausse jamais le ton et ses gestes restent tendres.

« Le côté affectif est très important pour le moral d'un cheval, me dit-il, ils ont tous besoin de sentiment. Rien de plus terrible qu'un cheval bourré de moyens, qui n'a pas le moral, car c'est primordial pour vaincre. Pour que les chevaux ne soient pas effarouchés lorsqu'ils commencent leur vie professionnelle chez un entraîneur, il faut les avoir maniés tout au long de leur jeunesse dans le calme. »

Lorsque je lui demande s'il y a d'autres raisons en dehors de celle d'avoir une fameuse origine, pour être chouchouté comme N..., il stoppe l'étrille, recule d'un pas, la regarde dans les yeux, et dit : « Elle a une belle tête, intelligente, elle est tendre et sage... elle a un très beau tissu de championne... » Alors qu'il réfléchit, sa main se pose sur le dos de la pouliche et glisse en se pressant vers les reins. « ... un tissu très fin, c'est de la soie... Elle a du sang, de la distinction. »

La main vogue toujours sur les formes de la pouliche. Sa queue se soulève laissant apparaître son sexe parcouru d'un frisson de plaisir. Le soigneur remarque l'objet de mon attention et me dit : « Sexuellement, les pouliches yearling sont formées, elles ont régulièrement leurs règles. »

Sous la brosse, le poil de N... prend forme. Des sillons blonds pailletés d'or et de bronze nuancent les plis de sa peau au gré de ses poses. Les reflets changeants de sa robe captent et irradient la lumière du box. Ses naseaux sont truffés de verrues roses. Comme l'acné juvénile, elles disparaîtront d'ici deux mois. Un dernier bisou, et ils sortent l'un contre l'autre en direction d'un vaste pré.

Ils marchent en ligne droite, rapidement, et reviennent dès qu'une barrière limite leur avancée. N... se veut câline. Elle appuie sa tête contre le flanc de l'homme, réceptive. Mais Jean-Luc la presse :

– Allez, marche, avance.

Vexée, N... tente de le mordiller.

– Dis donc, l'engueule Jean-Luc, on n'est pas là pour rigoler, faut bosser, allez avance.

La pouliche traîne encore plus et se fait tirer. Parfois, pour égayer la monotonie de la marche, elle fait mine de vouloir se sauver vers la sortie. « Elle n'est pas dans son assiette ce matin, s'étonne son compagnon, d'habitude c'est elle qui me traîne. Ça fait deux mois que nous marchons trois quarts d'heure par jour afin de la muscler pour les ventes. »

D'après lui, le haras n'utilise aucun artifice pour rendre plus désirables les produits le jour des ventes : « Des vitamines, bien sûr, explique-t-il, une bonne santé, de bons pansages quotidiens et une bonne nourriture. Mâche, avoine concassée, quinze à vingt litres par jour, sont amplement suffisants pour obtenir un poil brillant et des muscles souples et huilés par le travail en main. » N... profite de l'accalmie de son exercice pour observer un jeu maternel de Mille et une Nuits : une poulinière avec son foal.

On a profité de la balade de la chouchoutée pour lâcher les étalons dans leur enclos de seigneur et nettoyer son box. Une vraie couche d'aventure et de songe. La paille est d'une qualité exceptionnelle, épaisse, craquante et douce à point. Elle vient de la Manche. N... y trempe ses naseaux en regardant avec amertume son Jean-Luc qui s'enfuit vers d'autres tâches.

Il ne lui restera, pour se distraire dans la journée, que son déjeuner à midi, une nouvelle promenade après un coup de brosse vers dix-sept heures, le dîner à dix-huit heures, et, toutes les heures, la cloche de l'église de Touques, ancien port oublié, à la tonalité mélancolique.

Mais demain, des visiteurs viendront voir N...

⁂

Un jour avant les enchères.

Ce matin, N... est particulièrement allante. L'encolure tendue vers l'horizon, elle trimballe littéralement Jean-Luc en lui jetant de temps à autre de belles œillades. Comme si elle désirait se faire pardonner ses langueurs de la veille.

Le ciel a passé sa veste de matelot. Au loin, de lourds cumulus planent à l'arrière d'un orage que de vertigineux peupliers tentent d'accrocher. La douce et tendre fille de Dom Racine, un coureur de croupes, et de Mohair, hoche de la nuque.

Hier après-midi, elle est passée chez le coiffeur. Pareillement à un rouleau d'océan, la base de sa crinière s'enroule sur l'arête de son encolure, puis, la longueur de ses crins s'étire, plaquée sur la peau pour s'arrêter subitement, parfaitement taillée, au creux de son cou soyeux.

Si disposée en ce matin joyeux et coloré, elle n'a pas de chance. Sa promenade sera de courte durée.

Des visiteurs l'attendent. Un courtier et son épouse.

Jean-Luc troque rapidement le « chiffney » muni de clochettes (pour se faire la bouche), pour un autre, de couleur dorée, aux montants de cuir amoureusement graissés.

Le fidèle jeune homme se dépêche. Il passe rapidement sa main sur l'encolure, ôte un grain futile sur son toupet, un brin de paille collé sur un sabot verni, à son avis aussi voyant que les traces d'une main poisseuse sur une boule de bowling. Son œil embrasse le tout et, l'air satisfait, il lui dit : « Allez, viens, on y va. »

Ils traversent rapidement le petit chemin sinueux, écrasent à peine le gravier tant ils sont légers, s'arrêtent par la faute d'un insignifiant brin de paille aperçu par Jean-Luc dans le toupet de sa princesse, et arrivent, tels des centurions de retour de campagne, devant le bâtiment principal du haras de Meautry, aux murs en briques couleur de potage carottes-navets-chou-fleur. Sur leur gauche, dans un vaste pré, des poulinières broutent en cadence le velouté du sol. Au loin, un foal, début de crinière coupée à la légionnaire et queue d'écureuil dressée à la verticale, pourfend ventre à terre le rideau de cumulus bedonnants.

A leur droite, le courtier se déhanche pour avoir le visage face au poitrail de N... Celle-ci, fière et conquérante, relève l'encolure, tente un pas de deux aérien, chaloupant de la croupe, féminine. Jean-Luc l'observe du coin de l'œil, droit comme le « i » d'académicien et lui parle par signes.

Depuis qu'elle est à Meautry, N... a déjà défilé docilement devant une bonne vingtaine de visiteurs. Les spécialistes s'intéressent à ses formes.

Concupiscente, elle passe deux fois devant le courtier et le directeur du haras, envoyant négligemment son toupet sur la courbe délicate de son oreille gauche. N... semble sautiller sur des œufs frais. Le visiteur observe sa démarche de cocotte princière, puis il s'approche d'elle, lui dit un mot de bienvenue, lui flatte l'encolure et, hop, directement, lui fouraille, sans autre forme de convention, dans les babines. Après quoi, il lui pelote les canons, les reins et les fesses.

Jean-Luc ne dit rien. La mâchoire serrée, il est attentif à la moindre réaction de sa pouliche. Il aimerait qu'elle ne bouge pas une seule oreille lorsqu'on l'ausculte. C'est d'ailleurs tout ce qu'elle bouge, ses oreilles, qu'elle fait pivoter vers sa croupe, là où le courtier examine ses devoirs. La visite a duré cinq minutes. Retour au box.

Demain, elle sera la plus belle pour s'en aller dans l'établissement des ventes. On lui taillera les touffes poilues de ses oreilles avant de prendre le van. Jean-Luc et moi l'accompagnerons jusqu'à ce box 197 de la cour C de la rue Jules-Saucisse, où le cœur déchiré, à l'école du frisson, elle attendra l'instant de son passage sur le ring sous le feu des projecteurs, avant qu'un prince arabe ou qu'un richissime papa américain l'embarque à coups de millions de dollars dans un autre pays, loin du nôtre où l'amour manque singulièrement de fidèles.

En attendant, il faut apprêter la belle. Debout dans un box, les membres trempés sur un tapis de lumière, N... est maintenue à l'aide d'un tord-nez par un lad qui prend soin de lui embrasser la commissure des lèvres, tandis que le directeur lui passe la tondeuse électrique. Ses oreilles, auparavant touffues comme un carré de pissenlit, prennent la forme sensuelle et effilée qu'il se doit. Le menton et la gorge sont également tondues. Demain sera un grand jour.

⁂

Le jour des enchères.

Ah l'horrible biquette, elle ne m'a pas attendu pour partir vers l'établissement des ventes. Elle s'en est allée seule en compagnie de son Jean-Luc. Vexé, je l'injurie en me disant qu'en fait, elle n'est pas aussi bandante que Miss Sherley, la dernière recordwoman des ventes (adjugée 7,5 millions de francs en 1984).

Samedi, rue Jules-Saucisse. Comme un fou, un amant écrasé de remords, je rejoins N... dans son box. Le personnel du haras est là et la caresse. Le soir, après les courses, je lui rends à nouveau visite. Nous ne sommes plus seuls. Les spéculateurs sont là, courtiers, entraîneurs, managers, propriétaires. L'un d'eux, Paul de Moussac, dit avoir bien connu sa mère. A ses côtés, Robert Collet, entraîneur joyeux (c'est si rare) lui répond : « Et moi j'ai entraîné sa sœur, Marie de Litz. C'était de la porcelaine, fragile, on avait peur de la casser. » Son vétérinaire lui souffle à l'oreille : « Elle n'est pas emballante. »

Au fur et à mesure des visites, on ressort N... de son box, on la fait marcher, on la stoppe, on la ressort, etc. La tête lui tourne et elle refuse plusieurs fois de réintégrer son box. Cela fait vingt-quatre heures qu'elle est là, et on a dû la présenter une soixantaine de fois.

Le lendemain matin, dimanche, douze heures avant son entrée sur le ring. Les allées sont noires de monde. La tenue est volontairement décontractée. On se salue, on se cause : « Moi, j'ai vendu la mère 170 000 francs... », « moi, j'ai vendu sa sœur... », « moi j'ai acheté sa tante ». Ce ne sont que futiles babillages et inutiles péroraisons. N... n'en peut plus. Habituée au calme et aux longues promenades du haras, elle est électrique ce matin. Elle pousse de longs hennissements qui lui démarrent du bas-ventre pour monter très haut au-dessus des travées, avant de mourir subitement en forme de point d'interrogation. Aussitôt, les réponses affluent et lui disent la même chose : « Nous aussi, nous ne comprenons pas... »

La douce yearling refuse de pénétrer dans son box, essaie de se cabrer. Elle balance l'encolure comme ces fauves qui se meurent d'ennui dans leur cage. Une fois la porte fermée, elle envoie de grands coups de sabots. Quelques vétérinaires pénètrent subrepticement dans son box, stéthoscope en main. L'un d'eux me dit, après lui avoir pris son pouls et tâté ses membres : « Elle est sympa, elle ressemble à la famille. » Un avis partagé par MM. Sauque, courtier, René Romanet, propriétaire

(« Elle est superbe ») et Patrick Biancone, entraîneur (« Elle est mignonne »).

C'est bien vrai qu'elle est mignonne, ainsi angoissée, le cou tendu comme une vierge prise de bouffées de chaleur. Le sang arabe de ses origines lui remonte à fleur de peau. J'ai envie de la prendre dans mes bras, de la bercer et de l'embrasser au creux du bas-ventre, là où les veines et les dessins de la robe sont les plus doux, comme un carrefour logistique de grande émotion.

L'heure approche où N... aura trouvé un acheteur. A moins que personne n'ose atteindre son prix de réserve que l'on n'a pas voulu me communiquer. Après une journée d'enfer, elle se trouvera au centre du ring, écrasée sous les projecteurs, et par le poids des regards des gradins saturés, plus belle que jamais.

Un grand moment de frayeur à vivre en perspective...

***

Les enchères.

Dimanche soir, 21 h 30. N..., dans la chaleur suffocante de son box, croque nerveusement son mors. Cela fait une heure que les ventes ont débuté. Les haut-parleurs placés dans toutes les allées de l'établissement font résonner fort la valse des prix. Jusqu'alors, il n'y a eu qu'un poulain vendu au-dessus de deux millions de francs.

Jean-Luc passe doucement une brosse sur le dos de N... et la lustre aussitôt avec un chiffon doux. Il lui donne deux petits sucres.

A 22 h, elle gratte du sabot. Depuis 8 h 30, on ne la quitte plus. Jean-Luc la rebrosse. Puis la sort. Je ne connais rien de plus beau qu'un pur-sang la nuit. Sa robe est faite de soie. Les ombres se collent et s'étirent au moindre tressautement. Du creux de ses reins, une plaque au grain plus velouté descend jusqu'à l'aine, comme un lac arqué par la pleine lune qu'une légère brise ferait frémir. Son doux regard est revêtu d'un melon noir, un pour chaque œil, où s'accrochent et dansent des reflets d'ampoule avant de disparaître au fond de la pupille.

On lui graisse les sabots tandis qu'elle appuie, songeuse, son menton sur le bras de Jean-Luc, les oreilles à l'écoute du speaker. Lorsque le numéro 27 se trouve sous les convoitises des acheteurs, N... s'en va, tenue en main par Jean-Luc et accompagnée de trois autres lads du haras de Meautry, vers le paddock. Son numéro de passage est le 31.

Entre les bouquets des visiteurs, elle arc-boute l'encolure, suspend le roulement de sa croupe, prend des airs de biche affolée, les oreilles constamment mobiles.

Juste avant de pénétrer sur la place principale, elle croise un confrère de retour. Timides et inquiets, ils se questionnent du regard assez longuement pour qu'on ait envie de les présenter.

Lorsque ses deux antérieurs touchent le moelleux du gazon entourant le rond de détente, N... pousse un formidable hennissement. Avant elle, aucun n'avait encore osé si fort. Le public se retourne, s'écarte devant l'apparition. N... est tendue, l'encolure dressée vers le paddock, là où d'autres crinières aux balayages lumineux tournoient audessus de têtes sombres et curieuses.

Jean-Luc est tiré littéralement à ses côtés. Elle pénètre dans la ronde et se fait aussitôt remarquer. Elle est splendide : l'encolure et la queue dressées, les épaules et la croupe gonflées de peur et de fierté, les naseaux dilatés, le regard haut et dévorant. Elle hennit toute son angoisse. C'est un appel enroué proche de celui des chevaux allant à l'abattoir. Ça vous fait courir un frisson tout au long de la colonne vertébrale. On la croit souffrante, elle dépose un crottin à ses pieds, repart, tente de se cabrer, se colle à Jean-Luc et fait mine d'être fâchée en effectuant des petits bonds de dauphin.

Elle poursuit ses hennissements, moins fort, mais

l'accent est plus douloureux, comme un bébé à son deuxième jour de sevrage.

— Elle parle ? demande un enfant à ses parents.

Après dix minutes, la petite pouliche alezane se calme. Elle a les oreilles de travers ; la droite se glisse vers l'intérieur du paddock, la gauche surveille les mouvements de la foule.

Au numéro 30, N... gagne l'entrée du ring. Et, contre son gré, se trouve propulsée au pied des arènes. Elle voit comme un raz de marée de drapeaux multicolores, secoués par une frénésie. Son cœur bat la chamade. Elle hennit un coup et redépose un crottin.

— Voulez-vous un million pour débuter, pour cette demi-sœur de Marie de Litz et Marie d'Argonne ? lance le meneur.

Personne ne lève le bras, mais les murmures s'amplifient.

— Cinq cent mille alors, pour une magnifique fille de Dom Racine ?

Et ça démarre. En trente secondes, les enchères sont à deux millions et demi. N... s'est calmée. Tous les yeux sont posés sur ses formes qui tournent, tournent... J'ai l'impression à cet instant qu'elle sera toujours seule. C'est peut-être prêter beaucoup de considération à un cheval, mais je vois son regard se poser sur la silhouette de Jean-Luc, qui l'attend vers la sortie, à cinq mètres d'elle. Lui non plus ne la voit plus ; les bras croisés, il sourit, l'attention embobinée par la voix du speaker.

Lorsque le marteau l'adjuge, pour cinq millions de francs, à Michel Zerolo, un courtier français établi aux Etats-Unis, on est deux à sursauter. N... a chauffé la salle. Quelques applaudissements fusent.

Jean-Luc la reprend et l'emmène dehors où on lui colle son numéro sur la croupe, avant que les flashes des photographes ne la fixent pour l'éternité.

Un curieux s'exclame : « Eh bien, quand je la verrai

courir, je jouerai cinq cents francs sur elle. » Il lui faudra donc aller aux Etats-Unis.

Jean-Luc et les gars du haras ont la gorge serrée et des paillettes dans les yeux. Ils toucheront un petit pourcentage.

De retour dans son box, N... gratte le sol.

— Ah, reste tranquille ! crie son Jean-Luc.

— Mais ne l'engueule pas maintenant, lui répond le directeur du haras de Meautry, elle ne mérite pas cela.

Puis, le responsable s'adresse à la ronde :

— Laissez-la tranquille maintenant, pas de visite, pas de photographes. Il n'y a que Jean-Luc qui la voit. Donnez-lui son mâche, ça va la calmer.

Au bout de la rangée de boxes mortellement clos, la brouette brûlante de mâche, mélange d'avoine, d'orge entières et de graines de lin, se rapproche, fumante comme une locomotive exaspérée. Les volutes blanches vacillent jusqu'aux ampoules blafardes, et se meurent.

Je pose une dernière fois ma main sur le velours des naseaux de N... Au creux de ma paume, elle me souffle son haleine chaude, un soupir d'angoisse, un adieu qui se glisse sous ma chemisette et va mourir au creux de mon aisselle.

Du 15 au 20 août 1985

SIGNE CHEVAL, ASCENDANT CHÈVRE

J'étais en train de curer les sabots d'un cheval lorsque sa silhouette s'est découpée sur le carré de lumière de la litière.

— Tu peux monter pour moi dimanche ? me demanda-t-il.

Profitant d'un mouvement d'humeur du cheval, je lâchai un juron qui dura le temps de réfléchir à la manière de refuser son offre sans pour autant le froisser.

— Où ça ?

— A Granville, me dit-il.

« Quelle poisse », ai-je pensé. J'avais déjà monté trois fois pour lui ; à Rochefort-sur-Loire, Montier-en-Der et Seiches-sur-le-Loir, pour, à chaque fois, finir au dernier rang des pelotons. Vu nos récentes expériences communes, je lui fis part de mes craintes d'un voyage si lointain pour une course de 8 000 francs au vainqueur. En cas de victoire, espoir totalement utopique, le pourcentage du jockey serait de 460 francs.

— Ecoute, je suis sûr de gagner, me dit-il, c'est la meilleure jument de l'écurie et j'ai un truc pour la faire avancer, tu verras. En plus, j'ai loué un van, ça t'évitera des frais de route.

Je n'étais qu'à moitié rassuré, car son écurie comprenait quatre chevaux. Donc, les trois autres, inférieurs à celle qui devait courir dimanche, étaient ceux que j'avais conduits récemment aux derniers rangs.

Cependant, ma curiosité envers « son truc pour la faire avancer » me fit accepter. Et puis, ma licence d'apprenti jockey n'étant pas si souvent mise à contribution, je ne pouvais pas refuser mes services à un tout jeune entraîneur venant de s'installer. En outre, sa confiance – ne me laissait-il pas la conduite exclusive de son écurie, ses quatre espoirs ? – flattait mon orgueil.

Après m'avoir confirmé qu'il me prendrait avec son van et la jument à quatre heures du matin, il s'en retourna visiblement satisfait.

Son rendez-vous me semblait matinal mais j'en compris vite la raison. Le van était un vieux modèle Citroën auquel il fallait éviter les côtes si l'on désirait avancer. Sur le plat, il ne dépassait pas le 55 km/h. Il lui manquait un bout de pare-brise, côté passager, le mien donc ; la seconde vitesse ; et la cloison qui aurait dû nous isoler de la jument. Celle-ci, si elle ne semblait pas fraîche avec son poil de souris avancé pour la saison, était des plus sympathiques. Elle passa les dix heures du trajet l'encolure posée sur mon épaule. Je ne pouvais décemment pas lui refuser ce service alors qu'elle allait me porter en vainqueur jusqu'au poteau dans l'après-midi.

Notre entente, parfaite jusque-là, se gâta avec les premières lueurs du jour, associées à de violentes averses qui accompagnèrent tout le reste de notre parcours routier. Malgré la vitesse du Citroën, nous étions trempés, et ma compagne commença à tousser sur mes genoux, les décorant d'un nombre impressionnant de glaires. Le conducteur-entraîneur serrait les dents avec cet air farouche des gens qui ne veulent pas avoir affaire avec les vétérinaires.

Lorsque nous vîmes la mer, les concurrents de notre épreuve étaient déjà en train de se faire seller sur l'hippodrome. J'allai vite me faire peser et revint en courant vers le van où ma pouliche m'attendait.

— Selle-la, me dit l'entraîneur, je finis de la préparer.

De la boîte à pharmacie, il sortit une petite fiole dénudée d'étiquette et commença, à l'aide d'un chiffon, à lui passer un produit sur la cuisse gauche tout en me donnant les ordres.

— Tu te maintiens en seconde ou troisième position et à l'entrée de la ligne droite, tu la cravaches à gauche. A gauche, hein ! T'entends bien ?

— C'est ça votre fameux truc, c'est quoi comme produit ? le questionnai-je.

— T'inquiète pas, me dit-il en me lançant le regard fou et inquiet du type à bout et prêt à tout, c'est pas du doping, ils pourront pas nous déclasser, mais au moment où tu vas lui donner un coup de cravache sur le cul, elle va bondir comme Sea Bird.

Sea Bird, dit le cheval du siècle. Il devait rêver tout debout.

Je n'ai jamais su ce qu'il lui avait mis sur la cuisse. Je me souviens seulement que le produit sentait fort, une odeur particulière oscillant entre le Baume du tigre et le white-spirit. Il espérait qu'au premier coup de cravache appliqué à l'endroit adéquat, la douleur soit si grande, que sa jument décuple l'amplitude de ses modestes foulées.

En volant quelque peu le départ, nous réussîmes à nous placer en seconde position. Mais après cent mètres de course, je n'arrivais plus à conserver cette place dans le peloton, tout au moins avec ma monture. Après quatre cents mètres, nous étions bons derniers. Je serrais les dents et les paupières sous l'avalanche de mottes de terre et ne voulus point encore essayer le « truc » de peur qu'il ne fonctionne de façon trop précoce. Enfin, l'entrée de la ligne droite se dessina. A mon coup de cravache, un écart impressionnant, contraire aux prédictions, se fit entre le peloton et ma monture. Jamais encore, il ne m'était arrivé de terminer à de si grandes longueurs de l'avant-dernier. Ce classement comportait un avantage, celui d'être de retour dans l'enclos des vans, bien avant nos concurrents. Je me sentais plus proche de mon lit.

Mais cette journée ne devait pas être favorable à mon signe astral chinois, le cheval, notre camionnette tombant en panne à trois cents kilomètres de Chantilly...

7 novembre 1985

LE SOT À L'ÉLASTIQUE

Cela faisait un quart d'heure que nous tournions sur nos montures devant les élastiques tendus du départ. Le starter fit enfin l'appel : « José, Larivoire, Le Stang, Richard, Boussion... ». A leur nom, les cavaliers répondaient : « Ouais ».

— Boussion, vous n'êtes pas à votre place, vous avez le cinq à la corde, gueula le starter d'une voix sèche.

C'était un mois de novembre détestable, noir et gris. Le départ de la dernière course allait être donné avec plus d'une heure de retard sur l'horaire.

Le visage de Boussion, un jeunot, était d'une blancheur effrayante. Bien qu'il ait déjà mis ses lunettes, on pouvait voir ses yeux rouler de droite à gauche. Ses étriers étaient chaussés très long et ses mains aux ongles rongés n'arrêtaient pas de reprendre les rênes ainsi qu'un bout de crinière.

— M'sieur, dit-il, mon cheval est con, je préfère partir à l'extérieur...

— Pas question, lui répondit le starter, vous êtes à la corde cinq sur le programme, regagnez votre place.

Boussion tenta bien de protester à nouveau, mais quelques-uns de ses confrères, inquiets de disputer cette épreuve en nocturne, lui demandèrent de « se magner le fion ». Nerveux, les chevaux tressautaient, plongeaient leurs naseaux vers le sol, entraînant par surprise le buste de leur cavalier. Le cheval de Boussion dansait et perdait sa place dans les rangs.

Les jockeys engueulèrent le gosse. Lui était statufié. Lorsque le starter eut terminé son appel, il nous prévint : « Celui ou ceux qui s'élanceront avant mon ordre auront une mise à pied et un coup de chambrière, et il y aura un nouveau départ, j'ai tout mon temps. »

Ce starter autoritaire était une véritable ordure. Sec et petit, il jouissait de son rôle. C'était un pleutre, et il s'abreuvait des peurs d'autrui, de ces petits jockeys craignant une réaction imprévisible de leur monture, un mauvais parcours, ou une sanction des commissaires.

Le starter avait le pouvoir de les dénoncer auprès de ces derniers et ses paupières froncées étaient à l'affût d'une si belle occasion.

Le témoin rouge des tribunes annonçant que les « chevaux étaient sous les ordres » clignotait. Là-bas, ils étaient prêts, ils avaient fait le plein d'enjeux.

— Quizas... Quizas... Quizas, chantonnait Mazergue en appuyant les « zas » avec un coup de cravache faussement décontracté sur l'épaule de sa monture. Il ressemblait d'ailleurs à Trini Lopez, si l'on admet que le chanteur se soit mis à boire devant un trop peu de réussite.

Sa bête était des plus amorphes. C'est avec ce genre d'animal qu'il était le plus dangereux, car Mazergue était un vieux roublard peureux. Lorsqu'il montait des chevaux aussi vicieux que lui, il ne chantait pas, il priait, et loupait tous ses départs pour se placer, peinard, à l'arrière du peloton. Quand sa monture était bien crevée, il la rouait de coups dans la dernière ligne droite. Mais lorsqu'il était sur des « poneys », il n'hésitait pas à voler les départs et à balancer tous ses petits copains. Bref, pour lui tout allait bien, d'autant plus qu'il s'était classé troisième dans la seconde course de la réunion. Ses frais de déplacement étaient remboursés.

Le cheval de Boussion continuait à danser sur place. Bondissant à intervalles réguliers dans les airs, il retombait sèchement au sol et profitait de ce que son jockey ait perdu les étriers et la cravache pour le mordre aux mollets. La situation se gâta lorsqu'un de ses congénères lui décocha une ruade dans les flancs. Rendu fou, il s'élança dans les élastiques comme pour le départ d'un Grand Prix. Boussion se cramponna à l'encolure avec ces fichus élastiques en travers du buste. Plus son cheval s'éloignait des poteaux de départ, plus il lui fallait tenir en selle. Si jamais il chutait à cet instant, il risquait d'être catapulté par les élastiques à deux cents mètres de sa monture.

Dans cette éventualité, nous tâchions tous de nous garer de sa trajectoire. Il y avait un vent de panique et une belle pagaille.

Le juge au départ hurlait : « Boussion ! Si vous ne revenez pas tout de suite, je serai obligé de libérer les élastiques. »

Quelques-uns d'entre nous protestèrent, d'autres attendaient, intéressés par la suite des événements.

Boussion n'avait même pas la possibilité de lâcher une de ses mains pour tenter de se libérer du piège. Après un bref et inégal combat, le cheval se cabra et se renversa. Prestement, Boussion plongea vers le sol pour se libérer des élastiques. Ils sifflèrent dans l'air emmenant dans leur course la casaque, le casque, et la peau du torse et du cou de l'infortuné jockey.

Le juge au départ se retourna vers nous et dit : « Bon, messieurs, l'incident est clos, reprenez vos places et refaites un tour avant de venir vous placer devant les élastiques. »

Il n'y eut pas de faux départ et lorsque, l'épreuve courue, les chevaux regagnèrent les écuries, Boussion était encore étendu sur le bord de la piste, dans l'attente d'une ambulance. Son buste était rouge comme une tomate pelée et il geignait, le regard implorant le tapis de nuages qui lâchait ses premières gouttes de pluie.

Une fois rhabillé, je m'éclipsai vite de cet hippodrome, au volant de ma voiture. Dans le centre du village, j'aperçus notre starter qui regagnait son logis. Ce n'était plus qu'une minuscule ombre, frêle, hésitante et effacée. Il se collait aux murs, le front baissé, les épaules faisant rempart à son thorax chétif. Il n'avait plus rien à voir avec cette silhouette pleine de suffisance et d'autorité qui défiait les petits jockeys. Cette arrogance de corbeau juché sur l'escabeau des élastiques de départ, ombre de mauvais augure détachée sur le ciel.

Je le vis s'apprêter à traverser la rue, guère confiant. Il était sur les clous, certain de son bon droit. J'accélérai soudainement vers le misérable cafard. Tout son être s'écartela, figé par la peur, incapable de sauver sa peau. Dans un crissement de pneus, je freinais à un mètre de lui. Sale petite chose, il agita ses membres, et je lus sur ses lèvres tremblantes qu'il m'insultait. Je donnai un coup d'accélérateur. Il sursauta à nouveau, ébauchant un mouvement de recul. Il était blême, et sur ses yeux écarquillés, je voyais les battements de son cœur, au bord de l'arrêt cardiaque. Vite, il sautilla vers le trottoir, de travers, comme un crabe.

Il dormirait mal. Peut-être moins bien que Boussion. Maigre revanche.

9 novembre 1985

TOQUE TOCARD

Le visage enflammé, il était arrivé dans le vestiaire des jockeys, accompagné d'un tourbillon de feuilles mortes. Nous étions une dizaine de jockeys encore tout crottés de la course que nous venions de disputer. Il jeta un regard rapide sur nous et demanda :

– Y a quelqu'un qui pourrait monter pour moi dans la dernière, mon jockey n'est pas là ?

Les confrères de province ne le regardèrent même pas. Ceux de la capitale, des seconds couteaux, restèrent perplexes.

Les lunettes embuées, cet entraîneur privé soufflait comme un phoque obligé de fuir la banquise. Au sommet de son crâne rond et ridé, un ridicule chapeau tyrolien brinquebalait. Il portait un pantalon en velours côtelé qui tombait en plis sur ses chevilles. Pas de reprise au pantalon, pas d'épouse au foyer. Sa gabardine était tout aussi ridicule. Large et ouverte, elle lui tombait à mi-tibias. Certainement réversible, il avait opté pour le mouton à l'extérieur tandis que le tissu était à l'intérieur. En dessous de son bras gauche, de minuscules jumelles d'avant-guerre résumaient sa réussite.

– J'ai une bonne chance, mon cheval vient de finir quatrième à La Capelle, et il a déjà gagné sur cet hippodrome, lança-t-il pour nous convaincre.

Il oubliait de préciser que son cheval venait de finir quatrième d'une épreuve comportant quatre partants et que sa dernière victoire sur cet hippodrome, en l'occurrence celui du Croisé-Laroche, remontait à quatre ans. Bref, la passion et l'espoir ne méritant pas d'être dénigrés, j'acceptai de le dépanner en montant pour lui.

Lorsque je le retrouvai au rond de présentation sous sa casaque tricolore, bleu-blanc-rouge, l'homme changea soudainement. Il recala ses jumelles sur son épaule avec une mimique suffisante, remonta son pantalon vers ses pectoraux et me dit, après qu'un coup d'œil circulaire l'eut convaincu que ne traînait aucune oreille indiscrète :

— Bon, petit, faut pas que tu finisses dans les trois premiers, je vise un handicap à Compiègne. Si tu montes bien aux ordres, je pourrais faire appel à toi pour ce handicap. Et... motus et bouche cousue, sinon ça pourra pas coller tous les deux, OK ?

Je lui fis remarquer que nous n'étions que six dans la course ce qui, question discrétion, n'était pas l'idéal pour passer inaperçu.

— C'est pas bien compliqué, tu fais semblant de pousser avec ton bras droit et avec le gauche tu lui cisailles la gueule.

On aurait dit qu'il avait fait ça toute sa vie.

Personnellement, je n'avais pas du tout l'intention de faire le tour, mon employeur permanent ayant déjà trop tendance à vérifier ma soumission dans cette forme d'art consistant à retenir sa monture. De plus je ne me faisais aucune illusion pour le jour J, à Compiègne.

Lorsque je vis ma monture dénichée au dernier moment, je faillis m'esclaffer. On aurait dit un ours. C'était un vieux routier au dos large et arthritique, avec un poil d'hiver si épais qu'on craignait pour lui qu'il se déshydrate.

J'ai rarement remué un cheval avec autant de vigueur durant une épreuve. Nous nous sommes classés malgré tout au quatrième rang et j'avais le sentiment que la Cravache d'or elle-même n'aurait pu finir troisième. Le troisième se trouvait une centaine de mètres devant nous, alors que le vainqueur faisait déjà demi-tour pour rejoindre l'enclos des « winners ».

Pathétique, l'entraîneur était content de ma performance. Il pensait que j'avais réellement suivi ses ordres, en ayant pris garde à ne pas finir dans les trois premiers.

Quant à mon compagnon d'aventure, il disputa effectivement quinze jours plus tard une épreuve à Compiègne. Il se classa non loin des six premiers dans une course ne comportant que neuf partants. Ensuite, il continua sa carrière au même niveau sans jamais parvenir à remporter la moindre épreuve. Il termina ses jours sous le couteau du boucher... ce qui fut certainement, pour son entraîneur, le meilleur des bénéfices escomptés.

14 novembre 1985

MES HÉROS DE L'OMBRE

Quatorze ans et des yeux écarquillés sur ma nouvelle vie. Des chevaux, des hommes et quelques enfants comme moi, concentrés sur une surface triangulaire, entre trois rangées de boxes. Un monde hors du temps. Une impression de se bouffer le ventre. J'avais signé. A moi de trouver le chemin vers le bonheur, la clé des remparts. J'évoluais sur des repères abstraits, parmi une tribu de condamnés. Pourtant, en observant mes aînés, les apprentis jockeys de l'écurie, mes yeux tout neufs s'abreuvaient d'espoir. Ils avaient dix-huit ans; ils montaient en courses, participaient à tous les galops d'entraînement. Ils étaient mes héros. J'étais persuadé qu'ils deviendraient Cravaches d'or un jour ou l'autre. Et cela me convenait car, après tout, ils avaient bien débuté comme moi, ils avaient bien eu quatorze ans, un jour.

Héros de mon cœur.

Alain Têtu était le premier d'entre eux. Il était devenu mon sauveur :

Par un glacial matin d'hiver, alors que je gagnais la sellerie pour prendre mon matériel, Faure, un petit blond nerveux, m'interpella depuis son box :

— Hey morveux, prends ma brouette, va la vider et ramène-moi trois balles de paille.

Je tentai de protester, lui expliquant gentiment que quelques tâches similaires m'attendaient, mais il ne voulut rien savoir.

— Fais ce que je te dis et magne-toi le cul si tu veux pas ma main dans la gueule.

A ce moment, à l'opposé de la cour, la voix de Têtu surgit de l'obscurité.

— Laisse le gosse tranquille, sinon c'est ma main sur ta gueule que tu vas recevoir !

Ça chauffait gentiment.

J'en profitais pour tenter de filer à l'anglaise, mais Faure m'attrapa par le collet. Il me tira à lui et s'apprêtait à m'en mettre une, lorsque Têtu, surgissant de l'encre de la nuit, rapide comme un fauve des ténèbres, arriva sur nous, retourna Faure par le col de son blouson et lui infligea un magnifique coup de boule, lui éclatant nez et front.

Le visage en sang, Faure se releva et s'en alla au fond de son box, sans un mot. L'incident était clos. Je me sentais un peu moins seul.

Le meilleur copain d'Alain Têtu s'appelait Patrice Clément. A l'époque, il était le meilleur apprenti jockey de John Cunnington junior. Il était épais comme une nouille, avait des poches marron sous les yeux, un regard de chat mouillé et un visage grisâtre de lendemain de fête.

Arrivé le premier à l'écurie, j'étais chargé, chaque matin, de son réveil.

Sa chambre était située au-dessus de la sellerie. Il fallait monter un escalier de bois pourri, suivre un long couloir brumeux qui sentait la paille mouillée et le pipi de chat. J'ouvrais la porte, allumais la seule ampoule blafarde du plafonnier, et avais juste le temps d'apercevoir le visage nicotineux de Patrice, lequel ramenait prestement les couvertures pouilleuses au-dessus de sa tête.

Ma tâche n'était pas aisée. Il fallait absolument que je le fasse lever sous peine qu'il me botte le cul, alors que paradoxalement il refusait catégoriquement d'ouvrir un œil, menaçant de m'étriper si je m'obstinais à l'emmerder ainsi.

— Fais pas chier, branleur, ou je t'en mets une ! Des bottes de caoutchouc, de la paille, un sac avec ses affaires de courses et quelques photos de victoires traînaient sur le sol, tandis qu'à la tête de son lit trônait un immense cendrier bourré de mégots de gitanes sans filtres.

Après plusieurs tentatives infructueuses, je retirais les couvertures et me sauvais en courant, car il se montrait capable de me poursuivre avec une cravache.

Une fois réveillé, il s'asseyait au bord du lit, allumait une clope (à cinq heures du mat) et commençait tout doucement à enfiler son jodhpur après s'être copieusement gratté le contenu de son slip jauni. A partir de huit heures, Patrice devenait un mec adorable.

Le copain de Patrice Clément était Philippe Niolet. Solide garçon, il avait débuté dans le métier en Grande-Bretagne. Trop lourd pour espérer faire carrière en plat, il était venu chez Cunnington pour devenir jockey d'obstacles. Habitant chez ses parents, il faisait figure de libéral. Il venait à l'écurie en moto ou en Fiat 500 « pot de yaourt », toujours de bonne humeur.

— Alors t'cho, ça gaze ? T'es prêt à les pincer aujourd'hui les fucking gailles ?

Niolet faisait sauter tous les chevaux d'obstacles de la maison. Mais jamais il n'obtenait la suprême récompense : les monter l'après-midi en course.

Le copain de Philippe Niolet était Jacky Philipperon, frère de l'actuel jockey de plat, Maurice, et de Jean-Pierre, l'un des meilleurs jockeys d'obstacles, suspendu à vie après l'affaire du prix Bride Abattue. Jacky était bien plus grand que ses frères. Aucun espoir de porter un jour les couleurs en compétition. Il s'en balançait complètement, préférant de loin jouer aux courses et draguer les filles. Un déconneur-né, bourré de charme.

S'il manquait rarement l'écurie du matin et les trois, quatre, voire cinq lots à monter, il lui arrivait souvent de se pointer en retard à l'écurie du soir. En compagnie de

Niolet, il sortait de la Fiat 500 explosant de filles, et leur disait, confiant : « Bougez pas les filles, on en a pour cinq minutes. »

Niolet et Philipperon pénétraient dans la cour, la démarche décontractée et le sourire aux lèvres, devant les gars ébahis de tant de désinvolture. Dès qu'ils voyaient le premier garçon porter le regard à sa montre, ils rebroussaient chemin vers la sortie, sachant très bien que cinq minutes de retard les condamnaient à s'occuper de manières différentes. Une journée de salaire leur serait décomptée sur leur fiche de paye, déjà bien maigrelette.

Têtu, Clément, Niolet, Philipperon étaient les meilleurs cavaliers du fils Cunnington. Et si les deux premiers, en raison de leur statut de jockey, se devaient de monter les pur-sang réputés comme les plus meurtriers de la cour, on attribuait les rogues restants aux deux autres, pour les punir. En fait, on leur faisait un cadeau, car ils étaient encore plus fous et inconscients que leurs montures. A cette époque, il y avait bien dix pour cent des chevaux de la cour considérés comme impossibles à entraîner en raison de leur folie.

Au premier lot, les quatre compères s'en allaient à travers les sous-bois sur un parcours parallèle au reste de l'écurie, pour éviter qu'ils sèment la pagaille et provoquent un accident parmi les espoirs sabotés. Leurs montures grimpaient aux murs, pirouettaient au sommet des fosses à fumier qui pouvaient atteindre jusqu'à cinq mètres de hauteur, se cabraient, se renversaient, s'emballaient malgré les obstacles naturels, et n'hésitaient pas à s'entrebattre jusqu'au sang.

Nos quatre spécialistes, eux, rigolaient à n'en plus pouvoir, n'arrêtant pas de déclencher la folie de leur monture respective. Tout était bon : tirer les branches croulant sous le poids de la neige ; ôter les étriers ou la bride du compère ; siffler dans l'oreille du cheval qui ne supportait pas ça lorsqu'il était lancé à soixante kilomètres à l'heure et qui se mettait à dérober sèchement vers le bois ; et bien d'autres blagues. J'étais tout gosse et leur sang-froid m'épatait.

Quelques mois plus tard, jugeant que j'étais un bon petit gars, ils décidèrent de peaufiner mon éducation, et de faire de moi leur digne successeur. Leur notion pédagogique était toute particulière. Leurs tests consistaient à observer mon taux de passivité devant leurs acrobaties. Ma présence leur donnait motivation à être plus cinglés que de coutume. Ils étaient capables de me faire tomber de selle dix fois en une heure, prétextant que le bon cavalier est celui qui comptabilise le plus de chutes. Souvent, ils me demandaient de tenir leurs chevaux, ces monstres indomptables, alors que j'étais sur le mien, pendant qu'eux mettaient pied à terre pour faire les abrutis. Quoi qu'il en soit, ils prenaient bien garde, lorsque je m'étalais dans le sable, d'éviter qu'un de leurs canassons tarés se reçoive sur mon dos.

Devant ma bonne nature, ils m'acceptèrent bien vite comme mascotte de leurs jeux stupides, véritable exutoire à cette existence où l'on est perdant dès le départ.

En haut de la petite cour et sa soixantaine de boxes, il y avait la grande cour (!), celle de Jack Cunnington senior, l'homme qui façonnait les futurs cracks jockeys (Deforge, Massard, Desaint, Philipperon, Samani, Dubrœucq, etc.)

Parmi ses apprentis, Louis Auriemma, l'un des jeunes loups de la profession, génération dont les plus fameux et redoutés au sein des pelotons étaient les gosses du père Jack. D'autant plus craints qu'ils se retrouvaient à quatre ou cinq portant l'estampille « Cunnington » dans les mêmes courses. Et celui qui avait la meilleure chance théorique se voyait aidé dans ses projets de victoire par le reste de ses comparses d'écurie, lesquels faisaient « le ménage » autour de sa monture. Lors de sa première victoire parisienne, dans un handicap, Auriemma laissait le deuxième à trois grandes longueurs. Face au père Jack qui l'attendait de pied ferme au paddock, Auriemma, heureux de ce premier succès — il était âgé de seize ans — souriait plein pot. Il sauta de selle, et à peine ses pieds touchèrent le sol que le père Jack lui décocha au visage sa gauche et un uppercut de la droite. Après quoi, il lui expliqua sa motivation pugilistique :

— T'es fou de gagner de trois longueurs avec ce cheval. Maintenant, il me sera impossible de lui trouver un bon engagement dans un handicap, les handicapeurs vont le faire crouler sous le poids.

Garçon intelligent, Auriemma assimila la leçon. La fois suivante, il était en selle sur un cheval qui, d'après ses performances antérieures, n'avait que peu de chances de l'emporter. Cependant, tout le personnel de l'écurie cassait sa tirelire pour miser sur lui. Auriemma, qui selon les ordres du patron avait promené ce cheval en province lors de ses courses précédentes, avait en effet tuyauté ses compagnons de travail. La course comportait vingt partants. Auriemma plaça sa monture en queue du peloton. A mi-ligne droite, il considéra enfin qu'il serait sage de la rapprocher des leaders. A cent mètres du poteau, tout à l'extérieur, il lui restait encore une dizaine de concurrents à remonter. Dans un finish éblouissant, sur le fil du poteau d'arrivée, il vint ajuster le concurrent le plus près de la victoire. Il y avait « photo à l'arrivée ». Son développement donnait les lauriers à Auriemma pour un millimètre d'avance. Ravi de son travail d'équilibriste, il contenait ses émotions en rejoignant le père Jack. Celui-ci était écarlate, et après lui avoir administré un direct du gauche et un crochet du droit, lui demanda :

— T'es fou ou quoi ? Mes clients ont misé une fortune sur tes chances. Tu sais pas que je suis cardiaque ?

Plus tard, alors que j'étais débutant, et que je découvrais l'hippodrome de Fontainebleau, Auriemma me prit sous son aile. Il y avait trente partants dans ma course. Mon numéro de départ était le 29 à la corde. Celui d'Auriemma le 30, alors que deux autres apprentis de la maison Cunnington étaient mieux lotis.

– Dès le départ, tu prends ma roue, me dit Auriemma, je vais t'emmener à la corde. T'affole pas, tu verras, à l'entrée de la ligne droite, ils vont tous aller tourner à perpète.

Ma monture ne manifestait aucune ambition. Au départ, je n'eus aucun mal à me placer derrière le cheval d'Auriemma, parmi les derniers. L'ultime tournant me sembla long. A l'avant de la course, nos deux compères faisaient le ménage, créant des vagues dans le peloton, ponctuées de hurlements, de cris de vengeance. Auriemma en profitait pour grappiller des places à la corde. Je suivais. Comme prévu, à la sortie du dernier tournant, le peloton, emporté dans son élan impatient, vira à l'extérieur de la corde. A l'inverse, Auriemma collait sa monture tout contre, et comme dans un rêve, il attaqua la ligne droite sur la ligne des premiers, sans avoir demandé le moindre effort à son cheval. Au poteau, il était vainqueur, suivi de ses deux acolytes, et du petit arpet émerveillé que j'étais.

La carrière d'Auriemma comporte plusieurs mises à pied. La plus fameuse reste celle infligée sur l'hippodrome de Fontainebleau où, n'acceptant pas d'être battu à la lutte par meilleur cheval que le sien, il s'empara des rênes de l'adversaire, et, tirant dessus, le recoiffa sur le poteau, devant le regard ébahi des spectateurs et des commissaires de courses.

Chez le père Jack, il y avait également Rudy Valdrighi, un Corse sans peur ni reproche, défenseur des mômes. Brillant jockey de plat puis d'obstacles, il fit parler de lui dans les années 70 lorsqu'il fut engagé comme second jockey chez Wildenstein.

Il montait d'ailleurs tous les chevaux de sombre caractère, susceptibles d'envoyer Yves Saint-Martin, premier jockey de la casaque bleue, à l'hôpital. Un de ses faits d'armes les plus probants fut d'avoir dressé un cheval difficile, Le Prince, sur les obstacles, en moins de quatre séances d'entraînement, avant de lui faire gagner une épreuve importante à Auteuil. Il poursuit maintenant sa carrière chez lui en Corse, à Bastia, en toute décontraction.

En 1970, le père Jack disait à un journaliste de *France-Soir* : « Tenez, le petit là-bas, en blouson jaune, je lui crois un avenir certain. Il s'appelle Brédillet. »

Alain Brédillet était entré en même temps que moi dans le métier. Persuadé de devenir jockey, son jodhpur impeccable, ses blousons cintrés et sa cravache qui ne le quittait jamais, tout en lui transpirait la future vedette du turf.

Il débuta en course avant moi, et se fit rapidement remarquer. Son avenir se présentait sous les meilleurs auspices, jusqu'au jour où on lui confia Dakora, une pouliche dévorée par un grain de folie qui venait d'envoyer un gars à l'hôpital. Brédillet décida que ce serait elle ou lui. Dans leur combat, Dakora eut un œil crevé, ou, plus exactement, voilé.

La licence de jockey de Brédillet lui fut retirée durant un an, alors que Jackie Cunnington, neveu du père Jack, cousin de John, voulait qu'on la lui ôte à vie.

Brédillet monte toujours en courses, surtout en province, sur des tocards et parfois en obstacles pour se faire peur. Dans le métier, on dit que cette affaire l'a « scié » à vie.

Aucun de mes héros n'a connu les lauriers dus à leur talent naturel. Il leur manquait ce brin d'éducation qui consiste à se taire, à ne surtout pas émettre de jugements personnels, et l'ambition qui fait que certains de leurs adversaires n'hésitent pas à vendre leur âme.

Tous sont partis de chez mon patron d'apprentissage

bien avant moi. Sans eux, avec mon statut d'apprenti jockey ayant le suprême honneur de porter de temps à autre la casaque en épreuves publiques, j'étais devenu la vedette de l'écurie. Une pâle vedette, puisque à mon tour, chaque matin, j'étais chargé de me coltiner les pires carnes de la maison, sans parler du mois de septembre, qui me voyait responsable du débourrage de la grande majorité des yearlings.

Malgré ces honneurs, j'ai toujours su et porté, au fond de moi-même, mes héros d'antan à un niveau supérieur.

5 décembre 1985

LA CHANSON DE GESTES DU PETIT MATIN

Au tout début d'une journée de travail, à l'heure froide où l'écurie est sombre, il y a d'abord l'humidité qui glisse de la nuit, se pose en couches successives sur le sol et miroite à la surface du bitume éteint ; pareille aux reflets d'un python repu aux formes mythologiques, elle vous enserre dans son étreinte glaciale. Elle pénètre vos vêtements, se colle à vos rotules avec la légèreté vicieuse d'une tarentule, et suce votre énergie.

L'hiver à l'écurie. Tout semble se replier ; les choses se rigidifient, se contractent, poussent l'écho au loin. Les pas résonnent dans la cour et, derrière les portes à deux battants des boxes, l'on entend les bruits de paille froissée, de brindilles écrasées entre de puissantes mâchoires et quelques soufflements de naseaux qui claquent comme les drapeaux à l'avant des hors-bord. Un cheval manifeste son impatience en raclant du sabot le sol cimenté, un autre décoche violemment un postérieur dans la cloison. On imagine une explosion de béton.

Au loin, l'énorme tas de fumier se dessine. Ile volcanique et souffreteuse d'où s'échappent des fumées dantesques qui brûlent gorges et yeux. A ses côtés, une dizaine de brouettes en fer forgé reposent, brancards tendus vers la voûte nocturne. Ecaillées, rouillées, rien n'apparaît de leur décrépitude. Le givre les a blanchies. Le premier contact avec leurs manches n'est pas le pire. Pourtant, dès que nos mains les empoignent, un désagréable baiser de banquise nous picote l'échine, dressant, hirsutes, poils et duvet au creux des reins.

L'instant déplaisant est celui où, parvenu près de la remise du matériel, il nous faut lâcher la brouette. On ne sait jamais qui, du givre ou de la peau, ne veut pas s'arracher du fer. Certainement un peu des deux, car longtemps après, la déchirure tracasse encore les paumes.

La porte de la remise grince. Dans le bac d'avoine concassée, de minuscules souris détalent vers leurs galeries. Au fond de la remise, de lourds sacs d'avoine poussiéreuse grimpent jusqu'au plafond et, contre le mur, une vingtaine de fourches en bois attendent avec, accrochés entre leurs dents, les sacs de toile marron contenant brosses dures emmêlées de crins gras, chiffons de serpillière, étrilles en caoutchouc, éponges véritables et, parfois, quelques sucres.

Tenus par une ficelle reliée à la lanière de cuir, les cure-pieds pendent bêtement sur les flancs des sacs. Là, pas d'odeurs particulières, hormis l'été, lorsque les pas ont écrasé les tiges de luzerne fraîche. Le coin des balais est dans la pièce à côté, près des tonneaux contenant la graisse destinée à l'entretien des sabots et des paniers d'osier tressé pour récolter les crottins. Lorsque nous saisissons un de ces paniers, le reste de la pile craque joliment en petites touches respiratoires. Une senteur de graisse et de crottin séché flotte légèrement dans l'air.

Parvenu avec notre matériel devant le box à nettoyer, nous nous escrimons avec les loqueteaux de porte ; ils regimbent en d'affreux crissements et, une fois vaincus, viennent buter sèchement contre les battants. Pendant ce temps, derrière la porte, le bruissement particulier de la paille et du frottement des fers contre le ciment enseignent que la bête se lève. Aussitôt, elle s'ébroue en faisant claquer ses babines et le contenu intime de ses flancs. Alors un merveilleux souffle de chaleur réconforte. Les antérieurs écartés, l'animal est debout, les crins et la queue ébouriffés, décorés de paille.

Après l'avoir salué, on s'approche de lui, licol en main. Il déplacera certainement sa masse en tournant le dos. Suivant l'humeur du moment, on lui adresse soit un grognement, soit un « Fais pas chier Trouduc », soit un « Viens là mon pépère ». Arrivé à sa tête, on glisse une main au-dessus de ses naseaux et, à l'aide de l'autre, on passe le licol en faisant claquer la lanière sur sa bajoue gauche. Le fait de glisser la chaîne dans l'anneau scellé au mur évoque l'ancre d'un bateau déroulée.

Pour peu que ce cheval soit peu regardant de sa personne, on laisse échapper un juron en apercevant sa robe souillée de larges taches pestilentielles. La litière est souvent de couleur rouille tirant sur le rouge. Au bout de quatre ou cinq extractions de fumier à l'aide de la fourche, on est en sueur. Sous les fourchées qui s'empilent, les pieds de la brouette frapperont le sol jusqu'à ce que le fumier soit réparti en conséquence. C'est l'instant suintant, ou trempé, il faut décoller les croûtes successives de fumier, oubliées par paresse et irrémédiablement scellées au sol.

Les yeux rougis par l'urine, les mains chauffées d'ampoules, on s'énerve sur ces îlots de fèces tenaces. La fourche racle le sol, le balai s'épuise. Les sabots du cheval pianotent. Le chargement d'engrais roule vers la fosse à fumier. C'est l'heure où le ciel pâlit légèrement, où les oiseaux s'éveillent, alors que la brume baguenaude entre les troncs aux branchages nus, implorants comme des calvaires.

Le personnel arrive avec des sifflements enjoués. Le concert des fourches et des balais cognant les tubes métalliques des brouettes débute. Des rires avinés font suite à des vannes idiotes. Le contenu des seaux d'eau va gifler le gazon blanchi et dans un tintamarre excessif, on les fait glisser sur le sol en briques, vers les fontaines en fonte, au débit vif.

Pendant ce temps, à l'aide de la lourde échelle posée sur l'avancée courant au-dessus des boxes, on monte au grenier à paille. Le souvenir de quelques bosses fait baisser instinctivement la tête. A tâtons, on avance dans l'obscurité jusqu'à cogner contre la paroi de bottes de paille. A la recherche d'une prise, les doigts s'écorchent sur les extrémités coupantes des fétus.

Ces longs greniers enchanteurs sont faits de poutres, de poussière, de souris, de chats et de balles de paille. Les reins tendus, on aimerait se caler dans leur forme, à la manière d'un roi africain sur son trône. Au lieu de quoi, il faut tirer une cinquantaine de balles vers la terrasse, les pousser dans le vide, et les regarder s'écraser, six mètres plus bas, en gerbes étincelantes.

Il y a aussi les greniers à foin. Quel bonheur lorsqu'il vient de Caux. Non pas pour la forme, car les balles pèsent cent cinquante kilos, mais pour l'odeur qui ne manque pas de dessiner l'image champêtre de collines allongées par la fenaison. A l'aide de tenailles, on fait sauter les six fils métalliques ; c'est six coups de revolver dans une penderie de duchesse, délivrant à nos pieds ce bouquet de verdure pâle.

Revenu à notre paille fraîche dans le box, on sème le sol de gerbes craquantes. Puis, avec la fourche, transperçant les carrés de lumière, on les projette en l'air, on tracasse leur chute, on étale le tout avec la précision innée, le farouche plaisir d'un jardinier d'océan. L'inconvénient, c'est la poussière. Des tonnes de poussière, qui, en nuages successifs, se collent à notre sueur. Maintenant, la cour d'écurie est teintée de monticules rouges et orange, et de taches plus légères, gerbes jaunes et vert pâle, pareilles à un coup de pinceau, contrastes d'artistes sur le tapis de givre.

Des volcans de fumier grimpent à hauteur des vasistas. Des garçons titubent sous le poids des seaux d'eau, un bras tendu à l'horizontale, tandis que des flaques, un coup à droite, un coup à gauche, s'échappent des récipients. Ils crient : « Merde ! », lorsqu'une d'entre elles pénètre dans l'ouverture de leurs bottes en plastique, et renouvellent leurs jurons lorsque leur fourche, mal assurée contre la paroi lisse des boxes, glisse et que le manche échoue dans le purin.

Mais déjà, le premier debout en a fini avec ses trois boxes et il s'en va dans la sellerie, où tapis, pads et selles sont échelonnés sur les tréteaux. Cuirs polis, mors rutilants et rênes rendues souples par la graisse reluisent sous la lumière.

La main glisse sur le liège de la selle et la paume vient se caler sur le pommeau. La vieille armoire qui renferme les casaques de soie sent bon la cire. Ses boutons de cuivre font des éclats à nos pupilles. On a du mal à s'arracher de ce lieu qui semble tenu par une gouvernante anglaise. Et pourtant, il faut gagner le petit bureau du premier garçon pour connaître le nom du cheval à monter. Là, se trouvent un tableau en fer avec des étiquettes de couleur où est inscrit le nom des chevaux et du personnel, une petite table avec un agenda et une vieille armoire qui croule sous les produits pharmaceutiques et les pots de bicarbonate.

Bien qu'un léger filet de grésil flotte dans l'air, l'odeur est incontestablement celle de l'éther et des produits pour les bobos articulaires et musculaires. Alors, avant de monter, on se dépêche de rejoindre le compagnon qu'il faut préparer et seller, et l'on plaque affectueusement nos mains gercées, crottées, dans ces boursouflures chatoyantes et brûlantes que sont le bas du poitrail de l'animal. Là, est le siège d'un nid douillet, tout près des avant-bras, non loin des coudes et du cœur. Les narines s'entrouvrent pour boire l'odeur réconfortante de cette peau de soie poussiéreuse. Généralement, à ce moment de tendresse, alors que la litière est impeccable, notre compagnon d'esclavage lâche un beau crottin tout fumant... Foutaises, une perle dans un écrin.

La journée, faite de soucis, de peines et de quelques joies, commence vraiment.

28 décembre 1985

UNE INTELLIGENCE À RENDRE CHEVAL

La forme d'intelligence la plus subtile chez un équidé, je l'ai rencontrée chez un cheval qui me manifestait la plus belle haine : Monomach. Ce diable possédait un sixième sens, machiavélique, quasi humain. Notre premier tête-à-tête eut lieu par un glacial soir d'hiver. Je l'avais déjà remarqué aux mains de son lad, qui ne m'appréciait guère.

Trois pouliches retardataires en provenance des haras venaient d'arriver à l'écurie. Comme je n'avais toujours pas de troisième cheval, je m'étais précipité dans leur box et avais choisi une petite alezane au toupet coquin et à l'œil apeuré. Malheureusement pour moi, elle était la demi-sœur d'une bonne jument qui en son temps avait été soignée par le lad de Monomach. Ce lad insista pour qu'on me retire la croquignolette alezane, et qu'on me confie en échange son monstre de poulain.

C'est le cœur un peu triste que je quittai l'alezane à la peau de pêche et gagnai le box de Monomach. Celui-ci était attaché près de sa mangeoire. Il n'avait pas encore trois ans, mais son modèle était imposant.

La hauteur de son garrot était à bonne distance de ma tête, son corps était long, sa musculature nerveuse et bien fournie. Sa robe baie scintillait sous l'ampoule nue du plafonnier et de son œil engoncé dans une proéminence osseuse, il me fixait avec un air narquois.

On est bien restés cinq minutes à se fixer, moi à la

porte, me demandant s'il fallait déclencher un esclandre dans l'écurie ; lui, mordillant sa chaîne comme s'il s'était agi d'une partie de moi-même. Notre duel débutait. Il dura plus d'un an. Un calvaire. Non seulement, je m'occupais de son box, de ses formes, mais il me fallait le monter chaque jour. Et suivant la violence de nos altercations matinales dans son logis, sa folie furieuse sur les pistes était toujours conséquente.

Durant son pansage, il ne se passait pas une seconde sans qu'il cherche à me mordre, à me faucher avec les antérieurs, ou à me fracasser contre les parois du box. J'ai bien essayé une fois de comprendre ce qui lui passait à travers le citron en m'approchant au plus près du nuage sombre de son œil aux reflets paille écarlate. Devant son mutisme, je perdis pied. Il profita de l'occasion pour me saisir à la gorge et me secouer contre le mur. Prévoyant, je pus tirer ma peau de là, en lui décochant des coups de fourche bien placés. Il tira au renard, arrachant une partie du mur.

Contrairement aux autres chevaux, la seule chose qui ne l'agaçait pas, était le passage de la brosse en crin sur le ventre. Il se mettait joyeusement à bander en faisant claquer son sexe. De la centaine de chevaux qu'abritait l'écurie, il détenait les testicules les plus crottés.

Les jours de pluie, ma peine décuplait. Pour lui ôter les projections de boue dans sa queue, sur sa tête, ses membres, j'employais quatre fois plus de temps qu'il n'aurait fallu. Lorsque je lui curais les pieds ou les lui lavais, il se couchait carrément sur moi, allant jusqu'à s'affaler malgré le fait qu'il soit toujours attaché le nez collé au mur.

Sur son dos, mon principal souci était de rester en selle, le sien était de m'en faire redescendre. Doué de réflexes surprenants, muni d'une force rare, il y parvenait de façon régulière. J'ai souvent eu le désir de sauter en marche et de le laisser profiter de sa liberté. Mais ce sagouin restait en ma compagnie. Impossible de l'inciter à s'enfuir. Il se cabrait et boxait des antérieurs au-dessus de ma tête. J'abdiquais alors. Pour autant, il refusait que je réintègre la selle et obtenait ce qu'il désirait ; mon humiliation, puisque je me pointais devant l'entraîneur, à pied, mon cheval en main, avec le sentiment que c'est lui qui me trimballait.

Il lisait dans mes pensées, s'abreuvait de mon dépit, de ma lâcheté.

Aux mains d'un autre, il était d'un compagnonnage des plus surprenants. Dans ce cas, je l'épiais ainsi que son nouveau cavalier qui le montait sans aucune appréhension. Un débutant sur son dos, il ne bougeait pas d'une oreille. Je n'en revenais pas. Monomach, lui, fixait mon incompréhension, se délectant de ma rogne.

Aucun pur-sang ne m'a donné autant de regrets. Je me souvenais de mes frayeurs passées sur d'autres que lui ; comparativement elles n'étaient que de la petite trouille issue d'inexpériences.

En course, il avait une certaine qualité. Confié à un autre que moi, il aurait été bien meilleur car c'est encore mézigue qui le conduisais à l'hippodrome, ce qui nous valait des explications musclées dans le van. Et puis, marcher côte à côte nous irritait profondément.

Caractériel, il l'était assurément. C'en est assez pour le trouver intelligent. Il m'a fait découvrir mes blocages, mes failles et certaines limites. Il m'a rendu moins con.

Nous eûmes une ultime explication en selle, à l'air libre. Il s'était mis à cabrer soudainement, plusieurs fois, et il bondissait à chaque fois en me « prenant la main », pour, une fois les quatre fers revenus au sol, se dérober, avec un effacement de l'encolure des plus vicelards. Ma décision était prise, ce serait lui ou moi ; une façon de me libérer de son carcan, de me prouver bêtement qu'aucun cheval ne pouvait me résister.

A peine sur son dos, je constatai son électricité explosive. Il rognait son mors, m'arrachait les rênes des mains, cherchait mon visage par de violents sursauts. Sa robe était anormalement mouillée. Je restai d'abord de marbre, rongeant mon frein, une main agrippée au collier de cuir passé à la base de son encolure. Devant la piste des canters, il effectua un demi-tour rapide comme l'éclair. Je le suivis et lui cinglai aussitôt le flanc droit avec la cravache.

Monomach semblait étonné que je sois resté en selle et que mes réflexes soient si bons. Grâce à lui, j'étais bien meilleur cavalier. Il s'élança au canter, la gueule braquée, tirant comme un sourd sur ma rêne droite, laissant la gauche dans le vide, frottant sa masse contre la lice pour m'écraser la jambe. Je laissais faire.

Parfois, il se débraquait vivement, pour se rebraquer, côté gauche, ralentissant sèchement l'allure pour me déséquilibrer. J'étais concentré comme jamais. Il montait sur les bordures de terre, côté opposé à la lice, son usine à muscles rutilante et ronflante secouée par le terrain accidenté. Ainsi, l'enfoiré, dans sa course, m'offrait tous les branchages. Lorsque de trop grosses branches arrivaient vers moi, je me baissais derrière l'encolure, et lui, instinctivement la relevait durement, ou se fendait d'un écart à dessouder un boulon.

En le dirigeant vers la piste du deuxième canter, il se cabra et bondit dans les airs. Sa spécialité. Il m'arrachait les bras, me sonnait de coups de boule. Je perdais mes étriers ; de sa gueule, il tentait de m'arracher la jambe. Le moment était choisi : dans un va-et-vient affolant, ma cravache allait d'un flanc à l'autre, toute mon énergie retenant dans l'autre bras la force de son corps furieux, mes cuisses rivées à son passage de sangle, comme si elles voulaient étrangler.

Je le frappais sans répit. Sa gueule béante écumait,

ses yeux crachaient des éclairs, sa peau pissait la flotte. Il parvint à foncer dans la forêt. Je ne le craignais plus, je hurlais ma haine. J'étais fou. Il cherchait maintenant à m'écraser sous sa fantastique masse. Je le poussai contre les arbres, seul m'importait mon combat. Je réussis à lui coincer l'encolure entre deux troncs rapprochés. A chacun de mes coups, sa tête cognait dessus.

Monomach comprit que son salut était de se cabrer et de se renverser sur moi. J'anticipai sa réflexion et lui assenai le manche de la cravache sur le front. Enfin, j'arrêtai mon carnage, vidé, libéré, le fis reculer, en conservant ma pression un instant. Puis, voyant sa soumission, je relâchai tout. Son corps était moussu, son souffle emballé, profond, tremblant, ses testicules grinçaient.

Nous fîmes notre dernier canter en commun à petite allure. Ce fut le canter le plus peinard jamais obtenu avec lui.

Après cette bagarre éreintante, douloureuse, il n'y eut ni vainqueur, ni vaincu.

Nous étions dans un état lamentable. Je venais de découvrir les possibilités de violences inouïes qui sont en nous et que seule la peur, celle qui vous fait suer l'estomac, peut déclencher.

De retour au box, notre aventure commune prit fin. Il le savait autant que moi. Comme pour me faire pardonner de ma haine, je lui tendis mon avant-bras. Avec la vivacité d'une vipère, il s'en empara. Il aurait pu me le broyer sans mal. Il me mordilla un instant et me libéra.

Dans son regard, une fugitive douceur passa.

Avait-il senti mes remords, regrettait-il mon départ, la fin de nos rapports houleux, ou bien commençait-il à être attaché à moi ? Il m'avait fait souffrir, mais sa cruauté, à mon seul égard, m'avait ramené à plus d'humilité.

Et en refermant la porte du box sur son visage encore luisant de sueur, mon cœur se serra. Il me fixait toujours et paraissait terriblement seul, orphelin, incompris. Diablement humain.

1er février 1986

LA TOUTE PREMIÈRE FOIS...

Depuis deux ans déjà, je passais chaque matin devant lui, à cheval. Et pour la première fois, il m'adressait la parole.

– Tu montes samedi à Fontainebleau.

J'ai cru tomber de selle. J'allais débuter en compétition. Cette seule certitude me remboursait de tous mes malheurs d'apprenti. Lui, c'était le neveu de « mon maître d'apprentissage », son bras droit. Les copains l'appelaient « Libellule » pour ses prédispositions à figurer dans le livre des records, chapitre embonpoint.

Visiblement, l'idée de m'accueillir sous les couleurs de soie ne l'enchantait guère. Il m'annonçait la nouvelle sans passion. Pire, il semblait écœuré.

Samedi, c'était dans deux jours. Je ne possédais rien et il me fallait me procurer selle, bottes, breeches, foulard, casque et cravache. Ces deux jours furent pour mon cœur une sorte de performance, tant il battait fort et vite.

Avec trois autres apprentis, nous nous étions arrangés pour qu'un des responsables sportifs du centre nous conduise jusqu'à l'hippodrome. L'assurance pour nous d'être à pied d'œuvre bien avant « notre » événement.

La pouliche chargée de m'accompagner à bon port jusqu'au poteau s'appelait Padocri. Parmi la centaine de chevaux de l'écurie, elle était certainement la plus lente à survoler les touffes de gazon. J'étais pourtant bien décidé à ce que Saint-Martin ne soit plus considéré comme l'unique jockey à pouvoir faire gagner les tocards.

Padocri n'était pas encore dans son van que nous étions déjà sur la route depuis une heure. Certainement une heure de trop pour le véhicule de notre responsable. Il rendit l'âme à ce moment, nous déposant dans nos petits costumes étriqués en bordure de départementale, avec nos sacs où le bout de nos cravaches dépassait.

Confiants en l'avenir, nous nous sommes installés sur nos sacs, conversant sans crainte, persuadés que cette départementale était celle empruntée par tous les vans cantiliens. Notre conducteur était parti en sens inverse à la recherche d'un garage. Une heure plus tard, il revint près de nous, essoufflé, pour nous apprendre qu'il s'était trompé de route et que l'hippodrome de Fontainebleau se situait à cinquante kilomètres de notre panne.

Le stop à quatre nous angoissa quelques longues minutes. Aucun véhicule ne ralentissait. Enfin, une R8 estampillée « Gordini » freina dans un crissement de pneus digne d'une sortie de route à Indianapolis, stoppant cent mètres plus loin. Course effrénée jusqu'à elle, nous nous sommes engouffrés et, d'une même voix, nous avons supplié :

— Vite, nous sommes jockeys, notre course se dispute dans une heure.

Pas ému pour un sou, l'aimable chauffeur embraya et démarra sans un seul regard dans son rétro. Son visage portait une quarantaine de cicatrices. Il ne souriait pas pour autant. Sa Gordini, il la conduisait comme une Ferrari. Il n'hésitait pas à doubler les longues files de voitures, alors qu'en face, d'autres se pointaient à portée de trompe d'éléphant. Lucides, les conducteurs venant en sens inverse, donnaient de grands coups de volant désespérés vers le bas-côté.

Le chauffeur-chauffard nous affirma travailler dans un hôpital, non loin, au service des urgences. Il accélérait toujours.

Alors que nous étions projetés vers un carrefour à six voies, il nous renseigna aimablement :

— Ce carrefour nous amène tous les jours une demi-douzaine de graves accidentés de la route, des morts-vivants, des morts cliniques.

Pied au plancher, sans même jeter ne serait-ce qu'un coup d'œil à droite, kamikaze en diable, il brûla la priorité, franchissant ledit carrefour tel un obus.

A l'arrière, les jambes coincées sous le menton, nous étions livides, pauvres petites choses maladives, misérables condamnés à mort. A la tension de la première expérience qui m'attendait, s'ajoutait cette angoisse de ce cercueil roulant.

On tenta de calmer les ardeurs meurtrières de notre pilote. « Ah, mais non, on s'est trompés, on a le temps, notre course n'est pas à quatorze heures, mais à quinze. »

Pure perte. Nous étions dans le bolide fou d'un taré intégral qui portait en sa face les stigmates de ses suicides passés.

Parvenus sur l'hippodrome, il nous restait un quart d'heure avant le départ. Ce fut parfait, car aucune inquiétude ne vint troubler mon esprit.

Padocri présentait bien. Grande, élancée, alezane avec une liste en tête qu'un toupet négligé venait balayer, elle avait le look pur-sang style Catherine Deneuve à l'époque de *Belle de jour*. Avec elle, j'avais grande allure.

Nous étions une quinzaine de concurrents dans les boîtes de départ. A leur ouverture, je me retrouvai seul, mes adversaires ayant tous démarré impeccablement. Je ne me souviens pas si, des tribunes, j'apparaissais académique et efficace dans ma tentative de recollage au peloton. Le temps s'était arrêté et ce, malgré la vitesse. Je filais dans l'espace au-dessus de quatre sabots glissant sur la terre de bruyère. Loin devant moi, le peloton avalait le dernier tournant. Je ne quittais pas des yeux les casaques horizontales, luisantes sous un soleil vertical. Elles glissaient à vive allure le long de la lice blanche, légères et violentes à la fois, contraste de feux d'artifice sur la toile de fond des pins majestueux, sombre abri de fraîcheur et de sérénité. Retardataire, je ne figurais pas dans le spectacle ; je n'étais que l'observateur d'un rêve sublime, espéré depuis une époque enfantine.

Ma participation active à cette épreuve me titilla cent mètres après l'entrée de la ligne droite. Les projections terreuses de deux chevaux battus me firent prendre conscience de ma notion d'acteur.

Objectif, ne pas finir dernier. Mes ultimes quatre cents mètres jusqu'au poteau d'arrivée me semblèrent épiques. Sur mon petit cahier, j'ai noté : « 1re course ; classement avant l'avant-dernier ; à la lutte. »

En fait, les deux jockeys classés derrière Padocri avaient « posé les mains » depuis belle lurette. Padocri et moi, nous étions offert un tour de fête foraine.

Libellule arriva sur l'hippodrome bien après que j'eus mis pied à terre. Il me demanda explications et détails de mon parcours. Je doute fort qu'il ait cru à mon appréciation, car je planais totalement, inconscient de ce qui venait de m'arriver, pas convaincu d'avoir disputé une course.

22 février 1986

LE DERNIER DÉPART DE ROGER, GARÇON DE VOYAGE

Je n'ai pas le culte des morts et pourtant je suis allé aux obsèques de Roger, soixante-cinq ans, ancien jockey d'obstacles, reconverti depuis quelques décennies comme cadre d'une écurie de courses.

J'avais comme un espoir d'entendre grincer le couvercle de son cercueil. Pourtant, rien d'exceptionnel ne me liait à Roger.

Nous nous étions rencontrés au premier matin de mon arrivée dans une écurie de pur-sang, au mois de février 1969. Son apparition m'avait fichu un complexe : très court sur pattes (ce qui est normal pour un ancien jockey d'obstacles), le pas rapide et déterminé, corps sec et noueux, Roger affichait une volonté maladive d'être au labeur.

Il avait une propension à en faire trop. Son faciès aux rides tirées était toujours empreint d'une attention grave, du sérieux qu'affichent les adeptes de la gonflette durant leurs séances de musculation. Il portait, quelle que soit la saison, un pull à col roulé moulant, façon résolument sportif. Roger se voulait le personnage principal d'un scénario, et fonçait bille en tête pour jouer son rôle.

Plaisantin parfois, il aimait vous faire toucher son biceps droit : « Tiens t'cho, tâte un peu pour voir si c'est de la guimauve », profitant de son autre bras pour vous plaisanter l'entrecuisse en ajoutant de sa voix éraillée : « 50 balais, le vieux Roger, et plus de 60 fractures sur le corps, sauf là, fucking bastard ! »

Les fonctions de Roger étaient multiples : comme tout un chacun, il nettoyait les boxes et avait la charge de soigner les bêtes, il les montait tous les matins. Mais son vrai job, sa raison sociale, c'était « garçon de voyage ».

Le garçon de voyage conduit, en compagnie du lad attitré, les chevaux participant aux épreuves de l'après-midi. Pour Roger, cela consistait à se déplacer en van deux cents jours par an ; à préparer plus de cinq cents chevaux sur le champ de courses et à suivre leurs performances. Roger a ainsi trimballé plus de dix mille chevaux. Cela représente en foulées, si courtes soient-elles, quelques tours du monde.

Cependant, le rôle qu'il préférait entre tous, était celui de jockey d'entraînement. C'est-à-dire l'un des privilégiés qui montent les galops d'entraînement des cracks. Se frotter aux Cravaches d'or donnait à sa vie un parfum d'invincibilité ; peut-être même d'immortalité. A près de soixante ans, il tirait une fierté enfantine du fait d'être choisi pour tous les galops. Et comme un gamin, il déployait une rage de jockey en devenir dans la ligne d'arrivée de l'hippodrome de Chantilly.

Cette volonté farouche de précéder les jeunots laissait quelquefois ses montures sur les rotules à cinq jours de leur course... Mais c'était Roger. Et on l'aimait comme ça.

Quand il revenait vers le rond de détente après avoir terminé en tête de l'un de ces galops matinaux, mâchoires crispées, on pouvait déceler au fond de ses yeux acérés comme des lames qu'il s'imaginait revenir d'une victoire dans le Jockey-Club. Il ne disait rien, écoutant en lui la rumeur d'une foule lointaine. Dans l'enclos des vainqueurs, on attendait Roger le champion, dont l'intelligence, si finement maîtrisée, venait à nouveau de se concrétiser par un derby enlevé...

Roger revenait à la réalité en même temps qu'il recoiffait son crâne en ébullition de sa casquette de garçon de voyage. Cette fonction l'obligeait aussi à entretenir le matériel de course. Il y mettait autant d'ardeur que lors de ses galops du matin. Je l'ai souvent entr'aperçu accroché à ses brides, alors que la nuit était tombée depuis belle lurette. Ses mains calleuses glissaient avec amour sur les cuirs, passant consciencieusement une éponge ou un tissu imbibé de graisse.

C'est Roger, aussi, qui épurait l'esthétique des pur-sang avant le départ vers le champ de courses. Juché sur un panier d'osier, pour être à hauteur des encolures, et muni d'un sac contenant le nécessaire de pansage, il passait de longues minutes à briquer le poil de l'animal, à tresser, mèche après mèche, les crinières emmêlées, avant de les maintenir en relief savoureux à l'aide d'élastiques aux couleurs de la casaque du propriétaire.

Depuis l'âge de treize ans, Roger se levait à cinq heures. Et jamais il n'était couché avant minuit.

Lorsque je montais en courses, souvent, j'ai eu l'envie de lui demander conseil. Pour me rassurer, pour ne pas être seul à supporter les responsabilités. Et aussi, plus hypocritement, pour être dans ses « petits papiers » quand viendrait pour lui le moment de faire son rapport au patron...

Je ne l'ai jamais fait, mais j'appréciais de le voir trottiner à mes côtés dans les ronds de sable, sous les yeux admiratifs des publics de province. Le poteau passé, c'était toujours lui qui nous recueillait au bord de la piste et qui nous demandait, « Alors tcho, ça s'est bien passé ? »

Et puis, Roger avait un léger penchant pour les comptoirs de zinc, ce qui donnait un air pathétique à sa démarche courte et rapide, qu'il s'efforçait de rendre rectiligne. C'était l'occasion pour nous, apprentis de l'époque, de lui jouer des tours, comme graisser les portes de ses boxes, faucher sa luzerne qu'il entassait méticuleusement ou flatter ses chaussures qu'il croyait être en poil de poulain et qu'il avait chaussées à l'envers.

Sa dernière joie, car il ne participait plus aux galops du matin, était liée au cheval baptisé Argument. Ce dernier devait courir une importante épreuve aux Etats-Unis. Cette perspective irradiait Roger d'un impossible bonheur. C'était une première pour lui. En allant chercher son visa, il s'imaginait déjà l'Amérique, « les cowboys, les rodéos, les gratte-ciel, la vie moderne, les hippies ».

Juste avant son départ, Argument fut vendu à un autre entraîneur pour qui il remporta la fameuse épreuve. A la suite de quoi, les lads racontèrent leur voyage à Roger : « Vous auriez vu, on a été invités à des cocktails, on nous a offert des cadeaux, fait visiter des... » Roger était blême. Rien ne semblait pouvoir le faire plus souffrir que ce voyage manqué, lui qui avait toujours connu les salles d'opération et les gerçures.

Roger tomba malade en 1984 et alla s'installer, pour sa retraite, à Deauville.

L'an dernier, au mois d'août, je l'ai aperçu aux ventes de yearlings, tout seul, isolé et amaigri au milieu des acheteurs internationaux. Imperturbable, il notait le prix de vente du numéro et le nom de l'acquéreur à chaque annonce du commissaire-priseur. Il se prenait au jeu, s'imaginait le portefeuille aussi muni que celui de ses voisins, de joviaux rois du pétrole. Tout petit paquet d'os dans son fauteuil, il était royal, portant en sa face l'identique suffisance des grands courtiers.

Roger était sorti de sa maladie « pas vraiment indemne », avouait-il avec un soupçon de culpabilité. Il disait aimer le mois d'août, où « tout son monde » le rejoignait à Deauville pour le meeting. Et chaque jour de courses, il se retrempait dans cette ambiance qui lui manquait tant. Ce monde qui était toute sa vie, cette passion qui le maintenait en altitude, ce métier qui avait été le mien, et sans lequel je n'aurais jamais été moi-même.

Hier matin, vendredi, Roger fut déposé sous terre à Sarcelles, non loin de la Nationale 16, la route qui mène aux hippodromes parisiens pour les professionnels cantiliens, sous l'œil de deux jockeys, Maurice Philipperon et Henri Samani. Dans les années 1960, ces deux-là glanaient leurs premières victoires. Les photos souvenirs montrent qu'à la tête du cheval, Roger était déjà le plus heureux des hommes.

8 mars 1986

LA CONSIGNE EN CARAFE

Tout comme ma pomme, le jockey Henri Samani a été formé par l'entraîneur John Cunnington. Il est d'une bonne dizaine d'années mon aîné, et nous nous sommes retrouvés au départ d'une course avec pour partenaires deux pouliches de deux ans de la même « maison ». Elles débutaient toutes deux sur la ligne droite de Chantilly. En selle sur Golondrina, Henri Samani portait les couleurs vertes et blanches d'Alain-Louis Dreyfus. Quant à moi, les couleurs rose et noir velours de Mme Jacques Charrier, sœur d'Alain-Louis Dreyfus, qui plus tard, s'éprendra de Freddy Head, me convenaient parfaitement. Ma compagne, une belle baie-brune avec une liste en tête volontaire, se nommait Rush Gold.

S'il avait choisi de confier Golondrina à un jockey confirmé, c'est que mon boss considérait que Rush Gold lui était inférieure. Mais j'avais débourré et galopé régulièrement les deux pouliches, dont la valeur était à mes yeux identique, et avais personnellement un faible pour Rush Gold. Mon intention, en partie pour les beaux yeux de sa propriétaire, était de « porter » ma partenaire devant la pouliche de son frère. En outre, la course était pour moi d'importance : pour la troisième fois, possibilité m'était offerte de me mesurer aux cracks jockeys. Jusqu'alors, excepté dans des courses réservées aux apprentis, je ne m'étais pas encore placé avantageusement dans une épreuve parisienne.

Les ordres de l'entraîneur consistaient à ce que nous prenions un bon départ puis, si l'allure s'avérait être rapide comme prévu, nous n'écœurions pas nos pouliches en voulant à tout prix s'accrocher aux leaders. Et quoi qu'il advienne, ne surtout pas les cravacher afin d'éviter tout traumatisme lors de cette première expérience.

Sur quoi, les propriétaires nous souhaitèrent bonne chance. Samani reçut une poignée de main de Dreyfus et moi, un baiser parfumé au Chanel de la propriétaire de Rush Gold. Gonflé à bloc, je me dirigeai vers ma monture. On nous lâcha sur la piste, tandis que les spectateurs s'agglutinaient le long de la lice, la course allant débouler côté tribunes à cinquante centimètres de leurs yeux avides. J'avais le 5 à la corde, Samani le 9. Bien que nous ne fussions pas les plus rapides « sur jambes », notre départ fut bon et identique. Aussitôt, Samani rentra dans le chou de Golondrina pour se rabattre et se placer en quatrième position. Désirant faire carrière, je décidai de monter strictement aux ordres, et donc d'attendre sagement en positionnant ma pouliche à une longueur de Golondrina.

Jusqu'à cinq cents mètres du poteau, Samani n'arrêta pas de se rabattre insidieusement vers la corde, ce qui n'était pas idéal pour Rush Gold.

De temps en temps, à l'aide de la cravache, il donnait des claques sur l'épaule de Golondrina pour la stimuler. Dans son dos, je ne bougeais pas, buvant du petit lait. Je commençais à accompagner aux bras ma monture à l'instant où nous passions devant les spectateurs, sorte de longue file aux faciès hurlants, qui sous la vitesse prenaient des allures de gargouilles embrumées dans un rêve à dominante guimauve. Samani choisit ce moment pour remuer vigoureusement le cul de sa partenaire. Deux, trois coups de cravache énergiques. Je commençais à me rapprocher. Les chevaux de Desaint, Flavien, Pyers et Gibert flanchaient des paturons. Le dos des jockeys ruisselait de sillons métalliques.

A cent mètres du poteau, le cheval monté par Wally Swinburn créa le trou ; il avait course gagnée. Je me rapprochais sur la même ligne que Litt, Josse et Samani. Ce dernier, usant d'incessants moulinets de la cravache, semblait disputer « son Arc de Triomphe ». C'était le mien aussi, et j'enrageais de ne pouvoir me servir de mon bâton. Sur ce coup, je savais ma pouliche meilleure, mais si je voulais préserver sa carrière ainsi que ma licence, je ne pouvais me permettre la même prestation que Samani.

Il y eut photo pour la deuxième place. Samani me précédait d'une courte tête, visiblement indifférent, ne manifestant pas le moindre soupçon de culpabilité.

Notre entraîneur ne lui fit aucun reproche. J'étais furieux, car il m'aurait suffi d'une seule claque sur la cuisse de Rush Gold pour enlever la deuxième place de l'épreuve.

Je trouvais particulièrement injuste que Samani ne se fasse pas remonter les bretelles. En plus il passait pour être un jockey manquant singulièrement de courage et de finesse. Il ne savait que rentrer dans le chou de ses partenaires.

Mon abnégation ne fut même pas gratifiée de félicitations. Mon heure viendrait, pensais-je, amer. Naïf.

3 avril 1986

LARMES FATALES POUR JEWELLED REEF

Dimanche dernier à Longchamp, aux alentours de 17 heures, le ciel glissait, morne, gris et bas. Le petit manège au milieu de la pelouse illumina ses chevaux de bois. Sur cette crête lumineuse, au-delà, les véritables chevaux débouchèrent à vive allure du petit bois. Ils étaient sept à disputer le prix de l'Espérance, une épreuve mal nommée de 3 000 mètres, sous la conduite animée de l'anglais Jewelled Reef.

A ses fesses galopaient un autre anglais, Rosedale, et « l'Aga Khan » Doursoun, sur lequel, stoïquement parfait, Yves Saint-Martin était perché. A peine le tournant de la porte de Boulogne avalé, le leader accéléra encore l'allure. Ses deux poursuivants ne concédèrent aucun centimètre. Les jumelles conservaient encore la vision des immenses pins parasols collés à la voûte nuageuse, lorsque Jewelled Reef rétrograda brutalement de 65 à 15 km/h. Le peloton évita le choc par miracle.

Les nerfs aussi solides que les jockeys, le speaker annonça que Jewelled Reef s'était fracturé le paturon.

D'habitude, un cheval à la jambe fracturée s'arrête. Le pur-sang anglais s'apprêtait à en faire autant, mais voyant le peloton continuer et ne voulant point s'isoler de leurs croupes, il s'élança à sa poursuite, déséquilibrant son jockey, qui finit par vider les étriers.

Et là, horreur, malgré la douleur de sa fracture, l'animal entreprit un galop aussi démentiel qu'improbable aux trousses de ses congénères. Cette course vers le troupeau rassurant dura plus de deux cents mètres, ponctuée de soubresauts insoutenables.

Il s'arrêta enfin au bas de la descente, à une centaine de mètres de la dernière ligne droite.

Ses grands yeux de pur-anglais se fixèrent longuement sur ces croupes maintenant minuscules qui crachaient des mottes de terre aux abords du poteau d'arrivée.

Puis, pour tromper la douleur et l'incompréhension, il leva la tête vers la belle falaise de feuillus.

Refusant de se soumettre à l'inconcevable réalité, il tenta de brouter.

A peine son membre meurtri fut-il posé qu'une formidable décharge le cabra. Les hommes de piste l'entouraient maintenant. Le camion de la mort et le vétérinaire arrivaient.

Le reste du peloton rentrait au pesage sous les injures du public, destinées à Saint-Martin, le favori battu. Sur l'épais tapis de la piste, le lad de Jewelled Reef, une jeune fille blonde, courait seule vers son ami brisé, sa longe à la main.

Il lui restait sept cents mètres à parcourir. Pendant ce temps le vétérinaire préparait la mise à mort libératrice.

La jeune fille avait parcouru les six cents mètres de la ligne droite, lorsque son cheval se cabra une dernière fois au-dessus de la verdure avant de s'écrouler lourdement sur le côté.

Aucune détonation.

La jeune fille, les yeux brouillés par l'effort et l'angoisse, n'avait rien vu, rien entendu. Elle continuait sa course, espérant arriver à temps pour le sauver. Avec l'espoir qu'il ne s'en aille pas tout seul. Qu'il soit rassuré par sa présence. Qu'il n'emporte pas une image d'un monde de lâchetés et de démissions.

Elle fit encore quelques foulées, jusqu'à ce que la lice blanche du tournant ne lui cache plus l'endroit du drame. Puis elle stoppa sa course, fit encore quelques pas, s'arrêta, et se retourna vivement lorsqu'elle vit qu'il était trop tard.

Elle implora longuement un ciel indifférent et pleura tout son malheur, entamant seule, abattue, le chemin du retour. Sa longe au cuir briqué, dans le gazon à la coupe trop resplendissante, traînait comme laisse sans chien, lasse et inutile.

5 juin 1986

BEAUCOUP DE FOIN POUR UNE PAILLE

La chérie débarquait en plein mois de juillet en provenance de l'Angleterre. Mon Dieu qu'elle était moche ! Elle avait une longue tête plate surmontée de petites oreilles poilues. Ses naseaux ressemblaient à ceux d'un babouin. Son œil, aussi illuminé que celui d'un cochon, roulait enfoui sous un contour volcanique peu tendre. Son encolure était sèche comme un coup de trique et sa crinière n'était que pousses rêches partant dans tous les sens.

Ses origines étaient bien celles d'un pur-sang, mais sa silhouette était celle d'un hippocampe.

Dans le box, c'était une souillon. Elle pissait comme trente et chaque matin elle était enrobée de purin des pieds à la tête. Pour arranger le tout, elle était chatouilleuse et ne supportait pas la brosse et l'étrille. Je mettais tout de même un point d'honneur à m'occuper d'elle, le premier garçon m'ayant dit qu'elle appartenait à Nelson Bunker Hunt, le roi du pétrole.

A cette époque, les affaires de l'Américain étaient florissantes. Il entretenait le plus important cheptel de la planète. Propriétaire, il possédait des écuries aux Etats-Unis et dans toute l'Europe. En France, mon employeur entraînait cinquante de ses chevaux.

C'était la première fois qu'on me confiait une représentante de la célèbre casaque à damiers gris-vert et vert clair. Intérieurement, je pensais que j'allais améliorer les performances anglaises de ma pouliche, qui jusqu'alors avait un palmarès vierge. Deux galops sur le gazon tempérèrent mon optimisme. A m'échiner à lui remuer sa croupe raide, je m'étais trouvé bien plus essoufflé qu'elle.

Un matin, alors que le travail touchait à sa fin, le premier garçon éructa :

– Du nerf, bande de branleurs ! Allez astiquer vos chevaux. Surtout les Hunt. Il vient cet après-midi nous visiter.

Les apprentis tiraient la gueule. Il nous fallait rassembler tous les chevaux « Hunt » dans le même bâtiment pour éviter trop de marche à pied au roi du pétrole. Cela sous-entendait un déménagement massif ; refaire les litières des boxes, re-balayer la cour, astiquer les cuivres, dépoussiérer les murs, et panser les bêtes du gros bonnet.

J'attachai ma jument hippocampe et entamai mon grand nettoyage, deux étrilles en main. Rendu gras et poussiéreux par son galop du matin, son poil d'ours était une catastrophe. Des kilos de poussière et de sueur séchée opacifiaient le box. Plus je l'étrillais, plus sa peau produisait de saletés. Avec l'éponge, j'humidifiais sa robe. C'était pire.

Après deux heures de labeur, ce qui ressemblait à de la vieille moquette brillait comme du vison. J'avais verni ses sabots. Sur sa croupe, à l'aide d'une brosse et d'un chiffon humide, j'imprimais l'effet de damiers, marque de reconnaissance de sa casaque. Sa crinière, ses membres, le haut de sa queue et sa tête étaient constamment épongés. Sur le large tapis de sa litière au seuil tressé, on aurait dit la monture d'une princesse orientale.

Bon, l'esthétique de sa gueule, je ne pouvais pas l'arranger. Elle était vilaine, mais je l'aimais ainsi. Elle m'attendrissait, et je lui souhaitais de rejoindre bien vite le haras pour nous donner de petits hippocampes.

Les heures passaient, les Hunt n'arrivaient pas. J'étais extrêmement curieux de les voir de près. Je gagnais cent francs par mois, et des milliardaires en chair et en os représentaient quelque chose... Je sentais déjà le pourboire dans ma main, certainement plusieurs mois de salaire vu la bonne saison hippique de l'Américain.

J'égrenais le temps en câlinant mon horreur de jument. Nous rêvions ensemble et je déroulais dans mon esprit tout ce que j'allais confier à Nelson Bunker Hunt sur sa jument. J'étais persuadé de le fasciner, car personne mieux que moi ne connaissait mon hippocampe saboté. Pas même lui, son éleveur-propriétaire. A aucun moment ne me vint à l'esprit qu'il ne parlait peut-être pas le français. Il serait fier de constater que ses chevaux étaient en de bonnes mains, et je comptais bien ne pas écouter les consignes du premier garçon lorsque le propriétaire serait à la porte du box : « Restez à la tête de votre cheval, et ne regardez que votre bête. »

La nuit tomba. Je fatiguais sérieusement.

Mister Hunt arriva enfin un peu avant la distribution d'avoine, alors que le brouillard s'allongeait sur le bitume de la cour.

Prudent, il resta à un mètre du seuil du box. Il était accompagné de sa famille. Il était énorme, engoncé dans un chaud manteau, visage porcin renforcé par ses lunettes aux verres épais. Du coup, *ma* jument me paraissait gracieuse.

Il ne lui accorda qu'un regard d'une seconde. Trois secondes plus tard, il disparaissait vers le box voisin.

Sa visite ne dura qu'un quart d'heure. J'étais soufflé par ce manque d'éducation flagrant, ce gaspillage de sentiments, cet argent investi dans le sang-bleu avec ce même détachement que s'il l'avait placé en Bourse.

Quant aux pourboires espérés, ils étaient à la hauteur de sa réputation. Il n'y en eut point.

Un an plus tard, ma jument, qui ne fit aucun effort pour s'améliorer sur les pistes, me quitta à la saison des gerçures. Elle devait s'envoler vers les Etats-Unis pour perpétuer la race des petits hippocampes au pays d'un malotru.

11 septembre 1986

REVUE-MÉNAGE À L'ÉCURIE

Qu'il était doux ce premier automne. J'étais fier comme un jeune paon de ma condition d'apprenti jockey, omettant volontairement d'ajouter le mot lad, lorsqu'on me questionnait sur mon job. J'aimais, une fois le travail de l'écurie terminé, rentrer à pied jusqu'au centre des apprentis, traçant, à travers bois, un large sillon rageur dans le profond tapis rouille et or d'une saison généreuse. Malgré mes foulées retentissantes, il n'était pas rare qu'un troupeau de biches suivies de leurs petits se laissât surprendre. Les yeux ronds et sombres suivaient l'intrus quelques instants et disparaissaient sans un bruit dans la profondeur des sous-bois, bien avant que les écureuils se risquassent à foncer dans la tranchée de feuilles retournées.

En cette fin d'octobre 1969, où les premiers feux de cheminée exhalaient les odeurs de vieilles pierres enrobées de suif humide, on commençait à me hisser régulièrement en selle.

Auparavant, de longs mois s'étaient écoulés au niveau du sol. On testait mon abnégation, ce qui semblait être la principale qualité demandée à un futur jockey, en me confiant les ribambelles de corvées qu'une écurie de courses peut engendrer.

Lorsque les lads s'en allaient en file indienne sur leurs chevaux vers les pistes d'entraînement noyées de brumes, la cour d'écurie m'appartenait. J'en faisais mon royaume. Instants d'isolement privilégiés que je mettais à profit pour effectuer ma tournée d'effectif.

Je commençais toujours par Typhèle, une grosse baie aux tons fauves qui se serait jetée sous un train si on lui avait dit qu'une caresse s'y trouvait. A trois boxes d'elle, Prime Abord, un abîme de douceurs dont on racontait que Lester Piggot l'avait tirée pour l'empêcher de participer à l'emballement final des Oaks d'Epsom. A ses côtés, Bon Appétit, une alezane farouche et secrète ; Lady Love, de couleur isabelle et au cavecé de Maure si fin qu'il vous aurait retourné un étalon arabe aussi sec. Dark Eyes, du velouté solaire, était à l'autre bout de la cour, non loin de La Neste que les lads traitaient de gouine. Elle était la compagne et la favorite — leurs boxes communiquaient — de Damioca, la folle. Cette dernière ne pouvait pas faire un pas en dehors, seule, sans se mettre à ressembler à un morceau de gras jeté sur la braise.

Les pouliches avaient les faveurs de ma revue. C'était un régal de pouvoir pénétrer dans l'obscurité de leur box pour faire un brin de causette intime.

J'allais aussi saluer quelques mâles. Mais bien souvent, c'était pour mettre les choses au point, convaincu d'avoir été défavorisé un matin sur leur dos.

Il en était ainsi de mes rapports avec le buriné Boeing, au coin de l'œil blanc, aussi carré que ses demi-tours cauchemardesques étaient imprévus, et du seyant Maillot, lequel n'allait jamais aussi vite que lorsqu'il me savait à l'arrière de son garrot.

En revanche, il m'était agréable de visiter le robuste Crucible, le Flaubert des hippodromes, dont le rebondi ventral était un attentat à la morosité. Son box avait une surface double. Toujours confortable, sa litière était ordonnée jusque dans le coin de ses petits besoins, alors que sa mangeoire jamais n'avait un bout d'avoine oublié.

Cette cour d'une soixantaine de boxes avait la réputation d'abriter de sérieux caractériels : Grandier, joyau de la « maison », mordait et tentait d'enverger tout ce qui lui passait sous les naseaux, pourvu que cela soit un corps au sang chaud. Plus important que lui au garrot, Fracassant ne plaisantait pas avec son nom de baptême, broyant tout ce qui ne ressemblait pas à son lad attitré. C'était un problème en soi, étant donné que ce lad exclusif se faisait souvent « porter pâle ». Cibao, lui, aimait vous plaquer contre un mur pour mieux vous faucher les membres avant de vous ôter un bout de gras.

Bref, à l'heure de la distribution d'avoine, je calculais bien mon coup afin de ne pas tomber comme un oisillon écervelé sur l'un de ces deux. Malgré mes précautions, je ne pus éviter quelques bonnes sueurs. Ainsi, Grandier se jeta sur moi gueule ouverte ; une vision de grand requin blanc affamé. Il m'arracha des mains le bac d'avoine me donnant la possibilité de m'enfuir. Une autre fois, je tombais sur Fracassant. Ce géant était toujours le dernier à recevoir son picotin. De voir le ballet des lads le rendait furieux. Il bouffait littéralement sa porte grillagée, les yeux en brasier.

Pétrifié, je patientais avec son menu devant son box, ce qui l'excédait davantage encore. Pour gagner sa mangeoire, j'évaluais le parcours à trois foulées, mais j'étais persuadé qu'il me hacherait menu avant même que j'atteigne son auge. Après avoir jeté un coup d'œil sur la cour, je balançais le contenu de mon bac à travers le grillage, espérant que de recevoir sa nourriture éparpillée dans sa litière, lui donnerait à réfléchir.

C'est la venue d'un des vétérinaires attachés à notre cour qui rendit mon existence à l'écurie moins sécurisante qu'elle ne l'était. Le docteur Soubias était un immense bonhomme tout en os, aux grandes enjambées incertaines. Il portait barbe et lunettes avec cet air abstrait d'éternel étudiant myope. Il demanda à ce qu'un garçon l'accompagne dans le box de Wells Fargo. Fortement musclé, celui-ci n'abusait nullement de sa condition physique, et sa tête, aux contours fort intelligents, comportait tous les signes du brave cheval. Ça n'avait pas suffi à lui éviter, deux jours auparavant, l'ablation de ses testicules, qui, lors de ses galops, lui remontaient dans les aines et grinçaient comme un chargement de fourrage sur une brouette.

Il était né trop tôt, car de nos jours, l'opération du Crémaster – muscle qui accommode le testicule par rapport à l'abdomen –, évite le coupage des bourses reproductrices.

Etant le seul garçon disponible, je proposai mes services au vétérinaire, curieux de le voir dans l'exercice de son art.

L'animal, l'encolure basse, avait un sérieux coup de blues. Sous le menton, un morceau de cuir l'empêchait de se mordre les flancs. Je lui passai un licol tandis que le vétérinaire vérifiait l'évolution de son travail. Après avoir secoué une bombe aérosol cicatrisante, il lui envoya un jet sur feu ses bourses. Plus traumatisé que surpris par le gel du produit, Wells Fargo fit un bond vers le mur en soufflant comme un démon. A chaque tentative du véto, il remuait de plus belle, me balançant comme une gerbe de luzerne.

Je commençais à ressentir une trouille sérieuse et suggérai de passer le tord-nez au malheureux eunuque.

– Pas la peine, me dit-il, tiens-lui bien la tête.

Rendu fou, Wells Fargo nous coinça contre le mur. Pour éviter le coin de son épaule, je me glissai vers ses côtes. Il reposait maintenant de tout son poids sur nous, tremblant comme un paludique et ruant dans tous les sens. Je voyais sa formidable puissance sur le point de nous réduire en bouillie. Malgré son expérience, le vétérinaire n'était guère plus à la fête et il tentait de nous sortir de là en le rouant de coups de genou.

Nous avons fait ainsi une dizaine de tours de box, et

j'appréhendais de voir les formidables ruades, qui explosaient des morceaux de béton, nous réduire comme du bois cassé.

Profitant de l'échancrure de la porte, nous parvînmes à nous tirer de ce guêpier, rouges et trempés comme au sortir du sauna, les jointures des doigts plus ou moins foulées. La bombe aérosol gisait dans la litière retournée.

Sortant une seringue de sa trousse, le véto me dit en soufflant :

– Va chercher un tord-nez.

Il tremblait, soufflait. Il avait aussi peur que moi, et n'était pas près de se remettre de sa frayeur. A l'évidence, il voulait endormir le cheval pour récupérer sa bombe et cautériser cette plaie. Quand je le vis plonger ses lunettes embuées et cassées dans un seau d'eau, où trempait un crottin, ma confiance en lui s'estompa totalement. A cet instant, je me dis que ce métier allait m'éprouver sérieusement.

En allant chercher le tord-nez dans la sellerie, je pensais à ma mère, à son chocolat chaud du dimanche matin, à toutes ces bonnes choses que mon orgueil et mon inconscience m'avaient fait quitter. Au souvenir du foyer maternel abandonné, les larmes me seraient venues facilement. Mais, ce métier m'interdisait aussi de me décharger de cette tension nostalgique. Avant de retrouver mon vétérinaire trouillard, je me savais déjà vaincu par Wells Fargo. Couilles ou pas.

23 octobre 1986

TYPHÈLE, NINA, ÉMOI, ÉMOI, ÉMOI...

– Venez vite ce soir, c'est imminent.

C'était pas trop tôt ! Ça faisait exactement deux mois et demi que j'attendais cet instant, celui où Typhèle, poulinière pur-sang de vingt ans, mettrait au monde son poulain. Elle était à son terme depuis quarante-quatre jours. Pas loin d'un record. Elle aussi devait en avoir sa claque.

Lorsque nous nous sommes rencontrés pour la première fois, Typhèle avait deux ans. Nous partagions les mêmes angoisses, les mêmes frayeurs, dues à notre entrée concomitante dans la vie professionnelle. Elle était le premier cheval de course que l'on me confiait ; j'étais son premier lad, exclusif. C'est avec elle que j'ai pu fouiner dans tous les recoins enfouis d'un pur-sang, sans crainte d'une morsure ou d'un coup de pied.

Elle avait un gros cul, dodu comme une pêche, un ventre joliment confiant, franchement rebondi vers les flancs qu'elle avait gourmands, une belle robe baie pommelée tendue sur des tissus soyeux. Indolente et béate, elle se vautrait dans sa litière, yeux mi-clos, sous les caresses et les soins que je ne cessais de lui prodiguer. Mais attention, ce n'était pas une gourgandine. Douce et prévenante avec mes collègues, elle n'était aussi avenante qu'avec moi.

M'aimait-elle comme je l'aimais ?

A l'époque, je n'en doutais pas. Il ne lui venait pas à l'idée de me caresser de ses sabots, mais ses marques de tendresse usaient de toute la palette affective animale.

Pour elle, je me pointais deux heures avant tout le monde à l'écurie. Et si elle ne m'accueillait point dans l'obscurité des petits matins par des hennissements de bienvenue, c'est tout simplement qu'elle était une grande paresseuse. J'ouvrais son box sans allumer la lumière et cherchais à tâtons sa lourde forme étalée dans la paille où je la rejoignais. Entre ses sabots, je réchauffais mon corps contre le sien en lui racontant des histoires de centaures qui remportaient des derbys avant de s'envoler vers les astres ; alors, son regard scintillait sous la lucarne blanchie par l'aube.

Ce n'était d'ailleurs plus un cheval de course, plutôt un animal de compagnie pour mémé gâteuse. Bien-portante et fainéante, Typhèle était aussi des plus maladroites. Elle mettait très souvent ses sabots sur vos pieds ou dans un seau plein d'eau. Parfois, voulant jouer au pur-sang plein de feu, elle se cabrait lorsque j'étais sur son dos et, trop forte pour ses frêles jarrets, s'écroulait sur le dos. Elle se débattait alors comme un scarabée, trouvant toujours le côté le plus fâcheux pour se relever.

Ses galops, jamais rapides au-delà de deux cents mètres, lui donnaient régulièrement l'occasion de buter. Je ne me souviens pas l'avoir vue engagée dans une épreuve publique. De toute façon, elle n'aurait jamais pu en gagner une, ou alors d'un niveau très faible. Cela ne me contrariait guère, car j'étais persuadé en voyant ses hanches pleines et rondes, qu'elle ferait une merveilleuse mère, de celles qui font des vainqueurs de Jockey-Club.

En 1970, Typhèle est partie rejoindre le haras de son propriétaire, en Normandie. Quatre ans plus tard, j'ai été lui rendre visite, le cœur battant, craignant qu'elle ne se souvienne plus de moi.

Elle était au fond du pré, broutant en compagnie d'autres poulinières qu'on appelait les « vides », les saillies d'étalons dont elles avaient bénéficié le printemps précédent étant restées sans suite.

Je l'ai appelée avec mes mots d'enfant et la même intonation que jadis. Elle a relevé sa tête, les joues malaxant une bonne fournée d'herbe grasse, les oreilles pointées vers moi, curieuse et étonnée. Nous avons marché l'un vers l'autre, d'un pas tranquille pour elle, anxieux pour moi. Elle ne s'est pas jetée dans mes bras, mais nous avons passé le reste de l'après-midi à l'écart de ses copines, bras dessus, bras dessous, humant de-ci de-là quelques senteurs printanières, échangeant des mots tendres et moult caresses tout en croquant de jeunes carottes non traitées.

Le temps passa. Nous nous sommes revus il y a deux ans dans le même pré. A nouveau, elle était vide. Dans le groupe de poulinières qui partageaient son pré, elle était très copine avec Spy, une petite jument de même promotion, râblée, pisseuse et légèrement vicelarde qui donnait des coups de pied en vache. Elles ne se quittaient pas.

A nouveau, Typhèle me reconnut. Voyant notre manège intime, Spy tenta à plusieurs reprises, gueule grande ouverte, de me séparer de Typhèle. Celle-ci, après quelques secondes de doute, opta pour ma défense, avant de m'entraîner plus au loin. L'année précédente, elle avait eu un poulain qui lui ressemblait comme deux gouttes d'eau, avec ce petit quelque chose de plus dans l'œil qui indiquait clairement qu'il n'en branlerait pas une en compétition.

Avant de partir, j'avais promis à sa mère d'assister à la venue de son prochain petit.

C'était donc pour ce soir, après un mois et demi de retard et après qu'elle eut été vendue cinq mille francs à un autre éleveur.

La lune avait changé. Sur la route menant à sa nuit de veille douloureuse, il tombait des cordes. C'est à cet instant qu'elle mit bas son bébé, une pouliche, Nina, nom que j'avais suggéré à son éleveur. Tel un père indigne, je me pointais une heure après l'arrivée des courses. Elle avait pouliné sans problème. Mais toujours aussi maladroite, avait failli écraser Nina quelques instants après sa naissance.

Nous allons à la nurserie pour la première tétée. Comme tous les « post-maturés », Nina est plutôt chétive. Son épaule est en équerre. Cette inclinaison fœtale va rapidement se détendre après quelques galops. Ses côtes sont apparentes, fragiles comme une rangée de joncs. Sa robe, un mélange de poils noirs, blancs et marrons, est rouannée, mais la base de son encolure est blanc sale, tout comme le pourtour de ses yeux, indication d'une future robe grise. Son chanfrein est camus et toute la largeur de son front est frappée d'une grande tache blanche au-dessus de laquelle ses oreilles duveteuses font une couronne, les pointes effilées tournées l'une vers l'autre.

Nina se relève de façon anarchique. Une fois dressée sur ses frêles échasses, elle tangue quelque peu. La douce Typhèle porte ses naseaux sur elle, l'engageant indiciblement à gagner le creux de ses flancs gonflés. L'adorable nourrisson étire son encolure vers les mamelles couleur charbon. Aussitôt, un bruit de succion nous flétrit le palpitant.

Typhèle paraît épuisée. Son encolure est basse, ses mouvements lents. Son corps est encore brûlant. Une grosse veine mammaire sillonne son bas-ventre. Elle a quelques poils gris parsemés sur sa robe et de la cellulite au bas des fesses, mais elle conserve encore ses belles pommelures moirées. Ses oreilles se lèvent au son de ma voix, mais elle est surtout attentive aux efforts de son petit. Elle me semble triste. Baby blues ? Nina s'allonge à nouveau dans la paille fraîche. Bien vite, ses paupières cernées de blanc clignotent de sommeil.

Le lendemain matin, le vétérinaire vient coudre la vulve de Typhèle qui a subi une épisiotomie. Son foal pique encore un roupillon. Le soleil étant revenu, on décide de lui faire prendre l'air. Un lad encercle Nina de ses bras pour éviter qu'elle ne glisse sur le bitume de la cour, en prenant bien garde de ne pas l'éloigner trop des flancs de sa mère, inquiète de l'intention. Le lad doit en effet prendre garde à ce que la maman voie son poulain de face ou de côté.

Typhèle pousse de petits hennissements sourds. Les minuscules sabots de Nina peinent à écraser l'herbe. Sa croupe étroite ballottée, elle trottine en cercles concentriques autour de sa mère, les jarrets brinquebalants en dehors. Au moindre appel maternel, elle se colle tout contre elle.

Typhèle l'entraîne vers le pré où broutent ses congénères suivies de poulains. Une façon de présenter le nouveau-né. Celui-ci est encore trop faible pour partager le carré d'herbe de ses aînés de quelques semaines, bien plus costauds et culottés. Ces derniers commencent à se chahuter timidement bien que leurs mères respectives défendent encore leur progéniture.

Nina enhardit son trot, fait une tentative de galop. Seuls ses postérieurs font deux foulées. Surprise de son audace, elle plonge ses naseaux à croquer sous l'aine maternelle. De grandes herbes chatouillent son ventre.

Typhèle scrute au loin la crête des collines et l'effilochement des nuages qu'un vent sagace rend laiteux. Elle s'ennuie de la compagnie des autres mères. Son regard n'est plus aussi féerique que lors de notre vie commune. Sa pupille est un mince rectangle flou cerné d'un méli-mélo de teintes bronze, vieil or et abricot séché, aussi joliment mêlées que des émaux. C'est notre premier tête-à-tête depuis longtemps. Au bout d'un moment, elle offre son museau à mes caresses. L'intimité est de courte durée et me laisse le goût amer d'une conversation de vieux couple n'ayant plus rien à se dire.

Typhèle arrache nerveusement une touffe d'herbe alors que Nina tente une ruade de puceron en dressant sa queue à la Davy Crockett.

Le soleil décline. C'est l'heure bienheureuse où les yearlings s'époumonent en cavalcades ludiques, affolant dans leurs croupes rieuses le rouge des coquelicots.

4 juillet 1987

LA MAMIE DE PUTANGES GAGNE LES ÉRECTIONS

A vingt-huit ans, Paloise ne se fait plus d'illusions. Elle a l'épaule et la fesse lourdes, le dos creusé, l'os des hanches aride et le crin rare. Sa robe, jadis baie-brune, est aujourd'hui parsemée de poils blancs et lorsqu'on la tire de son box, elle traîne des boulets. C'est une charmante grand-mère et il y a belle lurette qu'elle est stérile.

Généralement, on ne s'embarrasse pas de pareils chevaux. Mais au haras de l'Orne, près de Putanges-Pont-Ecrepin, où Paloise passe sa retraite, on n'envoie pas à la boucherie des juments dont le passé sportif et la descendance sont sans reproches. Et puis Paloise est comme ces grands-mères paysannes qui, jusqu'au dernier jour de leur vie, font tout pour que leur famille ne les pousse pas trop vite sur une voie de garage.

Quand le printemps arrive, chaque lundi, mercredi et vendredi, durant six mois, la vieille jument attend dans son alcôve six des plus beaux et plus jeunes étalons de l'Hexagone. Et ce, depuis trois ans.

Elle reçoit ses visiteurs de dix heures à midi trente.

Leurs noms célébrissimes feraient se pâmer plus d'une pouliche ; rendez-vous compte : le noble Fakir du Vivier ; le voyou Larabello et sa gueule d'ange ; le rustique High Echelon ; le blond Minou du Donjon, beau comme un danseur étoile ; l'éphèbe Oligo à l'encolure dressée comme un pénis courtisé ; et le Robin des bois de la copulation, Equiléo.

Les cinq premiers sires nommés « fonctionnent » selon la méthode d'insémination artificielle. Cependant, ce n'est pas le vagin en caoutchouc au bout duquel se trouve un biberon pour récolter leur sperme qui les excite, mais bien l'aïeule qu'ils enfourchent régulièrement sans montrer le moindre signe de lassitude. Certains se masturbent le long de sa croupe, tandis que d'autres la chauffent à blanc avant d'étreindre des jeunettes devant ses yeux médusés.

Avec les hormones qu'on lui injecte à petites doses, Paloise ignore les affres de la ménopause et se montre des plus avenantes envers ses damoiseaux dont les sexes turgescents sont discrètement détournés de sa vulve flétrie vers le vagin artificiel.

A trois mètres de la scène amoureuse, les jeunes poulinières sont placées en rang d'oignons, attendant, plus ou moins excédées, qu'on leur injecte la semence du sire qui, « sur le papier », leur est officiellement destiné.

Si Paloise est la favorite du cheptel mâle du haras de l'Orne, elle le doit à Equiléo, dont la paresse à passer aux actes devenait problématique. D'autant qu'il refusait catégoriquement — et refuse toujours — de saillir par insémination artificielle, ce qui n'arrangeait pas les affaires de ses responsables. Les plus délicieuses pouliches ne parvenaient plus à aiguiser son appétit. On désespérait. Mais voilà qu'un beau matin, au détour d'une porte de box, il aperçut de loin la vieille jument chauve au cul plat. A l'étonnement général, on remarqua qu'il ne resta pas insensible à cette « vision rupestre ».

Quelques semaines plus tard, alors qu'il s'endormait sur l'une des plus charmantes chutes de reins équines qui soient, on fit demander Paloise. Dès qu'il la revit, Equiléo abandonna sa déesse pour venir conter fleurette à l'ancêtre. Et là, miracle, une érection du tonnerre lui martela le bas-ventre.

Depuis, Equiléo se met en condition grâce à Paloise

avant de « monter » ses fiancées légitimes. Durant ses accouplements, la douce Paloise doit rester à ses côtés. Qu'on éloigne l'aïeule, et Equiléo interrompt sur le champ son business amoureux.

Les spécialistes n'arrivent pas à dire si ce sont les formes de la baie-brune râpée ou son odeur qui provoquent le déclic d'Equiléo. En tout cas, elle n'est pas si mal que ça pour une grand-mère. Plutôt coquette même, malgré son lourd museau griffé de rides, avec, dans le regard, une petite étincelle qui révèle qu'il n'y a pas de limite d'âge pour aimer.

L'Equiléo, avec ses manières un peu rustres, c'est vraiment son chouchou. C'en est un gâchis de romantisme, semble dire sa vieille croupe fripée, plus jamais honorée, au moment où il lui faut regagner la solitude de son box.

Avec ses vingt-huit printemps, il est fort probable que Paloise s'éteigne avant Equiléo, vieux de dix-sept ans. La flamme virile de l'étalon disparaîtra-t-elle en ce triste jour ? Ou n'importe quelle vieille bourrique de passage fera-t-elle les affaires de son imprévisible libido ?

30 juillet 1987

Epilogue :

Paloise s'est éteinte au mois de septembre 1987. De sa belle mort.

Au haras de l'Orne, elle a laissé un grand vide. Beaucoup de tristesse. Pour lui éviter un trop grand chagrin, pour lui masquer la soudaine absence, il fut décidé d'envoyer Equiléo dans un autre haras. On espérait que le voyage, le changement, seraient bénéfiques à son spleen. L'étalon n'a pas survécu à son amour. Moins de huit mois plus tard, fatigué et peiné par le souvenir, il rejoignait sa douce.

DORS LOULOU, CE N'EST QU'UN MAUVAIS RÊVE

— On peut pas être du soir et du matin, qu'il disait Loulou, quand les gars le matin à l'écurie lui demandaient pourquoi on l'avait pas vu hier soir chez Mimile pour fêter « en chargeant la mule » le gagnant du gros Dédé ?

Ouais, le Loulou, quand il s'agissait de faire les boxes à l'aube, il était toujours au bout de sa fourche, la maïs au bec. On ne peut pas dire, il ne restait pas au poteau.

Mais il a changé d'horaire, Loulou. Il est vraiment du soir maintenant. De la nuit noire, celle où les copains ne vous suivent pas, vu qu'on l'a enterré samedi dernier dans le petit cimetière de Vallangoujard.

Il était pas gros, Loulou, mais les quatre costauds ont bien eu du mal à faire rentrer le cercueil dans le caveau familial. Ha ! il ruait, l'animal... Comme s'il ne voulait pas rentrer dans les élastiques de départ.

Des gros, il y en avait plein au dernier rencart de Loulou. Venus de Normandie, ou de Grosbois, dans de grosses Mercedes flambant nickel. Ils avaient enfilé des costards comme il faut, noirs, sombres avec des petits filets blancs si fins, qu'il faut être dedans pour les voir. Sur leurs pifs de bandes dessinées, ils portaient de grosses lunettes sombres pour cacher leurs poches de sommeil, d'alcool et de misère.

Les vieux importants qu'étaient là, eux, avaient la pudeur de montrer leur visage nu. Des gueules déchirées, grises et jaunies, tirées vers le bout de leurs pompes cirées à la sauvette. Des gueules pas à l'aise d'être ainsi, la goutte au nez, dans une représentation dont ils seront bientôt le triste premier rôle. En écoutant autour d'eux, ils imaginaient déjà les conneries qu'on débitera sur leur compte. Et des conneries sur Loulou, on en a lâché à la pelle, avec cette même tranquillité d'esprit qu'ont les cons lorsqu'ils sont ensemble : « Il était encore bourré, non ? » ; « qu'est-ce qu'il avait dans le ventre ? » ; « l'avait rien mis de côté, l'avait épargné dans la bouteille » ; « son fils est même pas là, c'est-y pas malheureux »...

⁂

Louis Hanse, dit Loulou, champion-jockey de Vincennes, est né, comme on dit ici, « le pied à l'étrier ». Que des entraîneurs dans le pedigree. Il remporte sa première course à quatorze ans. C'est la coqueluche de Vincennes, et quinze ans plus tard personne ne s'étonne de le voir au sulky de Buffet II.

Avec ce partenaire, Louis Hanse écume l'Europe et remporte d'innombrables classiques, excepté le prix d'Amérique. La piste en toboggan de Vincennes ne convenait pas à leur style trop pur.

Quand on lui retire des mains son crack, la vie de Loulou se dérobe. Sa femme, « exceptionnelle » aux dires des visiteurs de la dernière demeure, se retire elle aussi.

Dépité, Loulou se ressaisit en investissant tout l'argent gagné avec Buffet II dans la construction d'une piste d'entraînement. Le terrain est prêt à recevoir les premiers trotteurs, quand un notaire lui apprend qu'il peut en faire un tas de sable : le terrain ne lui appartient pas. Et, pourtant, Loulou a payé cher pour être chez lui, peinard, à faire du bon boulot. Il a beau se retourner dans ses cauchemars, il s'est bien fait escroquer. Il lui faut repartir à moins zéro, tout seul. Les confrères ayant d'autres chats à fouetter.

Alors, il reprend le chemin à l'envers : lad à Joinville, la banlieue aux odeurs de ferme, avec ses petites maisons tristounettes qui, coincées, présentent à la place des jardins potagers, de minuscules cours d'écurie aux boxes délabrés, où s'agitent de mornes et tristes faces de trotteurs. C'était le Joinville-le-Pont des 3 500 chevaux, avec ses ruelles aux pavés gras, aux toits de briques et d'ardoises jusqu'au bord desquels des tas de purin s'élevaient, exhalant de molles volutes bleutées.

C'était au temps où les sulkys au cul des bourrins faisaient la loi aux automobilistes frileux. A l'heure où ces derniers tiraient des soupirs à leurs lourdes paupières, de petits hommes aux jambes arquées et aux avant-bras lourds et puissants s'activaient dans les lumières glauques, au fond des boxes pavillons. Au-dessus des planques à paille, les grandes tours clignotaient des réveils urbains. L'interminable ruban sombre du ciel happait toutes les vomissures de ces petits matins blafards.

Sur la N4, juste avant le pont du RER et de la rue qui menait au champ de courses, la lumière la plus franche, malgré les vitres embuées, était celle du Rendez-vous des Trotteurs, le café de Mimile, quartier général de tous les Normands.

Comme tant d'autres écuries, le café de Mimile vient d'être rasé. Expulsé pour construction d'immeubles. Le commerce du trotteur de course ne rapportait rien à la municipalité.

Mimile a laissé quatre murs aux démolisseurs. Il a décroché toutes les photos des victoires de ses potes, descellé le bar et ramené le tout dans sa nouvelle affaire au Molay-Littry, près de Bayeux, un immense hôtel-restaurant sur la place du marché.

Mimile est revenu chez lui, et malgré les soucis, il n'oublie pas Loulou : « Le matin, c'était mon premier client. Un café, deux calvas et y s's'sauvait. J'le r'voyais vers les dix heures. Y prenait un p'tit pain, ho ! gros comme ça (il montre la moitié de son index), y mangeait presque pas, et du blanc. Le midi, y prenait deux apéros, le soir pareil, et hop, il filait chez lui. »

Mimile caresse la bouteille et fait signe de la tête que c'est dommage, « c'était vraiment un brave gars. Méritait pas ça, l'malheur c'était chez lui, y buvait tout seul ».

⁂

Loulou le crack devient Loulou l'ivrogne.

Et dans la petite église de Vallangoujard, face à son cercueil posé sous la statue de saint Martin, ils n'étaient pas tant à le pleurer : « On va pas plaindre un gars qu'avait tout pour lui et qu'a tout gâché, même si y a une histoire de bonne femme. »

Il est mal représenté Loulou. Les gros bonnets de la grande famille du trot jetaient un œil sur leur couronne pour pas qu'on puisse dire un jour...

— Vaut bien mieux qu'il les voie pas tous ces fumiers l'Loulou, y s'en retournerait dans sa tombe, dit un de ses bons copains lad.

Mimile Delaunay n'en rajoute pas, mais il fait partie de ses rares copains. Il a été le premier à confier son cheval à Loulou, lorsque celui-ci, dix-huit mois plus tôt, s'était décidé à arrêter de boire. « Ça faisait deux ans et demi qu'il avait pas gagné, explique Mimile, l'était dans l'trou. C'est pour moi qu'il a regagné sa première course. Y buvait plus qu'un machin à l'orange. »

Et ça lui faisait du mal à Loulou de pousser la porte du café. Tous les gars écrasaient le comptoir, clope au bec, bock en main, les gueules noircies par le mâchefer. Ils rigolaient tant et tant et Mimile ne lâchait pas les bouteilles car les gars n'étaient jamais désaltérés. Le Loulou surgissait doucement du nuage opaque, se plaçait au coin du bar et buvait son Tropico en essayant de ne pas reluquer les verres des copains qui racontaient toujours la réunion d'hier ou la nocturne à venir, sauf quand les wagons du RER débarquaient « les pouliches » de retour du bureau : « Regarde c'te t'chote blonde, j'la monterais bien à cru. »

Mimile venait à la rescousse et lui offrait ses jus d'orange. « C'était très dur pour lui, se souvient-il, car j'avais un paquet de clients qu'étaient déchirés complet ! Un jour en course, y drivait pour moi, les deux brancards de son sulky ont lâché. Il était neuf ! T'as qu'à voir ! Une fois, les commissaires l'ont fait souffler dans la pipette pour voir s'il était pas ivre avant le départ. »

Cadre chez Gérard Mascle, Francis Nolet connaît la musique de Loulou. Il a sa synthèse : « C'est un métier, si tu veux réussir, tu peux pas faire l'écurie le matin et l'après-midi. Si on te voit pas aux courses, on sait plus que t'existes. Alors, l'après-midi, tu te mets ton costard, tes jumelles sur l'épaule et tu vas te montrer à Vincennes. Tu montes sur les pinceaux des gens en leur demandant des nouvelles de leur cheval qui, justement, court demain. Faut faire la pute, sinon tu restes un quidam. Loulou était pas comme ça. Trop bon garçon. Tous les mecs qu'ont travaillé avec lui savent qu'il avait arrêté de boire. Un jour, dans une course, y a un mec qui lui a dit : "T'es encore bourré fi de garce !" Ça fait mal quand t'as arrêté. De toute façon, ça les aurait fait chier qu'un mec comme lui remonte à la surface. C'était la grande classe. Dès qu'y avait des fumiers d'bourrins que personne voulait monter, on allait chercher l'Loulou. Et y f'sait des merveilles. »

L'oraison funèbre terminée, le milieu est reparti dans les grosses caisses sombres en parlant foot. Michael Page, lui, a pressé le pas avec sur ses épaules un truc lourd qu'on pouvait pas voir. Tout seul, à pied, avec le dégoût dans la bouche pour l'empêcher de chialer. Il est retourné bien vite à Grosbois, dans sa pièce à côté des dix chevaux de Jean Muller dont il avait la charge avec Loulou, huit mètres carrés joliment arrangés.

Michael éteint la télé, et nous installe devant ses haricots fumants avec deux canons. Et il raconte : « On était comme deux doigts de la main, Loulou et moi. D'une droiture exemplaire qu'il était. Je lui avais proposé mon canapé, là, si jamais il avait quitté cette femme qu'il aimait tant... Chaque dimanche, il lui achetait des roses. Et pour moi qui lui faisait la tambouille, tous les matins un petit pain aux raisins. Pourtant, avant Monsieur Muller qu'était bien sympa et correct avec Loulou, y en avait eu un paquet de propriétaires qui le déclaraient pas, comme ce couple qui travaille au pari mutuel hippodrome, gagne quatre briques, et ne le payait pas. Ce matin des courses à Chartres, je lui avais fait ses crottins (nettoyé les litières), comme c'est lui qui drivait... oh, il était pas content ! Je l'ai charrié en lui disant qu'il aurait pas de petite négresse, vu que j'aurais bien aimé qui s'dégote une petite gentille. Il a ri comme y avait bien longtemps. Les chevaux de M'sieur Muller, il y croyait, le lendemain on devait aller acheter un sulky neuf. »

Le regard bleu de Michael se perd au travers des rideaux roses. Ça se mouille un brin au coin, et il dit comme pour lui seul : « Y buvait plus rien, rien qu'une bière le midi. Tenez... » et sa tête nous fait signe de regarder le pack de bières qui ne bougera plus de là, « moi, j'en bois pas... »

Loulou, c'était plutôt l'gars renfermé. Michael le sait bien, lui, qu'il était capable de pleurer. Et rien que de penser à ce qu'on lui a répondu dans les boxes, lorsqu'il a voulu faire une quête pour une couronne — « nous fais pas chier avec ça, on a pas le temps » —, ça lui donne aussi envie de pleurer. Mais, de l'autre côté du mur, y a un cheval qui gratte sa litière.

Derrière feu le café à Mimile, l'écurie « Vercruysse et fils entraîneurs » est encore debout. Sur la grille, une ardoise avec une inscription à la craie : « Louis Hanse. Pour une plaque sur sa pierre tombale, voir Claude ou Laurent ».

Claude Demié ne se fait plus d'illusions, il va falloir qu'il quitte Joinville : « Après Loulou, c'est la mort du cheval. Faut pas compter sur les gars bien installés pour rendre hommage à Loulou. Il avait fait un gros sacrifice, l'Loulou, hein ! les gars comme nous, qui c'est qu'aime pas boire un p'tit coup ? Alors lui. C'est con, mais c'est pas plus mal. Il aurait monté, quoi, encore dix ans. Sa vieillesse aurait été misérable de toute façon. »

***

En rentrant des courses de Chartres, Loulou avait ramené le cheval à l'écurie, dans son box de Grosbois. Puis, il a pris la 4L à sa cousine pour rentrer sur Joinville. Y avait du monde, bloqué qu'il était à 40 à l'heure. C'est d'en face que la 604 a quitté sa trajectoire, faisant de la 4L et de Loulou un magma d'écrabouillis.

Au cimetière, les gros du haut du panier, lorsqu'ils ont su que Loulou avait rien dans le ventre (une bière le midi) et que le conducteur de la 604 était portugais, ont dit de l'étranger : « Devait être bourré, chargé comme une mule, non ? » Lui aussi était à jeun. Y a plus de morale.

Il y a trois ans, Loulou, trente-huit ans, mais en paraissant quinze de plus, a joué son propre rôle dans un court métrage de Patrick Jan, « Lad », tourné à Joinville. Ses dialogues étaient les siens. Dans une scène, il repose les photos jaunies de ses victoires et dit au jeune lad épaté : « 500 courses de gagnées, ça représente des tours de piste... Allez, salut mon copain... »

9 octobre 1987

LE CHAGRIN GALOPE TOUJOURS APRÈS L'HENRIETTE ET L'ÉMILIENNE

Il était bien dans sa peau le Pépé. Huit cents kilos et pas un poil de graisse. Il savait tout faire, s'atteler à la charrue ou tirer la carriole chargée jusqu'au plafond de légumes. Il travaillait six jours par semaine pour ses deux patronnes, Henriette Chalmandrier et sa fille Emilienne. Pour leur plus grand plaisir et pour le sien.

C'était surtout l'Emilienne qu'était sa chérie. Que ce soit pour lui nettoyer son box, sa robe couleur chaume, ou tenir la charrue et lui susurrer des mots doux, elle était toujours à ses côtés. Le gîte et le couvert étaient sensas'.

A quatorze ans, la pleine force de l'âge, tout baignait pour Pépé.

— Dans le pays, tout le monde le connaissait et l'aimait. Il était souvent photographié par les gens, raconte Emilienne Chalmandrier avec un bel accent de la campagne.

On ne peut pas vraiment dire d'où il lui vient, cet accent, car Emilienne n'a jamais travaillé la terre ailleurs que là où elle est née : à Noisy-le-Sec, banlieue parisienne, sur les flancs de Montreuil et de Rosny-sous-Bois. « Son pays » comme elle dit, a depuis longtemps été digéré par le ventre de Paris qui se confond avec sa banlieue.

Les Chalmandrier mère et fille sont les derniers cultivateurs de Noisy, à quatre kilomètres à vol d'oiseau de la moderne Cité des sciences de La Villette. La mère s'y est installée en 1925. « Ah, c'était vraiment la campagne alors... et on a toujours été au cul des chevaux. »

Leur hectare de terre est à deux kilomètres de leur maison, à deux pas de la mairie, en bas de la colline de La Boissière : « On y fait tous les légumes de saison et on les vend trois fois par semaine sur le marché. »

Pépé était le seul cheval de trait breton de la zone Est. Il tirait, brave, la charrette avec tous les légumes venus de la terre qu'il labourait en bas du pays, ses larges épaules écrasées par l'ombre des HLM.

Mais par la faute de dix-huit vétérinaires qui n'ont pas daigné se déplacer pour tenter de le soigner, sa lourde silhouette a disparu du paysage, laissant la banlieue à sa triste destinée.

Emilienne Chalmandrier raconte.

Les coudes posés sur la toile cirée, sa mère, quatre-vingt-un ans, l'écoute, le visage baissé sur ses pognes terreuses. De temps en temps, elle lève son regard bleu aux paupières rougies et lâche, toutes rides rassemblées sur le pourtour des lèvres : « Des salauds ! Tous ! »

Un matin, il y a presque cinq ans, il pleut des hallebardes. La petite avenue Hoche, avec ses bicoques en briques, fait grise mine. C'est le vendredi qui précède le grand week-end de Pentecôte. Bah ! après tout, Emilienne peut se passer des services de Pépé aujourd'hui. Elle ira elle-même chercher ses légumes aux champs avec la voiture à bras. Elle n'a pas envie que son Pépé prenne froid aux reins.

Le soir, vers 19 h, la pluie cesse. Emilienne décide de sortir Pépé dans la petite cour, le long de la maison qui est aussi la sienne, histoire de lui faire prendre un peu l'air. Elle le trouve couché.

— Il soufflait bizarrement. Quand il m'a vue, il a voulu se lever. Mais il paraissait paralysé de l'arrière-main.

Depuis cinq ans qu'il travaille avec elle, Pépé n'a jamais été malade.

Emilienne le rassure et lui dit que, dans un quart d'heure, le vétérinaire sera là et que « tu verras, ça va aller ».

A 19 h 30, elle téléphone à son véto. Pas là. Elle appelle alors le commissariat qui lui communique le numéro d'un autre spécialiste. Celui-ci ne peut se déplacer et lui conseille d'appeler un confrère, lequel l'envoie paître chez un autre qui l'aiguille vers un confrère qui ne peut pas mais dont le confrère... ainsi de suite.

Dix-huit vétérinaires de la banlieue Est de Paris refusent de se déplacer, prétextant une surcharge de travail. Il y en a bien un qui accepterait de soigner Pépé, mais à condition qu'Emilienne apporte son malade ! Huit cents kilos de viande paralysée, c'est pas vraiment simple à trimballer par l'autobus... Alors, elle compose deux numéros d'urgences vétérinaires et tombe sur un répondeur qui lui dit que « les urgences ne sont reçues que le samedi et le dimanche ! »

Elle va à la pêche aux vétos jusqu'à Villecresnes et même du côté de Grosbois, le plus important centre d'entraînement de trotteurs de courses, au sud de Paris ; s'épuise en coups de fil désespérément vains.

A 22 h, elle tient son dix-huitième praticien, de Lagny. Nouvel échec. Le bonhomme lui répond qu'il a du monde dans son cabinet jusqu'à 23 h, qu'il n'arriverait donc pas avant minuit, que ça lui coûterait cinq cents francs (cinquante mille, dit Emilienne qui ne passera jamais en nouveaux francs) et que de toute façon, il doit se lever à 5 h du matin parce qu'il se sauve en week-end de Pentecôte...

Un ami des Chalmandrier tente jusqu'à une heure du matin de relever Pépé à l'aide de sangles. En pure perte.

– C'était pas des coliques qu'il avait, puisqu'y f'sait sous lui.

L'ami doit revenir le lendemain matin avec des jeunes de Noisy. Emilienne passe la nuit à faire la navette entre sa cuisine et le chevet du brave Pépé qui se débat, souffle, transpire et se tord de douleurs.

Arrivée à ce stade du récit, la voix d'Emilienne se casse et devient fluette comme le filet mourant d'une source, la gorge noyée par les sanglots qui secouent sa longue carcasse. A vouloir trop les retenir, elle explose en un cri douloureux : « A six heures, il était mort ».

Sa mère hoche la tête.

Et si ses yeux à elle sont simplement embués, c'est de voir sa fille aussi bouleversée cinq ans après : « Elle a fait une dépression nerveuse, et même maintenant, c'est pas fini. Dès qu'elle voit un cheval à la télé, elle coupe. Moi aussi d'ailleurs, depuis cet assassinat, je n'ai plus de ressort. »

Quand la mère et la fille vont à la foire agricole, elles évitent le coin des chevaux.

– La dernière fois, raconte Henriette, les pommettes étonnamment lisses alors que le reste de son visage est ridé comme la mamelle d'une vieille gnou, elle les a entendus hennir et elle est tombée en larmes durant deux heures et demie.

Pépé mort, l'attente d'Emilienne n'était pas finie. Les équarrisseurs, ça ne court pas les rues le week-end de Pentecôte.

– Il faisait chaud. Le cheval s'vidait de partout. Y sont venus quat'jours après avec une bétaillère et un tout petit treuil. Cette pauv'bête, ils lui ont cassé les pattes pour la tirer, elle s'vidait d'la gueule et d'partout...

Elle éclate en larmes à nouveau et son mouchoir ne peut plus rien essuyer. Noyée dans les sanglots, elle continue :

– ... Ils ont été la brûler à Nantes.

Et pudique, elle me tourne le dos pour chavirer dans son chagrin.

Elle a jamais eu d'homme, Emilienne. Mais y en a pas un qu'aurait pu l'aimer comme son Pépé. Et y en a pas un qui méritait qu'elle l'aime autant.

Ayant eu vent de ce drame, Brigitte Bardot alerta la SPA, laquelle conseilla à Mlle Chalmandrier de porter plainte contre les dix-huit vétérinaires et leur Conseil de l'Ordre, pour non-assistance à animal en danger.

Emilienne n'était pas trop chaude pour, vu que d'évoquer cet épisode ça lui occasionne bien du chagrin. Mais soutenue par les pétitions des voisins de Noisy et d'ailleurs, de la SPA et de la Protection du cheval, elle se jette dans l'aventure judiciaire. Elle ne veut rien pour elle. Dommages et intérêts, s'il y a, iront pour la recherche sur le cancer.

C'est une véritable aventure pour elle, car mercredi 23 mars, elle erre une heure et demie au tribunal de Bobigny, à la recherche de la salle d'audiences où doit être jugée son affaire. Or, ce 23 mars ne concerne que la procédure et la fixation du jour de la plaidoirie.

Dans la salle des pas perdus, les gens ne peuvent pas s'imaginer que cette dame sanglote parce qu'elle entend encore et encore le claquement des lourds sabots sur la route du marché. Et qu'elle voit toujours la bonne tête de Pépé, cadencée comme une horloge, exhalant de larges colonnes d'haleine blanche dans les petits matins frileux de Noisy, avec ses petits nœuds de couleurs qui tressautaient sur sa crinière.

Aujourd'hui, Emilienne ne veut plus de cheval. La mère et la fille travaillent la terre avec deux minuscules motoculteurs. Leur commerce, ce sont elles maintenant qui le tirent sur la côte avec la voiture à bras.

Depuis la mort de Pépé, rien n'a bougé. Sur le pas de la porte, il y a encore sa bride, entourée de roses en plastique et de bibelots de même facture. Dans le hangar, il y a la belle charrette du début du siècle. Le harnais, ses fers, le lourd collier de bois repeint chaque année, la graisse pour ses sabots, et sa paille, son foin, sa luzerne, le son qui venait d'un moulin de Stains. Dans le grenier, il reste encore une tonne de bonne paille éparpillée autour de vieilles armoires :

– J'en commandais cinq tonnes, dit-elle, épuisée.

Rien n'a bougé.

Le fumier dans le box est encore là.

Et devant ce box où Pépé aimait prendre l'air le jour de son congé, il y a la baignoire blanche qui lui servait d'abreuvoir.

Et ce sera ainsi jusqu'au dernier jour d'Emilienne.

Quand l'heure viendra, elle n'alertera personne. Surtout pas un médecin. Bien trop pressée de rejoindre Pépé.

1er avril 1988

CORRIDA, CHEVAL À VAPEURS

Le printemps est coupable de grands chambardements émotionnels. Parmi les plus sensibles à cette saison, les pouliches de pur-sang. Les effluves printaniers peuvent anéantir de longs mois de travail et d'espoir. Combien d'entraîneurs ont déchanté après les contre-performances de pouliches à l'esprit enrobé de douces rêveries ? Prenons l'exemple de cet entraîneur fictif, Johan-Henri de la Motte-Beuverie, et de Tartine, à la veille de sa grande course. Il arbore un souriant dentier nicotiné et, entre deux bouffées de havane, dit à qui veut l'entendre : « Demain, Tartine, va se promener ». Et quand la Tartine en question pose ses sabots vernis sur le pavé du rond de présentation, le public est subjugué par son insolente beauté.

Ses naseaux en éventail frémissent à la brise chargée d'affolants parfums. Bien plantées sur la nuque, ses oreilles finement ciselées sont attentives aux moindres gazouillis forestiers. L'œil rond et curieux bordé d'un trait de khôl est vif, intelligent. Au-dessus de son poitrail moulé de sillons que sa marche fait se faufiler comme des ruisseaux, plus féminine que jamais, érotique en diable, elle tend vers l'azur son encolure aux crins nattés et colorés. Secs et fins, ses membres clochent le pavé, et ses reins, sa croupe ample, prennent ce mouvement léger et indolent des grands félins gagnant le marigot. Ce mouvement nonchalant est accentué par les caresses en rythme régulier du panache sombre sur ses cuisses épanouies. Le cuivre, le cacao brûlé et l'ocre de sa robe miroitent au soleil. Les connaisseurs diront qu'« elle a fleuri ».

Mais déjà, les signes d'une extrême légèreté annoncent un proche déclin. Sans prendre garde au moelleux de la chose, Tartine se laisse engourdir par le picotement des rayons solaires en ses reins. Au plus profond de son émoi, elle commence à percevoir les sollicitations torrides d'une après-midi de course printanière. Les résonances du public, le chant joyeux des oiseaux, le hennissement d'un entier entraperçu dans l'ombre et l'émeraude des sous-bois, lui font sécréter ce liquide tiède, qu'on s'imagine volontiers sucré et qui affole son intimité. Son œil zoome sur un mors trituré par une bouche dont le coin, moussu de bave, a le rictus de la nervosité ; sur une épaule ondulée de muscles striés d'écume ; avant de s'attarder languissamment sur la croupe qui danse devant ses paupières mi-closes. Et lorsque des écuries lui parviennent les effluves chargés de sueurs des précédents pelotons, sa vulve s'entrouvre tandis que sa queue fouaille sans répit sa croupe amollie.

Durant la course, encerclée, pressée, bousculée par tous ses congénères désirés, elle s'étiole de plus belle. Et quand dans la ligne droite son jockey, contrarié de la voir si peu sémillante, la frappe de sa cravache, Tartine offre à sa croupe l'iris des tourbillons de sa queue.

Pour justifier la contre-performance aux propriétaires, Johan-Henri de la Motte-Beuverie explique qu'elle était « sous l'influence de son sexe », tandis que son jockey, dépité, crache un « c'est une pisseuse », en cinglant ses bottes de sa cravache en signe de dégoût.

*
**

La plus fantastique « pisseuse » de l'entre-deux-guerres appartenait à feu Marcel Boussac. Née en 1932, Corrida avait une robe d'un alezan brûlant, doré comme les blés. Au soleil, elle était un véritable lingot d'or aux reflets abricot. « Alezane aux crins lavés », diraient les hippiatres. C'est-à-dire que son toupet, sa crinière et sa queue étaient presque blancs, plus exactement blond clair, donnant une impression de fils de soie argentés. Une bouille à croquer : bien ouverte au niveau du front, ronde dans son ensemble, au chanfrein busqué, affiné vers la bouche et les naseaux. Une large liste en tête, obligatoirement blanche, peignait de farine ses naseaux et ses lèvres. Plus communément, cette particularité se nomme, « boire dans son blanc ».

Corrida débute en plein mois d'août de ses deux ans à Deauville et gagne le prix Yacowlef avant d'enlever le classique prix Morny. Puis, elle est battue dans le Grand Critérium à Longchamp avant de subir une défaite contre ses aînés dans le prix de la Forêt.

Mais Marcel Boussac ne s'en inquiète nullement. Elle est si brillante et supérieure au reste de son cheptel, que le roi du textile l'envoie à l'aurore de ses trois ans en Grande-Bretagne afin qu'elle se prépare au mieux aux deux épreuves printanières : Mille Guinées et Oaks d'Epsom. Elle est méconnaissable à chaque fois. Son entourage la qualifie donc de « pouliche d'automne ».

Arrive l'Arc de Triomphe en octobre. Elle termine à la troisième place juste devant le grandissime favori, le crack du baron de Rothschild, Brantôme, lequel, complètement subjugué par la belle épicée de Marcel Boussac, refuse, malgré les sollicitations musclées de son jockey, de la dépasser, les yeux collés sur l'arrière-main de Corrida. Cette heureuse orientation de Brantôme lui vaut son ticket d'entrée au haras, puisque, apparemment, les joies de la compétition lui en apportent d'autres...

En course, la tactique de Corrida consistait à galoper près des leaders. Elle donnait toujours l'impression d'aller bien mieux que ses adversaires, mais ne parvenait plus à vaincre. Manquait-elle de pointe de vitesse comme son père ? Son jockey, Elliott, donna sa version : « Ce n'est peut-être pas la vitesse qui lui manque mais la tenue. »

Pour le Grand prix de Marseille, on appliqua une autre tactique, celle employée pour sa mère Zariba : attendre en queue de peloton, déboîter à mi-ligne droite pour gagner. Au printemps de ses quatre ans, malgré cette nouvelle tactique, elle se fit battre deux fois. Fin mai, elle se présenta au départ du prix Prince de Galles, complètement exacerbée, le corps en eau, refusant de se placer face aux élastiques de départ, avec des mines de star. Devant son cinéma, le starter émit un jugement : « Elle n'en veut plus, Boussac devrait l'envoyer au haras. »

C'est à partir de cette critique que Corrida va remporter ses plus retentissantes victoires. A commencer par le « Prince de Galles », dans un finish étourdissant. Puis le prix d'Hédouville à Chantilly, les Hardwick Stakes en Grande-Bretagne, le Grand prix de Saint-Cloud, le Grand International à Ostende, l'Arc de Triomphe et le Grand prix de Marseille. Un palmarès éloquent qui lui permettait de rejoindre le haras.

Boussac en décida autrement et la conserva une année supplémentaire à l'entraînement.

Au printemps de ses cinq ans, excepté une victoire dans le Grand prix du Temblay, Corrida enregistra cinq défaites. Les plus farouches de ses admirateurs l'injurièrent. Du coup, elle remporta un deuxième Grand International à Ostende, le Grand prix de la capitale du Reich (on est en 1937) à Berlin et l'Arc de Triomphe pour la seconde fois. Un exploit jamais réalisé par le sexe féminin en plus de soixante ans d'existence de la célèbre épreuve.

Corrida put enfin goûter pleinement aux joies du printemps. Astérus fut son premier amant. Amoureux transi, l'étalon l'engrossa de jumeaux, mais Corrida avorta. Puis le gris Mahmoud lui donna une fille, modeste sportive. Enfin, le sire « en chef » de Fresnay-le-Buffard, l'un des haras de Boussac, le sombre et fougueux Tourbillon, lui donna Coaraze, futur vainqueur des prix Morny, Jacques le Marois et Jockey-Club.

En Normandie, nombre des voisins d'élevage de Corrida furent réquisitionnés en 1940 par les Allemands : les étalons Mon Talisman, Clairvoyant, Brantôme et le légendaire et invaincu Pharis. On ne revit jamais les deux premiers. Les deux autres furent récupérés après la guerre.

Alors que Corrida et sa compagne Thaouka broutaient tranquillement le long d'une haie vive dominant un sentier encaissé, des soldats allemands fatigués par leur retraite, s'emparèrent d'elles et s'en furent sur leur dos par les chemins, vers l'Est. C'était en 1944. La belle Corrida (record de gains à l'époque : 223 210 dollars), ne revit jamais sa terre natale. Malgré les recherches et la promesse d'une récompense de 100 000 francs, on ne la retrouva pas.

Thaouka fut découverte une dizaine de kilomètres plus loin, dans une ferme abandonnée, une épaule blessée.

L'involontaire reconversion de Corrida dans l'armée lui a certainement valu de recevoir une bombe ou un obus sur son si affriolant corps de déesse, sujet aux appels du printemps.

Peut-être, elle dont les élans amoureux étaient wagnériens, est-elle devenue la Loreleï des célèbres chevauchées des Walkyries ?

7 mai 1988

LES TROUS À RATS

Depuis trois ans, le PMU enterre l'image vieillotte d'une maison gérée en famille et multiplie les efforts pour devenir une entreprise dynamique et moderne. Mais dans son élan ambitieux, il est en train d'ensevelir quelques milliers de clients. Ceux-là mêmes qui hantent quotidiennement les agences dites « course par course ». Les « course par course » (CPC dans le langage PMU) sont des salles en sous-sol où l'on joue aux courses. Ghetto des paris, cour des Miracles des joueurs.

Ils sont des milliers à se retrouver chaque jour, en majorité composés d'émigrés de tous les horizons, de petits vieux retraités et d'invalides. Mais, soucieux de restaurer son image pour conquérir les franges plus « nobles » de la société et d'attirer à lui la grande masse « argentée » des cadres, le PMU veut se débarrasser des CPC et de leurs clients pas assez reluisants. Rencontre avec les derniers survivants.

Monique Mercier ne bouge plus. Semble ne plus respirer. Seules ses mains, aux ongles vernis, se frottent doucement, l'une contre l'autre. Son *Paris-Turf* plié, annoté, repose sur ses genoux. Il y a longtemps que son jeu est fait. Depuis le matin. Comme toujours, elle a déposé ses dix francs à l'instant où le résultat de la course précédente tombait. Cet instant où les autres clients gémissent, trépignent, accusent et vitupèrent. Alors, elle tire sur son pantalon orange et se lève. A petits pas, chaussés de claquettes, elle gagne les guichets, son journal étreint, le cœur battant, un foulard de mousseline bleu ciel au cou. Puis, elle revient à sa place, ticket en main. Elle le déchiffre, pas d'erreur, c'est bien son jeu. Droite et coquette, elle se rassoit et attend sans bouger.

Quand le micro annonce, « Départ ! Arrêt des paris ! », la tension atteint son apogée devant les guichets. Les plus fragiles s'extirpent de la masse de corps compressés le long des grillages protégeant les guichetières. Les plus forts se tailladent les pupilles à coups de reflets de lames de couteau. L'angoisse est de ne pas avoir le temps de jouer. L'un d'eux, rictus de loup, agresse la guichetière :

— Salope, putain, c'est d'ta faute si j'ai pas pu jouer, ça fait dix minutes que j'ti demande mon jumelé, s'pèce d'ordure !

Pas démontée, la guichetière répond :

— Tu restes poli avec moi, ça te fera pas de mal et ça te permettra peut-être de jouer la prochaine fois.

— Salope, raciste, hurle l'homme en secouant le grillage, j'te crève le ventre en sortant !

L'employée du PMU est livide :

— Ça suffit, tu veux que j'appelle les flics ?

« Son » client lui crache à la figure. La preneuse de paris utilise toute sa salive pour ne pas être en reste, mais le client ayant déjà tourné le dos... c'est un tout petit bonhomme étudiant son journal à l'aide d'une loupe qui reçoit le jet sur son crâne chauve.

Au 36 de la rue Charcot, dans le sous-sol du « course par course », c'est un jour comme un autre. La salle (20 mètres sur 5) est pleine. Aux murs, quelques affiches d'« interdictions ». Leur « fraîcheur » fait croire qu'elles obstruaient jusqu'alors les hottes d'une vieille friteuse. Pendus en hauteur, de déprimants écrans de télés annoncent cotes et rapports (transmis de l'hippodrome par téléphone et glissés sous l'œil de la caméra à l'aide de cartons : « Chevaux sous les ordres ; départ »).

Chaque jour l'atmosphère est ainsi : lourde, agressive, suintante, glauque et gluante à la fois.

« Les rats », surnom de la clientèle, se montent dessus, noyés sous une épaisse fumée de clopes. La plupart sont debout (les bancs, style cellule de commissariat, sont rares) ou assis à même le carrelage souillé, journaux en main, scrutant les écrans noir et blanc où sont affichées les cotes des partants.

Sur son banc, Monique Mercier attend, anxieuse, l'affichage de l'arrivée de la « dernière » à Longchamp. Deux hommes l'encadrent. Courbé en avant, celui de droite a le regard perdu sur le sol pisseux. Celui de gauche n'est pas plus épais qu'une gaule. Malgré sa cravate, le col de sa chemise jaunie jusqu'à la corde laisse un espace de deux centimètres à son cou. Son visage est verdâtre. Il porte chapeau, lunettes éclaboussées de projections alimentaires, moustache, et complet élimé. Le tout est gris, sombre... très vache.

Compressée, Monique Mercier reste droite, indifférente et impalpable. Les guichetières font les comptes. Certains clients sortent. Les résultats provoquent une clameur. Les plus craintifs restent à l'air libre, préférant questionner les perdants qui sortent. Ils regardent alors, hébétés, leur journal ou demandent comme des enfants, « et le sept, qu'est-ce qu'il a fait », chose impossible à savoir ici. Des Africains retardataires arrivent. Ils plongent la main dans la poubelle, en ressortent un *Paris-Turf* froissé, celui des perdants des premières courses.

Monique Mercier lâche un soupir, se lève et gagne la sortie centimètre par centimètre en levant son regard bleu triste vers l'écran où sont affichés les résultats. Elle traverse la rue Charcot et rentre au Franprix. Hésitante, il lui faut près d'une heure pour choisir un litre de vin à 5,95 francs, un quart de litre d'eau et une boîte de conserve. Au rayon primeur, elle soupèse longuement légumes, fruits, et lit les prix. A chaque fois, sa main retombe comme exténuée. Elle revient devant les raisins blancs, manque d'arracher une rondeur de sucre, mais se sachant observée, se ravise. Puis, après avoir acheté *Paris-Turf* et s'être attardée longuement à la devanture d'un fleuriste à humer et caresser les fleurs, elle rejoint dans la nuit son logis rue de Patay.

Des CPC, tel celui de la rue Charcot, il y en a six à Paris et sept en banlieue[1].

A Clichy et rue du Faubourg-Saint-Martin, on a instauré un droit d'entrée de 15 francs. Barrières, portes blindées, avis que « Toute sortie est définitive ». Et les fidèles de l'impasse de la Défense ont préféré pour la plupart émigrer en un périple quotidien vers la rue Charcot ou la rue Vandamme.

Entre l'avenue du Maine et la rue de la Gaîté, le CPC de la rue Vandamme est écrasé par les immeubles. De Montmartre, Mme Yvonne, copine de Lucette, y vient tous les jours. Son homme vend des cacahuètes à l'entrée. Yvonne c'est la ponette du trou à rats. Moins d'un mètre vingt au garrot, une seule dent aux gencives, un semblant de ficelle mouillée pour lèvres, une bouille écrasée de patate humide. Engoncée dans un manteau, elle s'assoit au fond avec sa pote, « y a trop de courants d'air à côté de mon mari », ses petites bottines roses de môme et ses gros bas de laine gris à cinquante centimètres du sol. « Je suis connue ici, j'ai mes copines, on bavarde, on passe le temps. Lucette joue, moi pas, c'est pas avec ma retraite que je pourrais, alors je regarde le jeu. Et puis j'en vois trop perdre. »

Elle dit aussi avoir vu trop de ses copains finir clodos, et certains mourir. Le dernier y a pas si longtemps que ça : « Il buvait. Il s'était couché dans le caniveau. Au petit matin, un camion s'est garé sur sa tête pleine de pinard. Il en avait tant bu qu'on en a retrouvé jusque sur le plafond de la cabine du bahut. » Yvonne nous dit qu'elle est connue dans son pays à Strasbourg.

– Vous êtes Alsacienne ? s'étonne-t-on.

– Non, de Strasbourg-Saint-Denis. J'étais la madame pipi du course par course de la rue Vertbois.

Au-dessus de la clientèle, accrochés aux câbles et assoupis, des pigeons au plumage défait défèquent.

Yvonne, la naine chérie par tous, conte son dernier anniversaire, cinquante-sept ans : « C'était aussi celui de ma sœur. J'ai été la voir avec une rose. Lorsque je suis arrivée, elle était en train de mourir. Les pompiers lui enlevaient son dentier. Le temps de descendre les quatre étages jusqu'au camion du Samu, elle était morte. C'est pas marrant d'avoir de petites jambes », confesse-t-elle en caressant tendrement le revers de veste de son interlocuteur.

Soudain, la police arrive et fait sortir tout le monde. Alerte à la bombe ! Les commentaires vont bon train : « Qu'est-ce qu'ils peuvent bien en avoir à foutre que trois cents connards sautent ? »

Dans le temps, c'était deux représentants des forces de l'ordre qui assuraient la surveillance des lieux. Jugés trop peu motivés, le PMU décida de les remplacer par une agence spécialisée. « Ce sont les Yougoslaves qui assurent maintenant la surveillance. En général, il suffit qu'ils distribuent deux claques à un type, et celui-ci garde la chambre une semaine », explique la direction du PMU. Leur présence dans ces bas-fonds éviterait les coups de couteau de jadis.

L'intermède de la bombe permet de gagner le bistrot voisin, le Vandamme, l'antre de Mme Denise, dont le tour de taille, gigantesque et similaire au tour de cou, n'a d'égal que sa verve. Tout est agencé comme elle l'entend.

Les cinq petites tables décorées de plantes et les chaises renversées contre, interdisent que l'on s'y attable. Les clients se pressent au bar, bercés par les chansons de la patronne, « la digue du cul, je bande mon arquebuse... » Elle rit, effroyable, car, de ses protubérances de chair aux verres sur le comptoir, en passant par l'ensemble du bar et le fourre-tout hallucinant qui s'y trouve, tout tremble. La porte des WC s'ouvre avec une odeur d'urine si forte que les yeux pleurent. « Range ça, espèce de mal élevé », tonne Mme Denise. A la porte des WC, le « pissoteur » n'a pas remballé son « robinet ».

Comme à chaque course, Angel, s'empare du tabouret, commande un baby en relevant les pans de sa veste, attrape le téléphone et compose le numéro du commentaire en direct des courses.

Très pro, Angel. Mesurant pas loin de deux mètres dans son costume cintré-cravate, il force le respect. Regard canaille, sourire carnassier, il trifouille constamment des liasses de billets de banque. Il vient tous les jours et nous la joue patron doré optimiste : « J'ai une entreprise à côté, des gens travaillent pour moi. » Des gros coups, il en touche régulièrement, dit-il, mais s'il est perdant au bout du compte, « c'est que j'ai beaucoup d'argent pour jouer ». Il se dit aussi copropriétaire d'une écurie de courses, et avoue ne pas être indisposé par ses voisins de jeux, « je suis grand et carré alors ils se frottent pas à moi, mais ce serait pas mal si le PMU changeait le standing », puis, désignant un comparse, « lui, il vous en apprendra. Il touche une brique et demie de retraite. Le 2 du mois, il n'a plus rien en poche ».

Et puis, dans le tas de mythos, il y a Daniel Théron, dit Gavroche, « tu dois me connaître, Théron ? c'est mon oncle. Et Legrix, le jockey, c'est mon cousin. Aujourd'hui, je lui ai téléphoné pour dire que je pouvais pas venir. J'ai mis cinq cents balles sur lui, on peut pas faire moins ! Pas eu de chance, faut bien que la neige tombe, hein ? Moi j'ai jamais bossé. Là je suis garde du corps d'Hallyday et de Goldman. Avant je m'occupais de Coluche ». Il cherche une preuve dans son larfeuille, en vain, alors il montre ses mains, « attention, full-contact. Tiens j'te montrerai chez moi à Meudon, j'ai une coupure de *l'Equipe*, vice-champion d'Europe ». Mais quand la mère

Denise l'agresse à propos d'une broutille, « qu'est-ce que tu vas faire toi, casser mon bar, rigolo va ! », en poussant un rire haineux proche du rugissement, il s'écrase et ricane jaune, « ha salope de poufiasse, tiens paye ton rosé ! » Il a des pattes viriles aux joues, de vieux tatouages aux bras et, une coquille noire sur l'œil droit, « on m'a tiré dessus y a un an et demi. Un mois et demi d'hosto ». Et si vous poussez la curiosité de savoir par où la balle est sortie, sachez qu'elle lui est restée dans la tête.

La police se retire. On réintègre le trou. Les guichetières sont ravies du break. L'une se fait porte-parole de ses collègues, « la direction du PMU ne veut pas que nous parlions à des journalistes ». Malgré tout, « lorsque les clients se jettent comme des bêtes pour jouer, nous n'avons pas peur. C'est l'habitude. Peinées pour eux ? Sûrement pas. Leur misère ils la veulent bien puisqu'ils jouent. On se demande où ils trouvent l'argent. Chômage, retraite ? Il y en a plein qui sont sympas comme ce groupe d'Antillais qui se retrouvent vers seize heures et qui rigolent fort. C'est bien de voir des gens heureux ici ».

Les dimanches, il y a un plus : un poste de télé retransmet en direct la course du tiercé. Cinq cents personnes sont pressées devant et hurlent tout au long de la ligne droite. Constantin est là. Avec sa bosse, ses lunettes, sa vue basse, son vieil imper, son sac plastique bourré de pages de tiercé froissées, et sa paranoïa indélébile. Ils sont une dizaine à le taquiner. Les agresseurs se cachent derrière le rideau touffu des clients et lui tirent son sac, lui lancent des journaux en boule sur le crâne. Constantin a peur. Il sursaute à chaque aiguillon et hurle d'une voix plaintive : « Ne me touchez plus ! N'approche pas, non pas toi, non, non, je veux pas. Faites quelque chose, ces salauds, ils veulent me tuer. Partez, chiens pourris. » On lui fait louper ses enjeux. Malgré sa folie, cela paraît évident qu'ils vont finir par le tuer. Et son regard est celui d'un animal traqué.

L'un de ses démons n'en peut plus de rire : « Ha oui !

Je rigole, qu'est-ce que tu veux faire d'autre ? Je viens ici pour rigoler. » Et les pigeons se vident de leur diarrhée.

Il y a photo à l'arrivée. Un immense et longiligne Africain en boubou fait les cent pas avec une mine recueillie. Avec un sourire malicieux, un Maghrébin lui demande : « Eh, marabout, ça va être quoi l'arrivée ? » Le marabout n'interrompt pas la cadence de ses baskets. L'interlocuteur insiste, « t'es bien marabout, tu devrais savoir ». La réponse cingle : « J't'emmerde ! »

Le dimanche, Monique Mercier ne regarde pas le tiercé à la télé. Elle préfère aller au CPC, « je m'ennuie moins et puis je fais des économies pendant ce temps, je coupe le chauffage ».

Pour brosser la clientèle des CPC, les gens du quartier parlent de racailles, de Noirs, Jaunes, Arabes, Yougos, Portos. Les petits retraités du trou aussi, parfois. Les videurs sélects de l'agence spécialisée également, « c'est le sida là-dedans. Faut surtout pas leur serrer la main ».

Mais dans ces décors sombres malgré des néons crus à vomir, ils sont tous gris, avec au fond des yeux usés cette sublime beauté, un désespoir sans nom, que ne peuvent connaître les petits épargnants. Ils ont beau serrer leurs guenilles, échanger à demi-mot dans un langage d'initiés leurs certitudes qui sont autant de craintes, ou s'encraber de biais pour mieux s'isoler au creux des escaliers où l'on crache, ils ont tous les tics nerveux de ceux qui courent après une chimère. Chimère représentée — car elle sort d'un écran opaque sous forme de numéros — par des jockeys soudés à des chevaux et qui, à Longchamp, Vincennes ou Auteuil, n'imaginent même pas à quel point ils maintiennent ce public la tête sous les égouts.

Un jour de semaine, Monique Mercier a gagné 20 000 francs (anciens). Ça lui a payé sa note de gaz et elle a pu, le dos plus droit que d'habitude, faire ses courses aux étalages des commerçants du quartier. Le luxe quoi.

8 juin 1988

1. Le PMU loue ces salles à des particuliers. Elles ont été créées après la guerre pour les gens qui ne pouvaient se rendre sur l'hippodrome. Dorénavant, le PMU veut enterrer ces « trous à rats » qui salissent son image et « troublent le voisinage ». Il n'y a pas si longtemps, bonneteurs et prostituées aimaient bosser à la sortie. La préfecture de police s'est appuyée sur ce constat pour tenter la fermeture des CPC. Souvent situés dans des rues obscures de Paris, certains ont été fermés (rue du Vertbois ou Notre-Dame-de-Nazareth, Traversière, de Lancry, de la Fidélité), suite aux plaintes de voisins auprès des députés. En son temps, celui de la rue Vivienne voyait affluer une clientèle plus « sérieuse ».

Depuis, on élabore des CPC à l'ambiance bourgeoise ; le Horse-Club, au fond d'une galerie des Champs-Elysées, dont Bernard Campaux, le pronostiqueur à RMC, est l'un des actionnaires, est un exemple. Droit d'entrée : 40 francs, enjeux minimum : 100 francs. Des tarifs qui font rebrousser chemin aux « indésirables ». Selon le PMU, le chiffre d'affaires du Horse-Club, avec une centaine de clients par jour, est de loin le meilleur. Ceux de la rue de Clignancourt et de Clichy (impasse de la Défense), avec six fois plus de clients, font à peine le sien.

Mais l'avenir sera encore plus chic. Bientôt, c'est cent cinquante *course par course* ou BEP (Bureau d'enregistrement prolongé ; dans ce cas le personnel est rétribué par le patron du café) qui seront reliés par satellite. L'image, le son et le texte, émis de l'hippodrome, illumineront ces nouveaux CPC. Comme pour l'hôtellerie, il y aura plusieurs catégories. Pour vous donner une idée, le Horse-Club n'est pas sûr de mériter une étoile, alors que l'échelle de cotation en comporterait quatre.

A Saint-Quentin dans l'Aisne, on expérimente à l'Olympic Bar trois formules en une : « le club, le confort et le tout venant ».

« Pourquoi donc obliger des gens qui ne se ressemblent pas à se côtoyer, explique le directeur du PMU, plutôt que de nous priver d'une clientèle aisée et les priver d'un plaisir, nous allons leur proposer dans un proche avenir des endroits où jouer, avec des services payants, appropriés à leurs goûts. » Pour l'heure, les CPC représentent près de 10 % des enjeux totaux.

TIDALIUM PELO, LE « DIABLE NOIR » ET SES BONS DIEUX

Tidalium Pelo, dit « le grand diable noir », a vingt-huit ans, ce qui, humainement, équivaut à un octogénaire bien frappé. Au haras du Relais-Joly, coquette écurie coincée entre une nationale et une rue de Longué-Jumelles (Maine-et-Loire) — sa retraite depuis douze ans —, le champion attend l'indésirable moment. Creusant sa chair, la mort admire ce brave qui lui a déjà tant résisté. Flancs sucés, os de la croupe en portemanteau, dos ensellé, garrot en arête, face charbon piquée de ladre et poils blancs de vieillard qui lui font autour des yeux deux cocards de neige attendrissants. Ses grands yeux aux reflets bleuis conservent l'éclat patiné d'un bois fraîchement verni.

Vainqueur de deux prix d'Amérique, Tidalium n'a jamais eu la notoriété de Une de Mai, Roquépine ou Bellino II, trois cracks qu'il a pourtant précédés en diverses occasions. Si les deux derniers cités ont remporté trois prix d'Amérique consécutifs — ce qui explique en partie leur popularité —, Gélinotte, Jamin, Ozo, Idéal du Gazeau (tous auteurs du doublé) se sont attiré un capital de sympathie bien supérieur à notre tendre vieillard.

A l'inverse de Une de Mai ou Roquépine, Tidalium Pelo n'appartenait pas à une casaque classique. Son surnom de « diable noir » ne l'avantageait guère. Il le tenait de sa robe sombre, à peine adoucie par une tache blanche au front, et de cette formidable énergie qui lui permettait de vaincre les favoris du public.

Dur à cuire, Tidalium Pelo a remporté, à l'instar de Bellino II, les plus belles épreuves, tant au monté qu'à l'attelé. Haut du garrot, le poitrail balèze, tous le craignaient dans un peloton où sa masse luisante comme du charbon, ses antérieurs coloriés de bandages blancs et sa tête coiffée d'un bonnet rouge, qu'il tenait dressée au « plafond », ne passaient jamais inaperçus. « A croire qu'il a la mort aux trousses », disaient les turfistes en le voyant remonter ses adversaires, les allures avides d'espace. Cet « abattage » redoublé lui venait peut-être de ce jour glacé où un lugubre baiser glissa tout au long de son échine.

Mars 1969. Après une campagne italienne éprouvante, il se trouve bloqué à la frontière du côté du mont Blanc, dans un wagon postal, en compagnie de Roc Wilkès. La nuit, le thermomètre descend en dessous de zéro. Les deux chevaux sont enfermés avec leur lad, les douaniers ayant scellé et plombé les portes. Durant plus de vingt-quatre heures, Alain Blu, le compagnon de Tidalium, va s'efforcer de remonter le moral de son champion, sans cesser, après l'avoir recouvert de toutes ses affaires personnelles, de le frictionner pour qu'il ne meure pas de froid.

De retour à Joinville-le-Pont, Roc Wilkès tombe à genoux et meurt de fatigue. Tidalium tourne également dc l'œil. Révolté, son lad alerte tous les vétos du coin et sauve son ami d'une mort assurée. Tidalium n'est pas du genre à oublier autant de dévouement. Alain Blu témoigne : « Après ce drame, il ne m'a plus regardé de la même façon. Il me couvait d'amour et n'avait confiance qu'en moi. Avant une course, ou lorsqu'il partait à l'étranger, il était assez nerveux. Je faisais tout mon possible pour le décontracter. Je le régalais de carottes, je l'embrassais et, une fois remis en confiance, il calait sa tête sur mon épaule. »

Alain Blu est allé visiter son Tidalium au haras, après quinze ans de séparation. Le « grand » était dans son paddock. Alain s'est approché et l'a appelé. Aussitôt, le sombre étalon a levé la tête et s'est précipité vers le visiteur, retrouvant rapidement de la tête le chemin de l'épaule confidente.

« J'étais sur les fesses, raconte Albert Roumy-Goujon, patron du haras du Relais-Joly, protecteur de Tidalium, et témoin de ces retrouvailles. Car d'habitude, cette marque de tendresse m'était exclusivement réservée. Il était évident que le cheval ne l'avait pas oublié. Je ne voudrais pas passer pour un émotionnel, mais ça nous a tous retourné les sentiments et y avait quelques paires d'yeux mouillés. »

Alain Blu partage les mêmes frissons : « Lorsque vous m'avez appelé chez moi, j'ai cru que c'était fini pour Tidalium. J'ai été angoissé pendant vingt-quatre heures. Celui-là, il m'aura fait pleurer toute ma vie. » Alain Blu a l'impression d'avoir passé une vie accroupi aux tendons de l'animal : « Après ses courses, je restais jusqu'à onze heures du soir à lui doucher les tendons. En dehors des moments passés à l'entraîner, à le balader, à le brosser, à lui tenir compagnie, je passais le plus clair de mon temps à nettoyer, rouler, poser ses bandages ; à le masser, le baigner, lui appliquer de l'antiphlogistine. »

Membres fragiles, épargnés à force de tendresse et de piété. « Vous savez, on est obligé de garder des secrets. J'en étais fier. C'était phénoménal de le voir trotter. Une mécanique. S'il n'avait pas eu de problèmes aux jambes, il aurait certainement gagné quatre ou cinq prix d'Amérique. »

Selon « sa nounou », s'il n'a pas été aussi populaire qu'Une de Mai, c'est à cause de son entraîneur, Jean Mary. « Mon patron n'était pas commode. Il ne voulait pas qu'on embête le cheval. Il se foutait des médias et ne se gênait pas pour le faire savoir. »

Albert Roumy-Goujon a donc remplacé Alain Blu auprès de Tidalium. Copie conforme de générosité. Nous discutons dans le double box du champion, en sa compagnie, le bonhomme n'arrêtant pas de lui envoyer des coups d'œil, traquant un éventuel désaccord : « Lorsque je pars un peu trop longtemps, il me sent revenir dès que je suis à deux kilomètres de son box. Là, il hennit, excité, jusqu'à ce que je sois à ses côtés. Il a sailli, en prenant tout son temps, jusqu'en 1989 », explique-t-il, aussi fier que s'il s'était agi de sa propre virilité. « L'an dernier, j'ai refait une tentative sur une bonne jument qui m'appartient. Pour ce qui est d'enverger, il n'y a aucun problème. Mais ses jarrets ne supportent plus son poids. Sur la croupe de la jument, nous étions quatre à le soutenir. »

Malheureusement, cette ultime saillie n'a donné aucun poulain. Le vieux sire est devenu stérile. Il n'empêche que Monsieur Albert l'utilise comme souffleur : « Il n'a pas son pareil. Il détecte en quelques secondes une jument prête à la saillie, même celles qui ruent dans tous les coins. »

Monsieur Albert a hérité de Tidalium trois ans avant le décès de Roger Lemarié, propriétaire du champion : « Monsieur Lemarié avait eu une attaque et, craignant de ne plus pouvoir s'en occuper, il me l'avait confié, le cœur gros. Tidalium et moi, on s'est lié d'amitié. Il est attaché à moi comme un chien. Un jour, je suis parti en vacances. Mon fils m'a rappelé au bout d'une semaine car Tidalium se laissait mourir. Il avait eu un gros coup de chagrin. »

Le paddock du cheval est devant la maison familiale, au pied d'un calvaire, près d'un saule pleureur doré. « Il ne veut pas nous quitter. J'ai essayé plusieurs fois de le mettre au pré, à deux kilomètres de la maison, mais il reste au milieu, tête basse, sans brouter. Il s'est même sauvé une fois pour revenir au haras. »

La charge de Tidalium n'a jamais rapporté de bénéfices financiers à Albert Roumy-Goujon. Rien que du bonheur. Il se dit drôlement riche et il craint comme la peste l'instant où le grand diable noir ne se relèvera pas pour lui souhaiter bonne nuit, comme il en a pris la trop bonne habitude.

11 février 1991

GUY AUX PIEDS DE CHICOU LE MAL SABOTÉ

L'histoire de Chicou, quatorze ans, commence dans l'Aveyron. D'une sociabilité peu commune, c'est alors un jeune poulain tout noir, en parfaite santé, qui se laisse monter par son maître, Robert, et les amis de ce dernier. Guy Morin, chauffeur de taxi la nuit à Juvisy-sur-Orge, dans l'Essonne, est le meilleur pote de Robert : « C'était plus qu'un frère. On a été routiers ensemble durant vingt ans. » Et lorsqu'il apprend que Robert crache du sang, le chauffeur de taxi descend dans l'Aveyron pour recueillir à temps ses dernières volontés.

Fidèle aux vœux de Robert, Guy ramène Chicou rue des Glaises à Yerres, dans son pavillon. Quelque temps plus tard, il récupère Magali, « sur un tas de fumier », jolie pouliche destinée à l'abattoir. Il cherche un bout de terrain. En vain, et se résigne à construire des boxes dans son arrière-cour. Jusque-là, tout va bien, la forêt de Sénart est proche de la rue des Glaises. Il est facile de donner de l'exercice aux deux pensionnaires.

Les problèmes de Chicou débutent dès son quatrième anniversaire. Son premier vétérinaire le soigne pour de la fourbure, maladie qu'il n'a jamais eue. « Il me prenait cent sacs à chaque visite. Dix ans après, ce véto a un château », explique Guy Morin. En fait, Chicou souffre de rétention tendineuse aux antérieurs. Une maladie horrible évoluant avec le temps et qui, par une contraction maximale des tendons, lui tire les sabots vers l'arrière, donnant au « malheureux » un air de cheval à bascule.

Guy Morin va entreprendre le plus grand rabattage de spécialistes autour de son Chicou. Dix ans après, les vétérinaires, il peut en parler. Il a rencontré les plus célèbres, espérant comme un fou en leur savoir. Il s'est fait pigeonner plus d'une fois et sera toujours déçu. « En frais de vétos et de maréchaux, cela m'a coûté une résidence secondaire à Antibes. Mais je m'en fous royalement. »

Pour taxi, il utilise une Lada, détonnant à côté des Mercedes de ses confrères. « Une fois, j'ai attendu deux heures et demie devant un resto dans lequel déjeunait un vétérinaire qui suivait Chicou à cette époque, pour un tube de pommade. Deux jours après, je recevais une facture chez moi de 28 francs pour ce tube alors que le véto m'avait déjà soutiré plus d'un million de centimes. »

D'après les vétérinaires, Chicou serait un cas unique. « La majorité me conseillait de le faire abattre. » Alors, Guy étudie son ami sous toutes les coutures et lui concocte des fers à talons compensés. Avec ces grosses ferrures, Chicou peut marcher tout en allégeant son dos, lequel lutte continuellement pour ne pas tomber à l'avant.

La maladie avance, les ferrures de Guy également. « Au début, je travaillais sur le pied, donc la ferrure, jusqu'au jour où je ne pouvais plus rien faire. C'est là que j'ai commencé à faire des prothèses. »

Aujourd'hui, Chicou porte sa 350e paire, une machinerie infernale. C'est une sorte de rectangle en acier qui va bien au-delà des antérieurs de l'animal (pour lui éviter de basculer) et qui est vissé à la ferrure. A l'arrière des tendons « arqués », il y a deux barres verticales sur lesquelles Guy Morin enroule des bandages afin de maintenir le plus possible les membres de Chicou. L'ensemble est lourd, mais c'est le seul moyen d'éviter au bel andalou, devenu blanc avec l'âge, d'être grabataire. Il marche, peut même trotter et chaque jour, Guy, qui déteste pourtant la marche, le promène durant dix kilomètres dans la forêt de Sénart, avec une paire de prothèses de rechange en main.

A observer Guy Morin dans sa cave (avec vue sur les boxes) en train de fignoler de nouvelles prothèses évolutives (les talons de l'antérieur gauche de Chicou sont actuellement à 9 cm du sol), on pourrait le soupçonner de prendre du plaisir. Il dit n'en avoir aucun. « Contrairement au chercheur qui parfois trouve des solutions, moi je vais d'échec en échec. Obligatoirement, puisque je cours après une maladie qui s'aggrave et qui, en plus, lui refile de l'ostéite à lui souder les phalanges. »

Pendant la conversation, Chicou ne cesse de mordiller tendrement son maître : « Regardez-le, il écoute tout ce qu'on dit, vous trouvez qu'il a envie de mourir ? » Il sait maintenant pourquoi son cheval est un cas unique. « S'il y en a eu d'autres, on les a tués. Du coup, de savoir que je suis le seul au monde à agir comme je le fais avec mes chevaux, ça me détériore le moral. Les gens vous disent qu'ils aiment les bêtes, mais ils veulent pas se faire chier avec. »

« Un cheval, faut que ça sorte, poursuit le chauffeur, qu'il fasse beau ou pas, faut qu'il marche car, tant qu'il peut le faire, il vit. »

Guy Morin souffre de la prostate, d'une hernie discale. Il arrête de travailler à deux heures du matin, se couche à trois, et se lève à six. Son médecin s'y met : « Il m'a conseillé de fourguer mes chevaux. Quand on aime, ça se dit pas. »

A force d'inventer des fers et des prothèses, Guy Morin est devenu un expert en ferrure. Ainsi, à Grosbois, méga-centre d'entraînement des trotteurs de course au sud de Paris, on fait souvent appel à ses services. A chaque fois, il en revient retourné : « Les gens là-bas ne me parlent que de fric. Tous des pourris, des faux jetons. La différence qu'ils ont avec moi, c'est que ce sont leurs chevaux qui leur rapportent du pognon, tandis que moi, c'est mon pognon qui va aux chevaux. » Il y a quelques années, un entraîneur de Maisons-Laffitte voulait l'embaucher car, lui disait-il, « un con comme vous, ça ne se trouve plus ».

La conversation revient sur le terrain des vétérinaires : « J'ai remarqué que la plupart d'entre eux avaient la trouille des chevaux. Celui qui a fait le plus de bien à Chicou, c'est le docteur Giniaux, spécialisé en ostéopathie équine. Bizarrement, tous ses confrères le critiquent. En attendant, grâce à lui, Chicou peut brouter car il a débloqué l'hernie discale provoquée par ses contraintes physiques. J'suis p't'être qu'un con de chauffeur de taxi, mais je suis réaliste. » Chicou lui attrape le bras dans sa gueule. Guy traduit cette feinte de morsure, « arrête de causer, t'es qu'un baveux ». Les traits du bonhomme se détendent, littéralement toqué d'amour : « Tu veux un petit gâteau ? » Il en a plein ses poches. Au passage, il en distribue à la ronde à ses six gros chiens (tous récupérés et adorables), tout en marmonnant : « Ça m'étonnerait que la grande... », effectivement, Magali hennit pour avoir sa ration de gâterie. A Chicou : « Tu me fais un bécot ? » Le blanc andalou ouvre sa gueule et enserre le visage de son copain. « Vous vous ferez arracher le visage, on ne joue pas avec un cheval », lui disaient les plus pessimistes.

Guy Morin se marre. Il n'a jamais connu un cheval aussi intelligent et nous donne un exemple : « Un jour, alors que je promenais Chicou dans la forêt de Sénart derrière Magali, que mon beau-frère tenait en main, celle-ci a ralenti pour franchir un fossé. Aussitôt, mon Chicou lui a mordu la croupe pour la porter en avant. Avec son caractère de chien, Magali lui a décoché une ruade en plein poitrail. Le Chicou avait bien morflé, je le voyais à sa gueule, il était soufflé et je me suis pris un fou rire en lui disant : C'est bien fait pour ta pomme. Aussi sec, il s'est retourné et m'a botté, furieux, l'air de dire : Regarde si ça fait du bien un coup de sabot. »

Il y a deux choses que ne supporte pas Chicou : « La première, c'est quand je l'engueule et que je lui dis tu pues, parce qu'il s'est roulé dans du crottin. Là, il prend une tronche de malheureux. La seconde, regardez... » Il s'approche du cheval et lui dit, sur un ton de confidence : « J'vais monter sur ton dos. » Instantanément, Chicou couche les oreilles et tente de mordre son « maître » aux jambes. « Ce comportement, il l'a depuis qu'il est handicapé. Avant, à monter c'était un agneau, vous pouviez mettre un gosse sur son dos. »

Depuis quatre ans, Guy Morin a trouvé un hectare de pré à louer à Argentières, en Seine-et-Marne, sur les bords de l'Yerres. Deux fois par semaine, il emmène Chicou et Magali au vert dans un J7 transformé en van. C'est une drôle de vision de voir cette camionnette dont la cabine avant est remplie des visages d'un homme, de deux chevaux et de chiens. Cela lui fait deux heures de transport aller-retour. Il reste toute la journée avec eux, débroussaillant les lieux ou s'occupant à diverses tâches sans jamais les lâcher des yeux.

A midi, Mme Morin arrive avec le reste du chenil et le déjeuner. Le long de la caravane, nous pique-niquons en compagnie de la petite famille de quadrupèdes. L'endroit paraît idéal pour les récréations de Chicou et Magali. Long soupir de Guy Morin : « Quand j'ai commencé à louer cet hectare, c'était de la forêt vierge. J'ai tout nettoyé, posé les clôtures. On me l'a reproché car j'aurais fait fuir le gibier et ici, c'est un coin de chasseurs. Régulièrement, on me fait sauter les clôtures. »

Dès qu'il arrive à Argentières, Guy Morin vide la cuvette rouge, abreuvoir de fortune, la nettoie avant de la remplir d'une eau apportée de Yerres. Maniaque ? « Ici, il paraît que les chats et les chiens du coin crèvent de bouffer des appâts à la strychnine. »

Le chauffeur de taxi rêve d'un hectare de pré qui serait à côté de chez lui. Il se dit prêt à payer 100 000 francs cet hectare qui en vaut dix fois moins. « Je n'en trouve pas, y a que les promoteurs qui trouvent. » Et s'il n'émigre pas à la campagne pour être peinard, c'est que sa fille, également handicapée, a besoin de ses parents à Yerres.

A Argentières, les vieux du coin lui disent que la terre ne vaut rien par là, mais il ne se trouve personne pour lui en vendre un petit bout.

Dans sa vie, il s'en est fait du souci Guy Morin. Des histoires horribles, il en a plein son tiroir à souvenirs. De Robert, son pote qui crachait le sang, à Belle, la chienne qui ne valait pas un clou avec son anus artificiel pour laquelle il déboursa 35 000 francs en frais vétérinaires, en passant par lui, le jour où il se brûla le visage et la gorge avec l'huile brûlante d'un système de frein de 4 x 4.

Et puis sa Dolly.

Avant même de dire qu'il « l'aimait celle-là », ses yeux sont noyés de larmes.

Et c'est pas fini. Avec tous ses amis à quatre pattes, il se prépare une retraite ponctuée de deuils. Ça le turlupine méchamment.

Il s'interdit de partir avant Chicou. Qui s'en occuperait ? Lorsqu'il a été brûlé au visage, impossible à reconnaître tant celui-ci, éléphantesque, était une plaie purulente, il avait demandé à l'hôpital de le transporter sous bulle pour aller voir Chicou. Lui seul l'a reconnu.

A une époque où il n'avait pas encore l'hectare qu'il loue, Guy Morin avait envisagé de laisser Chicou sous la responsabilité d'un ancien, Monsieur Michel, homme de cheval, propriétaire d'un beau domaine en Seine-et-Marne, et de surcroît aimant les animaux. « Au bout de deux jours, Monsieur Michel m'a téléphoné pour me dire que Chicou n'avait rien mangé. Il refusait tout, restant prostré au milieu de son pré. C'est pourtant un gros mangeur. Je suis allé le voir avec ma femme. On lui a apporté des gâteries, du miel, tout ce qu'il aimait. On l'appelait, il nous tournait le dos. On s'est approchés, il nous a mordus. Il nous faisait la gueule. Il se sentait trahi, abandonné. On l'a ramené le jour même à la maison. Dès que le J7 a grimpé notre rue, il s'est mis à hennir. D'habitude, il ne le fait jamais. Pendant son absence, Magali était intenable. En forêt, dès qu'elle apercevait un cheval gris, elle m'emballait pour voir si ce n'était pas lui. Quand ils se sont retrouvés, ils se sont jetés dans les bras l'un de l'autre. »

Ces trois-là ne peuvent pas se quitter. Le plus bipède d'entre eux est intarissable : « Chicou nous a plus d'une fois stupéfaits, mon beau-frère et moi. Le jour où j'avais décidé de l'envoyer à Monsieur Michel, j'avais prévenu mon beau-frère d'être discret car on avait déjà l'impression que Chicou comprenait tout. Et moi, j'étais légèrement inquiet du comportement qu'auraient mes chevaux lors de leur première séparation. Ce matin-là, je n'ai rien changé à mes habitudes. Quand je lui ai apporté sa ration d'avoine, il ne l'a pas touchée. » Là, il fait de gros yeux. « On n'est pas maboules, ce sont des faits. »

On reproche à Guy de faire abnégation de la souffrance de Chicou pour éviter sa propre souffrance morale. « C'est vrai, j'suis amoureux comme un con de ce cheval. Il y a des gens qui me croient taré, d'autres qui me voient formidable. Moi, je suis un mec entre deux chaises et je n'arrête pas de poser des questions autour de moi pour me situer. J'aimerais qu'il y ait un congrès international de vétérinaires à l'école de Maisons-Alfort, avec tous les vétos qui se sont occupés de Chicou (il ricane, menaçant). Mais je suis pas un illuminé. J'ai vu des agonies d'animaux qui m'auraient fait signer tout de suite pour l'euthanasie. Je vis avec lui et je ne suis pas convaincu de sa souffrance puisqu'il me montre sa joie de vivre. Et puis vous savez, ce sont les cocus qui sautent de la tour Eiffel, pas les cancéreux. »

Et de savoir que le handicap de son Chicou est quelque chose d'unique est bien la chose qui le démoralise le plus, car, du coup, il s'imagine unique sur cette terre. Solitaire. Rencontrer un type comme Robert lui paraît maintenant tellement improbable.

3 août 1991

JAPPELOUP, ORAISON POUR UN CHEVAL DÉFUNT

Un cœur gros comme ça dans une robe noire. Un cœur d'amour imprenable qui suspend sa musique à l'heure des agapes.

Jappeloup, le grand petit cheval, s'est affalé le 5 novembre dernier à midi, une carotte en bouche, sa bouille de môme éternel plaquée contre sa mangeoire, l'incandescence de sa pupille à tout jamais charbonnée.

Jappeloup n'est pas mort d'indifférence ; Pierre Durand ne veut voir personne. Au téléphone, le co-champion olympique s'excuse : « Je ne me sens pas le courage d'en parler. J'ai trop de peine. J'entends la cacher un peu. Soyez indulgent à propos de sa sépulture en travaux. Elle sera sobre mais digne. Il ne repose pas au pied d'un arbre car c'était lui l'arbre qui rayonnait. »

Le soleil décline sur la Gironde. Au-dessus de l'entrée du manège, des peintres dessinent les lettres de baptême du cheval magique. Dorénavant, le manège s'appellera Jappeloup et non plus Durand.

La tombe est creusée dans l'angle maintenant amputé du pré où Jappeloup aimait à détaler. La terre est humide, protégée d'une petite rambarde blanche et entourée d'un parterre de sable qui a été parcouru en tous sens. Des empreintes en témoignent ; chaussures, coussinets canins, sabots, petits patapons d'angelots.

Sa tête est dirigée vers son écurie. Sud-Ouest. Il peut ainsi voir ses copains, observer son lad, Pia, occupée à d'autres tâches.

A la porte de l'écurie, coquette et intime comme un chalet savoyard (poutres au plafond), il y a sa photo, Séoul 88, sa médaille d'or en bandoulière, les oreilles mimant la main de son cavalier, le V de la victoire. Il y a, aussi, les sacs de carottes qu'il ne mangera plus.

Des tulipes rouges et du mimosa se flétrissent sur sa tombe. A la lisière de son bois, la couronne rouille des chênes frissonne sous une brise tiède où résonne encore le cliquètement de son pas.

Dans le pré voisin, Vlaminck et Very Well se serrent l'un contre l'autre, le visage tendu vers la sépulture.

Sa présence assourdit les lieux : dans la sellerie qui fleure bon la cire, ses couvertures sont rangées. Du moins ce qu'il en reste, son linceul étant composé des plus douillettes. Dans son box, il y a sa mangeoire élimée à l'endroit où ses ganaches mastiquaient de plaisir. Son paillasson en caoutchouc porte les cicatrices de ses sabots.

Sanglots de Pia, le lad : « Cette écurie a perdu son cœur. »

Les enfants venaient le visiter week-ends et mercredis. Maintenant, ils font un détour par la fleuriste de Saint-Seurin, laquelle est encore toute chamboulée : « On vient de lui livrer sa plaque mortuaire, plus de cent kilos, en granit noir, comme lui, gravée à l'or fin. » Elle récite de mémoire les inscriptions, mais avoue, après « champion d'Europe, champion olympique, je ne sais plus, il y en a trop ». Ce dont elle se souvient, c'est que les Saint-Seurinois ont parlé à voix basse pendant quelques jours.

De Saint-Seurin à Saint-Savin, il n'y a pas loin. La funeste nouvelle atteint « la ferme de Jappeloup », propriété d'Henry Delage, le papa du p'tit bout de zan qui a tout de suite cru en ce poulain ; au point de lui donner le nom de sa ferme.

Henry Delage en a gros sur la poitrine. Mimétisme ? L'éleveur ressemble à son fils saboté. Si le poil de la moustache est devenu plus gris, le cheveu et les sourcils sont noirs. Et l'œil étincelant. Malicieux, balançant entre le rire et les larmes : « Bébé, il était plus grand que les autres. Ce n'est qu'ensuite qu'il est resté petit. »

Déluré. « Il sautait tout », notamment la clôture qui le séparait d'un lot de juments. Le cœur déjà. Agé de deux ans, il les engrossa toutes en l'espace d'une matinée, y compris Vénérable, sa vieille mère de vingt-trois ans. Le résultat incestueux : « Un petit monstre, tout noir comme son père. »

Souvent, M. Delage plie la nuque à la recherche d'un paravent de pudeur ; « le poulain auquel on croit est une chose précieuse. La dernière fois où je l'ai approché, l'an dernier, il ne m'avait pas oublié ». Si l'éleveur souffre toujours de la vente sous pression, vieille de onze ans, c'est surtout pour cette paternité qu'on lui a volée.

Henry Delage ne quitte pas le courrier de l'affliction, relisant les témoignages d'amitié. Lettres hâtives, courrier parfois cacheté d'une larme. Son vrai fils : « Il te ressemblait. Il avait un cœur gros comme le tien l'est en ce moment. Il t'attend là où tout est bleu, où tout est propre. »

Dans l'autre maison, sombre et définitive, de Jappeloup, Alain Boissonnet, directeur du centre équestre de Saint-Seurin, nous sert de guide : « Je suis arrivé ici en même temps que lui, il y a dix ans. Le plus frappant, ça a été le travail de tous les jours. Durand-Jappeloup et vice versa. J'en ai vu des chevaux sauter. Mais lui, son coup de saut, je m'en remettais pas. A chaque fois, le miracle se répétait. Même une petite barre, il la franchissait comme s'il s'était agi d'un nuage, avec une force et une souplesse de félin. »

Jeune retraité, Jappeloup avait fêté son jubilé six semaines avant sa mort, devant la tour Eiffel. Pas question pour lui de s'agrémenter une vie de patachon. En son domaine, il s'entretenait de la même façon que Narcotique ou Pin Pin, ses compagnons de sauts d'obstacles.

Son cœur s'est tu lorsque ceux de ses supporters s'apaisaient de le savoir en paix. Sans témoin, si ce n'est Narcotique, son vis-à-vis de box, Very Well et Vlaminck, pensionnaires de son home douillet (Pin Pin, lui, était en route vers Vienne).

Jappeloup, irrémédiablement envolé, ils sont là ses compagnons de concours, avec Pia Corneer, leur confidente-nounou-soigneuse. Silence de cathédrale de chevaux tristes. Narcotique ne montre plus que les reflets roux de sa croupe au box du champion, maintenant occupé par Pin Pin. « Pierre Durand n'a surtout pas voulu le laisser vide », explique Alain Boissonnet. Cela ne peut suffire. Le manque est là. L'ombre du « p'tit bout de zan » hante tout le domaine. 35 hectares de personnalité.

Pia, le lad, chevelure de blé tendre, yeux à l'éclat d'eau de source, a beau être suédoise, nimbée de cette lumière scandinave, elle affiche la noirceur de ces mammas italiennes en deuil perpétuel, traîne sa peine et découvre ses blessures à la moindre respiration.

Dès qu'un nouveau visiteur pénètre dans l'intimité du champion disparu, le regard de la Suédoise s'affole et va vite s'accrocher dans les yeux de Pin Pin qu'elle harnache pour sa promenade quotidienne. D'évoquer le bonhomme au manteau de jais, défigure l'ovale de son visage. Un rictus, bien malhabile à contenir ses larmes, tord sa bouche.

Pia s'occupait de Jappeloup depuis un an. Elle était venue remplacer sa compatriote de retour au pays, avec l'hystérie joyeuse que procure la concrétisation d'un amour caressé depuis l'enfance : « J'avais suivi toute sa carrière. Lorsqu'il venait en Suède, j'allais le dévorer des yeux. » Avant que son regard ne devienne flou-trempé, elle traduit son arrivée au centre équestre de Saint-Seurin comme une évidence imparable, une foi céleste. Son père venait de mourir brutalement, « infarctus ». Orpheline, elle se jette aux sabots du champion, esclave consentante à tous ses besoins. Elle aménage son logis tout contre le mur de son box, et dans l'épaisseur des nuits, les craquements de l'âtre ne la trompent jamais lorsqu'à travers la cloison, lui parvient un bruissement de paille.

La mort est dérisoire, semble dire le maire de Saint-Seurin, se souvenant qu'une heure avant son décès, « gai comme un morpion », Jappeloup était en vie. « En prévision du Derby, Saint-Seurin-Bordeaux, nous avions fait des photos avec lui et deux footballeurs de notre équipe. » La mort l'a pourfendu avec Narcotique pour seul témoin. Depuis, la jument tourne le dos ou rêve longuement à sa lucarne, le mordoré de ses yeux immenses étrangement lointain.

L'absence. Le premier à s'en émouvoir est un ouvrier de retour de la forêt où il avait passé sa matinée à couper du bois. Comme chacun, il ne résiste pas à saluer le crack. D'habitude, la virgule noire de sa tête brille à sa fenêtre, le bout du nez parfumé des copeaux de bois de sa litière. Vue sur jardin. Le songe est entamé.

Plus tard, Pia revient de déjeuner sans avoir été prévenue.

L'effroi se lit encore sur ses yeux. Pierre Durand est joint par téléphone, sur la route avec Pin Pin en direction de Vienne. Demi-tour instantané. Depuis, le cavalier, le complice du bonheur, rame dans la solitude. Il porte le deuil, n'ayant aucune idée de la saison où la douleur s'atténue. Il craint les questions et n'ira pas disputer le Jumping de Bordeaux le week-end prochain.

Pour sa mise en terre, étaient présents Marcel Berthomé, le maire, les « cœurs amoureux » ; Pierre Durand, Nadia son épouse, Lisa, leur fille, et Pia. « Y avait des larmes sur les joues, dit Alain Boissonnet ; je sais, les gens diront que ce n'était qu'un animal. On peut reprocher quelques côtés excessifs de Pierre Durand, mais c'est un sentimental. Il a toujours les amis de son adolescence, il n'arrive pas à se séparer de sa vieille R5 pourrie. Les premiers jours, il alimentait son chagrin de centaines de photos. Le connaissant, je peux vous dire qu'il a morflé et qu'il ne sera plus comme avant. Moi, je n'ai pas pu monter à cheval pendant plusieurs jours. Pia s'est exilée... », incapable de s'allonger sur sa couche, si près de ce souffle à jamais éteint, qui, cent fois, l'avait extirpée de ses rêves, pour enfiler à la hâte ses chaussons.

A force de sauter si haut, les ailes de ses flancs charbon ont fini par frémir pour l'emporter. Il ne connaîtra pas la retraite des petits vieux.

30 novembre 1991

LEXIQUE

Bananes : mot argotique employé par les lads pour désigner les oreilles des chevaux.
Bigorner : empêcher son cheval d'exprimer sa réelle valeur en compétition en le retenant. Faire le tour (de l'hippodrome), saucissonner, tirer (son cheval), se dit également.
Breeches : pantalon du jockey.

Canter : galop d'entraînement « sur la main », où l'allure est plus rapide que le galop dit « de chasse ».
Chiffney : mors pour les chevaux tenus en main, particulièrement douloureux lorsqu'on tire dessus.
Cornard : cheval atteint de cornage, déformation de la glotte, qui produit, lorsque l'animal galope, un râle ou sifflement laringo-trachéal.

Dérober (se) : s'applique aux chevaux échappant à la main de leur jockey pour éviter de franchir un obstacle ou manifester leur divergence de vue quant au sens de la course. Verbe également employé pour les éléments du personnel des écuries qui se sont fait porter absents, sans raisons sérieuses.

Entier : cheval muni de ses testicules.

Foal : jeune poulain de moins d'un an.
Fourbure : congestion inflammatoire des tissus du pied.

Gaille : mot argotique désignant le cheval.
Garçon de voyage : cadre d'une écurie chargé de l'entretien du matériel de compétition et dont le rôle consiste à accompagner les pur-sang lors de leurs déplacements professionnels vers les hippodromes.
Guts : anglicisme couramment employé à Chantilly pour dire de quelqu'un qu'il a du cran.

Hongre : cheval castré.

Lot : l'entraînement des chevaux de course s'effectue par lots. Ainsi les lads, durant leur matinée de travail, montent-ils trois lots, parfois quatre ou cinq lorsque le personnel manque.

Ordres : consiste à donner des indications sur la tactique à employer au jockey avant l'épreuve. Les ordres sont donnés par le propriétaire du cheval ou l'entraîneur.

Pad : tapis de laine que l'on place sur le dos du cheval entre le torchon de selle et la selle.

Premier garçon : responsable de la bonne marche d'une écurie. Souvent le bras droit de l'entraîneur. Meneur d'hommes, il doit être également un bon soigneur.

Souffleur : nom donné à un cheval entier, chargé de tester l'avancement des chaleurs des poulinières destinées à l'étalon. *Boute-en-train* se dit également.

Tirer au renard : cheval attaché, campé sur les jarrets, projetant violemment son encolure en arrière pour se libérer de son attache.

Tord-nez : ficelle accrochée au bout d'un bâton, passée autour du museau, puis tournée jusqu'à ce que l'animal soit immobilisé par la douleur.

Tour (faire le tour) : voir *bigorner*.

Yearling : poulain âgé d'un an.

REMERCIEMENTS

A ma sœur Anne, qui m'a aiguillé, au moins pour dix ans, vers le quotidien de Serge July.

Ce livre doit beaucoup à toute l'équipe de *Libération*. A Jean Hatzfeld, qui m'a fait confiance et m'a épaulé à mes débuts, mais surtout à Jean-Pierre Delacroix, notre « tendresse » quotidienne et éternelle au journal, un rempart de générosité face à toutes nos tares et dérapages, qu'ils soient professionnels ou humains. Il est un peu comme mon entraîneur, à la différence près que peu d'entraîneurs possèdent ses qualités de cœur, son honnêteté, bijoux rares dans tous les terrains. Sa part est grande dans ce recueil, tout comme celle de Jacky Gourlaouen, qui comme le lad pour son cheval, me connaît parfaitement. Son plaisir, parfois son effroi, est de prendre en charge nos articles, qui sous sa main deviendront parfaitement compréhensibles. Comme une cerise sur le gâteau, c'est lui qui nous titre nos papiers.

Merci aussi à Fabienne Henry, au clavier.

TABLE

première partie

NOUVELLES

deuxième partie

RÉCITS D'ÉCURIE